L'ENVOL DES FAUCONS

Aux Éditions Eaux Troubles

Série Réseau Ambassador :

Panique au Vatican

Double jeu

Xtrême préjudice à paraître 2017

Série les Espionnes du Salève :

L'envers du miroir à paraître 2017

MARK ZELLWEGER

L'ENVOL DES FAUCONS

THRILLER

EAUX TROUBLES

Ceci est une œuvre de fiction. Les situations et les personnages décrits dans ce livre sont purement imaginaires : toute ressemblance avec des personnages ou des événements existants ou ayant existé ne serait que pure coïncidence.

Retrouvez-nous sur :
www.thrillers-editionseauxtroubles.com

ISBN : 978-2-9700993-9-0

Prologue

Mark Walpen se leva comme tous les jours à 5 h 45 et enclencha sa machine à café. Il alluma la télévision du salon sur CNN, puis se tira une grande tasse de pur arabica, vieux réflexe d'étudiant qu'il avait conservé.

C'est alors qu'un flash spécial attira son attention : « L'armée libyenne serait intervenue dans la nuit contre une patrouille suisse à une vingtaine de kilomètres au sud de Tripoli. »

Mark, intrigué, arrêta la cafetière et se concentra sur le reportage. Le journaliste poursuivait : « Selon le ministre de l'information libyen, des militaires suisses lourdement armés auraient ouvert le feu au moment où les forces libyennes les interceptaient. Le bilan humain serait lourd, puisque l'armée libyenne déplore dans ses rangs quatre morts et cinq blessés dans un état grave. Elle aurait tué un militaire suisse et en aurait touché trois autres. Au total, l'armée libyenne aurait fait cinq prisonniers. Tous seraient des soldats d'élite helvétiques. Il semble qu'ils aient tenté de libérer les deux otages assignés à résidence depuis six mois par le général Foudaff. Nous reviendrons plus en détail sur ce qui s'est passé dans nos prochaines éditions. À l'heure qu'il est, les autorités suisses se refusent à tout commentaire. Jonathan Walsh, pour CNN, depuis Tripoli. »

Mark, intrigué, prit tout juste le temps de boire une gorgée de café bien chaud et saisit son interphone pour appeler son père Ralf qui habitait dans la même bâtisse.

— Allô ! Vati*, es-tu réveillé ? Allô, allô !

— Allô ! Mark, qu'est-ce qu'il y a pour que tu hurles ainsi ? Tu n'as pas honte de faire tressaillir un vieil homme comme moi de si bonne heure ! Un peu de respect quand même ! dit-il sur un ton pince-sans-rire.

— Une patrouille suisse a été interceptée cette nuit au sud de Tripoli. Tu étais au courant ?

— Je savais qu'une solution pour libérer nos otages était à l'étude, c'est tout.

— Descends boire un café.

— OK, mais laisse ton ancêtre prendre sa douche, enfiler son uniforme de diplomate et être présentable. J'arrive dans quelques minutes.

— OK, pendant ce temps, je réchauffe le chocolat des enfants.

Comme tous les matins depuis la disparition de son épouse et de sa fille aînée lors des attentats du 11 septembre 2001, Mark prépara le petit déjeuner de ses jumeaux Zoé et Elliott.

Ralf frappa doucement à la porte d'entrée. Mark lui ouvrit aussitôt, vêtu de son pyjama, tenant son inséparable tasse dans la main droite.

— Mais quelle élégance, monsieur l'ambassadeur, dit Mark un rien facétieux. Votre costume est presque aussi beau que le mien, n'est-ce pas ?

— Votre Seigneurie a tout à fait raison, répondit Ralf sur le même ton. Si tu compares mon costume sur mesure à ton pyjama fripé... Allez, fais-moi vite un ristretto, j'en ai besoin.

**Papa*

Mark lui prépara un café à l'italienne. Puis, ils s'assirent dans les fauteuils en cuir fauve du salon pour suivre les dernières informations sur CNN.

— Finalement, rien de nouveau !

— Dans ce cas, je file prendre mon train pour Berne. Une journée chargée m'attend. J'espère en savoir plus d'ici ce soir.

— Vas-y vite. Tu me raconteras tout en rentrant. Bonne journée.

— Salut, dit Ralf l'air préoccupé.

Peu avant 19 h, après un bref coup de sonnette Ralf fit son entrée, douché et habillé sport chic.

— Hum... il fait bon ici, dit-il en voyant les flammes danser dans l'âtre. J'ai une faim de loup.

— Nous aussi ! répondirent les enfants en lui sautant au cou.

— Bon, si je comprends bien, je dois aller aux fourneaux, dit Mark en se levant.

Quelques minutes plus tard, il servit les spaghettis à la sauce bolognaise parsemés de copeaux de parmesan, et les quatre Walpen se mirent à manger. Le silence était ponctué de petits sifflements correspondant à une pâte qu'Elliott aspirait à défaut de pouvoir l'avaler de manière plus élégante.

Après le dîner, Ralf coucha les jumeaux non sans leur lire une histoire. Pendant ce temps, Mark rangea la cuisine et prépara la table du petit déjeuner, afin de gagner du temps le lendemain. Après avoir fini, il monta embrasser les enfants.

Puis, Mark et Ralf redescendirent et s'installèrent dans le petit salon, seul endroit de la maison où Ralf était autorisé à fumer ses barreaux de chaise, des cigares cubains Montecristo Open Regata. Mark leur servit un verre de bas armagnac Castarède 50 ans d'âge qui développait une palette d'arômes d'une variété incroyable. C'était un de leurs péchés mignons.

— Alors, que sais-tu de plus sur cette histoire en Libye ?

— Le reportage de CNN ce matin était très proche de la vérité.

Ralf résuma ce qu'il avait appris durant la journée. Le Conseil fédéral avait décidé de lancer une opération de récupération des deux otages. Ulrich Weber, conseiller fédéral à la Défense, avait garanti que la force spéciale, le DRA10, possédait toutes les compétences pour une telle intervention clandestine à l'étranger. Une opération de sauvetage avait donc été mise sur pied dans le plus grand secret. Malheureusement, avant d'envoyer la patrouille dans le sud de la Tunisie, Weber avait appelé Alger pour demander son soutien et l'autorisation de traverser son territoire. Le président Ahmed Boukhedmi s'était empressé de prévenir son ami, le général Foudaff. Résultat : les soldats helvétiques étaient tombés dans un guet-apens avec pour bilan un mort et cinq prisonniers, dont trois étaient blessés.

— Inutile de te dire que nos sept otages sont à présent parfaitement cachés. Les libérer sera presque impossible.

— De la part de Weber, plus rien ne me surprend ! Son incompétence est de notoriété publique. Ce qui m'attriste, c'est qu'il a envoyé au casse-pipe de braves types. Ce sont d'excellents militaires. Néanmoins, ils ne possèdent aucune expérience pour ce genre d'opération extérieure.

La Suisse étant neutre, son armée n'était pas compétente en matière d'intervention hors de ses frontières, contrairement aux Navy SEALs, SAS, COS*, ou aux services « action » des Mossad, CIA, MI6 ou DGSE**.

— Si tu te souviens, Vati, je t'avais déjà dit, il y a quelques semaines, que seule une stratégie très affûtée serait couronnée de succès.

— Je m'en souviens très bien. La conseillère fédérale en charge des Affaires étrangères, Simona Zanetta, sachant que Weber allait présenter un projet d'intervention, m'avait demandé de m'informer sur le sujet. Je t'ai donc interrogé en raison de ton expérience de professeur invité de stratégie.

Mark Walpen l'enseignait depuis plus de dix ans à l'académie militaire de West Point, au Royal College of Defence Studies de Londres, à l'École supérieure de guerre et de commandement de Tel-Aviv et à l'École de guerre de Paris, en plus de ses activités dans le marketing.

— Et tu t'imagines que je ne m'en étais pas douté ? répliqua Mark, souriant à son père.

Depuis plusieurs années, les deux Walpen avaient établi une relation de complicité filiale et intellectuelle. Chacun éprouvait pour l'autre une réelle affection et un profond respect.

— Bien sûr que si, répondit Ralf. Mais je ne pouvais pas t'en dire plus. Je me doutais que tu en tirerais les conclusions toi-même.

— Et ta conseillère fédérale, qu'est-ce qu'elle a fait de tes informations ?

**Forces spéciales américaines(navales), britanniques et françaises.*

***Services de renseignements israéliens, américains, britanniques et français.*

— Elle m'a confirmé ce matin qu'elle s'était opposée à toute intervention précipitée. Elle a exigé un audit externe avant toute prise de décision.

— Je te parie que le brillant Weber a refusé et que les autres l'ont suivi.

— Tous, sauf Simona Zanetta et son collègue de l'Économie. Le Conseil fédéral a décidé de lancer l'opération... qui s'est soldée par la Bérézina que tu connais.

— On est maintenant dans de beaux draps ! Récupérer nos otages ne sera pas une mince affaire.

— Mais toi, saurais-tu quoi faire pour libérer nos sept prisonniers ?

— Écoute Vati, je n'y ai jamais réfléchi. Ce qui est certain, c'est qu'après ce fiasco, toute tentative classique d'exfiltration sera impossible. Seul un plan audacieux et diabolique pourrait encore nous laisser une chance de réussir. Je n'ai aucune idée pour le moment. Je suis désolé pour nos otages.

Mark et Ralf avaient tous deux gardé leur verre d'armagnac à la main tout en dissertant. Une légère exhalaison d'alcool et de fût de chêne, mêlée à l'odeur âcre et pesante du Montecristo flottait dans l'air de ce petit fumoir.

Mark se leva et entrouvrit la porte-fenêtre afin d'aérer la pièce. Un lourd silence envahit l'espace, chacun étant absorbé par ses réflexions. Seul le bruit des gorgées ponctuait le calme pesant du fumoir. Ralf posa son cigare dans le grand cendrier en faïence pour le laisser s'éteindre, puis se leva.

— Mark, on doit faire quelque chose. On ne peut abandonner ces gens sans agir, articula péniblement le vieux diplomate dans un râle grave révélant son émotion et son amertume. Promets-moi de réfléchir à un plan. On leur doit bien ça !

— Je veux bien. Mais à quel titre ? Je ne suis membre ni du gouvernement, ni de la haute administration.

— Ne t'inquiète pas pour ça. Je trouverai une solution avec ma ministre. N'oublie pas que je suis le directeur de la Task Force. Tu es notre seul recours.

— OK, je vais m'y mettre au plus vite. Bonne nuit.

— À toi aussi. Et merci pour eux.

1

Une année et demie plus tard.

Mark avait finalement cédé au désir de Zoé et Elliott qui rêvaient de vacances à la mer avec leur père, comme ils n'en avaient pas eu depuis leur départ des États-Unis. Leur grand-père Ralf était de la partie.

La solution de facilité, pour Mark, aurait consisté à rallier la Floride où il possédait un bungalow en bois de style créole au bord de la plage à quelques encablures seulement de Key West. Cependant, depuis la disparition tragique de sa femme, Shannon, et de leur fille aînée, Tallia, il n'avait plus le cœur à s'y rendre. Trop de souvenirs y restaient attachés. Il l'avait donc laissé clos. Un jour viendrait sûrement, où la blessure serait cicatrisée et où il y retournerait avec plaisir.

Douze ans auparavant, il avait acheté avec sa femme une parcelle de terrain sur laquelle ils avaient construit cette villa de vacances. Ils aimaient s'y rendre le plus souvent possible, tant pour des week-ends que pour les congés. La météo clémente des Keys tout au long de l'année et la végétation luxuriante, les changeaient de l'atmosphère plus froide et oppressante de Boston, où ils résidaient.

Shannon Walpen-Fitzsimmons était déjà une avocate d'affaires réputée de la capitale du Massachusetts quand ils se rencontrèrent et tombèrent amoureux. Mark venait juste d'achever son MBA en marketing et stratégie à Harvard. Il rejoignit le Boston Marketing Consulting Group.

Ils se marièrent et s'installèrent dans la banlieue chic. Onze mois plus tard, une petite Tallia vit le jour. Le couple vécut ainsi des années de bonheur simple et intense à la fois. Tout leur réussissait. La famille s'agrandit ensuite avec les jumeaux, Zoé et Elliott, alors que leur sœur aînée fêtait déjà ses six ans.

Shannon avait décidé de partir début septembre 2001 avec Tallia à Los Angeles pour un week-end de trois jours, seules entre mère et fille. Le 11 à 8 h 46, leur Boeing 767-223 ER d'American Airlines explosa dans la tour nord du World Trade Center de New York.

Après avoir conduit Shannon et Tallia à l'aéroport, Mark avait déposé Zoé et Elliott chez ses beaux-parents pour la journée. Il avait appris la catastrophe une demi-heure après son arrivée au bureau. Sa vie et celle de ses deux enfants avaient basculé irrémédiablement.

Les mois passèrent, mais la douleur persistait. Leur maison bourgeoise en briques typique de la Nouvelle-Angleterre lui rappelait sans cesse que deux personnes lui manquaient terriblement. Cela lui devint insupportable.

Il décida de panser ses plaies et de construire une nouvelle vie, loin de ce qu'il chérissait jusqu'alors. Il quitta donc les États-Unis pour s'installer dans son pays d'origine, la Suisse, au bord du lac Léman, laissant ainsi derrière lui les souvenirs d'un bonheur brisé.

Il posa ses valises au cœur de la paisible bourgade vigneronne de Lutry jouxtant Lausanne. Il se contentait d'amener, une ou deux fois l'an, les deux petits à Boston, chez leurs grands-parents maternels, les Fitzsimmons. Pendant chaque séjour, il s'installait à l'hôtel Langham à proximité de l'aquarium. Il en profitait pour régler des affaires à sa banque, avec le Boston Marketing Group, ainsi que pour mettre à jour sa garde-robe dans son magasin préféré de Newbury Street.

La voile était une des activités qu'appréciait Mark depuis toujours. Enfant, il avait appris à naviguer à l'école des Glénans, sur la base de l'île d'Arz, une des plus réputées du golfe du Morbihan en Bretagne, d'où sa mère Anaël était originaire. Pendant ses études à Harvard et encore après, il avait régulièrement fait de la voile au Boston Harbour Sailing Club. Depuis son départ des États-Unis, cependant, il n'avait que très rarement navigué, et ce uniquement quand il était invité par des amis sur le lac Léman.

Quitte à passer des vacances à la mer, Mark préférait caboter autour de l'île de Crète qui réservait des paysages de collines rocheuses piquetées de pins méditerranéens et des criques d'un bleu vert intense. Il loua un Swan 90, un pur joyau du chantier naval finlandais Nautor. Malgré ses dimensions imposantes, environ vingt-huit mètres sur sept, il se maniait avec un équipage réduit de deux ou trois personnes seulement. Tout avait été automatisé pour manœuvrer. C'était parfait pour la famille Walpen. L'acajou dominait dans les quatre cabines équipées chacune d'une salle de bains intégrée.

Ils avaient donc pris l'avion à l'aéroport de Genève et atterri à Héraklion après trois heures de vol. Un taxi les avait conduits plus à l'est jusqu'à la station balnéaire huppée d'Agios Nikolaos et à son port de plaisance où se trouvait le voilier loué pour un mois complet.

Une fois les derniers papiers signés à la capitainerie, ils étaient montés à bord et s'étaient rapidement installés. Les enfants étaient excités. Mark se sentait comme un jeune garçon devant un jouet le jour de Noël. Son père se réjouissait de profiter d'un mois de farniente avec ses petits-enfants et d'oublier le stress de sa fonction.

Le soir de leur arrivée, après un bref tour du port, ils avaient dégusté des langoustes de taille impressionnante dans une taverne des alentours et apprécié l'atmosphère méditerranéenne du lieu, rythmée par le brouhaha des Crétois de sortie.

Le lendemain, après un petit déjeuner copieux, ils avaient largué les amarres. Ils étaient pressés de naviguer le long des côtes, en commençant par le nord-est. Les jours suivants, ils avaient profité des criques sauvages où ils mouillaient et vécu à l'heure crétoise, savourant dans les tavernes une cuisine locale riche en herbes aromatiques et huile d'olive.

Deux semaines s'étaient déjà écoulées. Ils avaient tous pris de jolies couleurs ambrées, certes constellées de taches de rousseur pour Zoé et Elliott – héritage de leur mère d'origine irlandaise. La veille, ils s'étaient arrêtés à Matala sur la côte sud pour embarquer la professeure Anouk Kammermann : Anook pour les intimes. Ce diminutif lui était resté depuis son passage au Boston Children's Hospital. Ses petits patients américains ne comprenaient pas l'écriture et la prononciation de son prénom. Elle l'avait donc américanisé phonétiquement en « Anook », à la satisfaction générale.

Une fois Anook à bord, ils avaient mis le cap plein ouest pour rejoindre une baie étroite et surplombée de pins plus ou moins desséchés, à l'entrée de Hora Sfakion. Le Swan mouillait en eau profonde au beau milieu de la crique, protégé des vents et de la houle. Ils étaient seuls au monde. Quotidiennement, ils prenaient leur bateau annexe pneumatique pour rejoindre le port de pêche, et ainsi se réapprovisionner en produits frais et en poissons, pêchés la nuit précédente, qu'ils faisaient griller sur le pont.

Zoé avait laissé avec plaisir à Anook la cabine qu'elle avait occupé depuis leur départ d'Agios Nikolaos, et elle partageait à présent celle de son jumeau. À l'origine, Mark n'avait pas prévu d'inviter Anook. Ses enfants avaient tant insisté, qu'il avait fini par accepter. Ce fut d'autant plus aisé que le Swan était spacieux et permettait à chacun d'avoir son intimité. Et puis, Anook, étant la marraine des jumeaux, elle faisait partie des intimes de la famille. Elle se rendait fréquemment chez les Walpen et prodiguait de l'affection maternelle aux enfants, au grand bonheur de Mark.

Ils étaient tous à table, assis dans la salle à manger en train de déguster de la moussaka quand le téléphone mobile sécurisé de Ralf sonna. « Il y a une crise qui couve », se dit Mark.

Cet appareil crypté appartenait au gouvernement helvétique et bénéficiait d'un programme de sécurité maximale. Seuls les sept ministres et leurs collaborateurs directs en possédaient un. En tout guère plus d'une vingtaine de personnes.

Ralf sortit sur le pont et prit la communication.

— Walpen.

— Bonjour, Ralf ! répondit une voix masculine et chaleureuse qu'il reconnut aussitôt.

— Bonjour, Pierre ! Comment vas-tu ?

— Bien, merci. Je profite de ma villa au bord du lac de la Gruyère pour me reposer. Ces derniers jours, la météo est clémente, c'est idéal. Et toi, tout va bien ?

— Il fait beau et chaud. On vit dans l'eau et sur le pont du voilier. Ces vacances sont merveilleuses. Il ne manque qu'Anaël et Shannon.

— Je comprends ta tristesse, Ralf. Il faut laisser du temps au temps.

— Oui, je sais. Pourquoi m'appelles-tu, Pierre ? Que se passe-t-il ?

— Ce matin, au DFAE (Département fédéral des Affaires étrangères), nous avons reçu un appel d'une femme de soixante-quinze ans habitant Vésenaz (près de Genève). Selon la personne de garde qui a pris la conversation téléphonique, elle appelait paniquée, n'ayant aucune nouvelle de son fils et sa belle-fille. Ils sont partis pour une croisière en mer Rouge avec leurs deux enfants, ainsi qu'avec un couple d'amis franco-suisses, accompagnés de leurs trois enfants.

— J'imagine que tu as procédé aux vérifications habituelles.

— Bien sûr. La personne de garde avait déjà suivi le protocole pour ce genre de situation.

— Et on n'en sait pas plus ? C'est assez mince pour aller plus loin. Avez-vous cherché à joindre son fils ?

— J'ai appelé moi-même ce matin. Je tombe systématiquement sur la messagerie. Il est possible que le réseau soit restreint là où ils se trouvent, et que nous ne puissions pas les joindre pour le moment.

— Je suis d'accord avec toi. Pour l'instant, ce n'est pas un critère suffisant pour lancer une alerte code rouge. D'où sont-ils partis ?

— Ils ont loué un voilier avec skipper à la marina de Hurghada.

— As-tu contacté la capitainerie ?

— J'ai joint notre ambassade au Caire qui l'a appelée. C'était plus simple, car je ne connaissais pas son numéro de téléphone... et puis, vois-tu, je ne parle pas arabe comme toi, mon cher Ralf ! – Pierre émit un rire franc et amical. Résultat : ils ne savent rien et ne s'inquiètent pas pour le moment. Le bateau doit être rendu dans trois jours selon le contrat de location.

— C'est plus clair à présent. À ce stade, je crois que l'on n'a aucun élément précis qui nous permette de penser que ces personnes sont en danger. Il faut que l'on reste en alerte, prêts à agir. Tu as placé l'ambassade en veille ?

— Oui.

— As-tu mis en place un soutien psychologique et téléphonique auprès de la dame ?

— Oui. Les personnes de garde du département la contacteront une fois par jour pour vérifier si elle va bien.

— C'est parfait. Je reste en vacances comme prévu. S'il y a du nouveau, appelle-moi. Selon la gravité de la situation, je reviendrai à Berne sous vingt-quatre heures au plus.

— C'est aussi ce que je pensais faire, Ralf. Alors, amuse-toi bien et à bientôt. Salue bien toute la famille.

— OK, toi aussi.

Ralf Walpen raccrocha son téléphone mobile.

Il venait de fêter ses soixante-six ans à leur arrivée en Crète. Il était né un 1er août, jour de la fête nationale suisse. Ce hasard faisait rire ses relations qui trouvaient pour le moins prémonitoire d'être venu au monde ce jour-là pour un homme responsable de la cellule de crise du gouvernement helvétique.

Il était né dans le village de Täsch en contrebas de Zermatt qui n'était pas encore la station de ski et d'alpinisme mondialement connue aujourd'hui. Son père, fils de paysan haut-valaisan, avait été instituteur à Täsch et à Zermatt. Si Ralf avait été à l'école de son *pater familias* pendant ses premières années de scolarité, dès l'âge de onze ans celui-ci l'avait inscrit à l'internat du collège catholique Saint-Maurice, où l'élite suisse romande envoyait ses garçons étudier.

Il avait obtenu haut la main sa « maturité fédérale », l'équivalent du baccalauréat français, et était entré à l'université de Genève. Il y avait décroché sa licence* en droit international. Puis, il s'était perfectionné à Paris à l'IEP, l'Institut d'études politiques, appelé plus couramment Sciences Po. C'était la voie royale pour les diplomates français. Il avait obtenu son doctorat et rencontré sa future femme, Anaël Kergadec, originaire d'Auray, aux portes du golfe du Morbihan.

Dans la foulée, il avait commencé sa carrière dans le corps diplomatique suisse. Sa première affectation l'avait conduit en Centrafrique, lors du coup d'État du futur Bokassa Ier. Son habileté à gérer cette situation lui avait permis de se distinguer en tant que spécialiste des conjonctures de crise. Il fut dès lors spécialisé pour intervenir dans les pays déstabilisés par des putschs, des guerres civiles ou d'autres circonstances épineuses. Ses postes les plus notables avaient été : Israël après la guerre des Six Jours, le Vietnam pendant la guerre éponyme, la Syrie de Hafez el-Assad, le Chili après le coup d'État de Pinochet, l'Argentine des généraux, le Liban en guerre civile, l'Iran de Khomeiny et des otages Américains, le Soudan d'el-Béchir, l'Union Soviétique de Gorbatchev.

Sa finesse d'esprit, son art d'atteindre ses objectifs en contournant les obstacles, ainsi que sa maîtrise de six langues, l'avaient désigné au fil des années comme le fer de lance du Département fédéral des Affaires étrangères helvétique.

Quand il demanda à revenir à Berne pour accompagner son épouse en phase terminale d'un cancer au cerveau, sa ministre de tutelle, la conseillère fédérale Simona Zanetta, décida de créer pour lui le poste de chef de la Task Force diplomatique. Son ami de toujours, Pierre de

---

**La licence suisse correspond à quatre années universitaires.*

Weck, secrétaire d'État aux Affaires étrangères, appuya sa demande. Ce poste n'était que la formalisation de ses fonctions, et lui conférait un statut de secrétaire d'État adjoint.

Ses nouvelles responsabilités laissaient à Ralf une très grande liberté dans l'organisation de son travail. Sa présence à Berne était réduite à trois matinées par semaine.

Quand la crise libyenne avait éclaté, sa patronne, à peine élue au Conseil fédéral, avait demandé l'avis de ses deux plus proches collaborateurs. Bénéficier de leur immense compétence diplomatique était primordial à ses yeux. Elle considérait que son rôle était en priorité politique. Elle reconnaissait volontiers n'avoir qu'une expérience limitée des Affaires étrangères. Aussi était-elle heureuse de profiter pleinement des compétences des deux vieux briscards de la diplomatie. Par ailleurs, cela l'amusait beaucoup de faire un pied de nez aux entreprises privées qui préféraient licencier leur personnel après la cinquantaine pour économiser en cotisations sociales. Pour elle, l'excellence et l'expérience comptaient plus que tout. Pour rien au monde elle ne se serait passée de ses deux plus proches collaborateurs. Leur relation reposait sur un réel respect mutuel et sur leur complémentarité.

2

Si Mark naviguait autour de la Crète en famille, une partie des Faucons les accompagnait pour assurer leur sécurité.

Fort de la douloureuse catastrophe des tours jumelles à *Ground Zero*, il savait qu'un individu ou un groupe déterminé pouvait frapper n'importe où, n'importe quand. Il considérait qu'il était illusoire de garder secret son rôle dans le dénouement de certaines crises internationales. Depuis l'action clandestine en Libye, il redoutait que l'on sache qu'il en était l'instigateur. Il craignait des représailles. C'était pourquoi, depuis, ses enfants et lui bénéficiaient d'une protection rapprochée assurée par les Faucons.

Le Swan 90 était suivi, comme son ombre, par un gros bateau à moteur in-bord. Les combattants avaient jeté l'ancre à une vingtaine de mètres du voilier, au milieu de la crique. Ils se situaient assez près pour intervenir, mais aussi assez loin pour respecter l'intimité de leur patron. Sans parler du fait que les deux embarcations communiquaient entre elles plusieurs fois par jour et que le Swan pouvait lancer une alerte par talkie-walkie.

Rebecca, Deepak, Nibs et Paul jetaient un œil sur le Swan à tour de rôle, de jour comme de nuit. Quand le Zodiac des Walpen se rendait à terre, il prenait au passage un Faucon en vue d'une protection rapprochée. Les commandos avaient emporté avec eux leurs armes de poing personnelles, leur équipement de nageurs de combat, complétés de deux pistolets-mitrailleurs MP5K. Ce matériel avait été acheminé par valise diplomatique.

Ils avaient apporté leurs nouveaux gilets pare-balles israéliens de la dernière génération en nanocomposites de disulfure de tungstène et en *BioSteel*. Ces protections avaient l'avantage de résister à des impacts de deux cent cinquante tonnes au centimètre carré, tout en étant d'une légèreté étonnante. Elles pesaient deux kilos, au lieu de dix pour les gilets pare-balles traditionnels dans la classe maximale : NIJ IV.

Elles étaient tellement fines que l'on pouvait porter ces vestes comme des sweat-shirts très épais. Cela permettait de couvrir de plus grandes surfaces du corps. Une cagoule avait été mise au point pour protéger la tête. Suite à la blessure par balles d'Ak74 de Rebecca en Libye, Mark Walpen en équipa tout le monde, y compris les jumeaux.

Après l'opération libyenne, Mark avait réorganisé son entreprise, le Sword Business and Strategy Group. Il y intégra les Faucons.

Le SBSG était une société de consulting et d'audit en marketing et stratégie dans le domaine des affaires. Elle représentait le Boston Marketing Consulting Group. De nombreuses multinationales étrangères ayant leurs quartiers généraux européens en Suisse faisaient appel au SBSG pour valider leur politique d'entreprise. En peu de temps, la société s'était taillé une sérieuse réputation sur tout le territoire helvétique.

En outre, depuis l'opération clandestine en Libye, le gouvernement suisse les sollicitait régulièrement, pour obtenir des avis sur des situations internationales tendues.

Ce fut la raison pour laquelle Mark étendit les compétences d'audit de son groupe dans le domaine de la géostratégie. Il créa un département d'analyse dénommé le Sword International Crisis Board (SICB) dédié à cette activité particulière.

Ce dernier était dirigé conjointement par Mark et Ralf Walpen. Les personnes ayant participé un an et demi plus tôt à l'affaire libyenne y prenaient part. Elles avaient leurs bureaux au dernier étage du bâtiment du SBSG à Lutry.

Enfin, pour compléter la palette des prestations du groupe, Mark créa un département chargé de la sécurité des biens et des personnes dans le monde entier. Il l'appela le S3 pour Sword Security Systems. Les employés rattachés à ce service avaient leurs bureaux au rez-de-chaussée de l'immeuble du Sword. Le S3 assurait la protection de VIP, de bâtiments et de lieux sensibles comme des centrales nucléaires. Le S3 était présent en Suisse et dans de nombreux pays. Le SICB et les Faucons pouvaient ainsi compter sur un soutien logistique local en cas d'intervention. Le S3, dont les prestations coûtaient cher, était référencé comme le haut de gamme de la protection.

La création du S3 permettait de donner une raison officielle et légale d'intégrer les Faucons comme employés. Ces derniers avaient supervisé la formation des cadres du S3, auxquels ils dispensèrent de précieux conseils issus de leur expérience dans divers services d'action clandestine. Il leur arrivait encore de rencontrer les employés du S3 sur le dojo ou au centre de tir. Les Faucons étaient membres permanents du SICB et leurs bureaux se situaient au dernier étage avec les autres éléments du Sword International Crisis Board, que tous dénommaient dorénavant le Sword. Ce mot anglais signifiant épée résumait à lui seul le rôle de ce département complété par les combattants des Faucons. Sa fonction consistait à résoudre tout type de crise y compris par le glaive si cela se révélait nécessaire. L'ensemble de ces structures accouplées au Réseau Ambassador constituait de facto un véritable service de renseignements non gouvernemental.

Le succès en Libye reposait sur le réseau diplomatique suisse qui avait fourni des informations cruciales. Après la crise libyenne, la ministre Zanetta avait donné à Ralf les moyens pour récolter toutes ces données. Le Réseau Ambassador était né. Ralf se joignait aux réunions annuelles des diplomates à Berne où une demi-journée était consacrée à celui-ci. Beaucoup d'ambassadeurs acceptèrent l'idée, leur rôle se bornant à remonter à leur hiérarchie des informations vitales pour la sécurité du pays.

Ces dernières années, de nombreux gouvernements ou présidents avaient démultiplié leurs agences de renseignements dans l'espoir qu'elles seraient plus efficaces. Cependant, elles dépendaient toutes de l'exécutif du pays concerné, qui cherchait à défendre ses intérêts plus ou moins louables. C'était le contraire exact du Sword qui constituait un service secret non gouvernemental indépendant.

Un des critères majeurs de décision était le respect de la personne humaine, de la justice, ainsi que de la souveraineté de chaque pays. Contrairement à bon nombre de services d'actions clandestines, pour le Sword et les Faucons, l'exécution d'un individu n'était pas la règle. Cela représentait l'exception et signifiait qu'il n'y avait pas d'autre option. Il en était de même concernant le choix d'une intervention clandestine ou stratégique, où tous les aspects étaient sérieusement pesés et analysés.

Une des conditions sine qua non pour appartenir au Sword et aux Faucons était l'impartialité. En aucun cas un de leurs membres ne pouvait représenter le gouvernement de son pays d'origine. Celui qui l'aurait fait se serait disqualifié aux yeux des autres. Les participants ne pouvaient pas non plus espionner au sein du Sword en faveur de leur gouvernement.

Par ailleurs, tout audit géostratégique ou opération clandestine était voté par les membres du conseil, Faucons inclus.

Par souci de transparence, le vote s'effectuait à main levée.

Pour Mark, la force était faite, pour ne pas être utilisée. Le meilleur exemple était la puissance de dissuasion nucléaire. C'était donc sur le même principe qu'il avait conçu l'existence des Faucons. Il fallait au Sword une capacité de frappe redoutable permettant de faire face à tout type de situation, dans l'espoir de l'utiliser le moins possible. Aussi avait-il recruté les meilleurs. Ils étaient six officiers de six pays différents, possédant tous une expérience considérable des actions clandestines commanditées par les services secrets ou les forces spéciales de leur nation.

3

Après une sieste digestive, Ralf se rendit à terre avec Zoé pour acheter des denrées complémentaires pour le dîner. Elliott avait préféré rester avec son père sur le voilier, espérant jouer avec lui. Le diplomate et sa petite-fille étaient suivis à la trace par une Rebecca à l'air peu commode, comme à son habitude en de telles circonstances. Elle portait une paire de lunettes de soleil, un chapeau et son Bul Cherokee compact 9 mm Parabellum en matériaux poly-mères, caché sous son T-shirt.

La société israélienne Bul Transmark, moins connue qu'IMI, fabriquant le célèbre Uzi, produisait ce pistolet redoutable. Ce constructeur d'armes à feu de premier plan équipait de nombreuses forces spéciales dans le monde, sans le crier sur tous les toits. Le bouche-à-oreille suffisait. Le Bul Cherokee était un pistolet de faible encombrement, léger et d'une terrible efficacité, surtout en utilisant les munitions sur mesure choisies pour les Faucons.

Rebecca portait sa micro-oreillette de communication Motorola ultra miniaturisée, invisible une fois introduite dans le conduit auditif. Elle restait ainsi en contact avec les autres Faucons, pour les appeler en renfort.

Ralf, passant par leur taverne préférée, s'arrêta devant sa vitrine réfrigérée de nourriture. Il se laissa tenter par des *keftedes*[*] et des *papoutsaki*[**]. Il en profita pour se réapprovisionner en pains locaux à la mie moelleuse, juste sortis du four.

Ils avaient repris le Zodiac et déposé Rebecca au gros Squadron 55. Ralf rama jusqu'au Swan et amarrait son annexe à l'arrière de celui-ci quand le téléphone mobile fédéral retentit. Tel un félin décharné, il s'élança et atterrit d'un bond léger sur le pont en teck. Sa silhouette longiligne évoquait un vieux guépard tant il était sec.

— Ralf Walpen, j'écoute.

— Allô ! Ralf, c'est Pierre. Je te dérange ?

— Non, non, laisse-moi dix secondes pour m'asseoir, je reviens du rivage à l'instant. Alors, quoi de neuf chez nous ?

— Eh bien, je dirais que chez nous il n'y a rien de nouveau, mais à Rome, oui.

— Que se passe-t-il ?

— Tu n'as pas suivi les informations, j'imagine ?

— Bien sûr que non. On se contente de la mer et des couchers de soleil ! Alors, raconte.

— Figure-toi que ce matin la poste italienne a distribué à plusieurs ambassades à Rome des enveloppes à bulles qui étaient piégées. Quand le personnel les a ouvertes, elles ont explosé, les touchant au visage, à la poitrine et aux mains. Il y a un blessé dans un état grave et trois blessés légers.

— Tu ne m'as toujours pas dit qui était visé.

— Oups ! Excuse-moi. Si je t'appelle, c'est que notre ambassade a été touchée. De même que celles de France et du Royaume-Uni.

— Sait-on pourquoi ? Qui est derrière tout ça ?

---

[*] *Boulettes de viandes assaisonnées.*

[**] *Aubergines farcies et gratinées.*

— C'est beaucoup trop tôt pour répondre précisément à tes deux questions. Les enveloppes ont sauté en fin de matinée et on vient de recevoir une revendication par une dépêche de l'agence Reuters. C'est pourquoi je ne te joins que maintenant. Il s'agit d'un groupuscule inconnu à ce jour qui se fait appeler l'ALA, acronyme de l'Armée de Libération Arabe. Si ce n'était pas si tragique, je trouverais le jeu de mots avec Allah très drôle.

— Je n'en ai jamais entendu parler. Ont-ils dit quelque chose d'autre ?

— Oui, ils ont précisé leurs revendications. Ils veulent que la Suisse revienne sur la votation populaire qui interdit la construction de nouveaux minarets sur son territoire. Ils exigent que les pays européens cessent de persécuter les musulmans, que la France et la Belgique abrogent les lois anti-tchadors et niqabs. Pour finir, ils réclament que les « infidèles », toujours selon leur message, se retirent d'Afghanistan, d'Irak et de tout territoire musulman. Bien entendu, je te répète scrupuleusement leurs propres mots.

— C'est tout ? Ils auraient encore pu en rajouter, pendant qu'on y était. Qu'en pense le Service de Renseignement de la Confédération ?

— Rien ! Ils ne connaissent aucun mouvement de ce nom. Cela ne veut rien dire. À notre époque, il y a de nouvelles cellules terroristes qui émergent tous les jours et qui revendiquent leur appartenance à la mouvance d'Al-Qaida, qui est devenue une multinationale, ou plus précisément un label du terrorisme islamiste.

— C'est malheureusement vrai, Pierre. Et sinon, pour les blessés, as-tu des informations plus précises ?

— Le plus gravement atteint, entre la vie et la mort, est un garde de notre ambassade. Les trois autres sont deux femmes britanniques et une Française qui ont des brûlures légères aux mains. Elles sont déjà sorties de l'hôpital.

— C'est tout ce que tu peux me dire sur ces actes terroristes ?

— Non, j'ai encore une chose. Dans sa revendication, l'ALA rajoute que ce n'est qu'un début, et que si les Occidentaux n'obtempèrent pas, il y aura d'autres attentats. Tu imagines aisément que tous les pays européens, de même que les États-Unis ont immédiatement relevé leur niveau d'alerte antiterroriste.

— Si je comprends bien, nous entrons dans une période difficile, comme la France et d'autres, il y a quelques années.

— Je dirais oui et non sans être Normand ! – Pierre sourit au bout de la ligne. Le terrorisme arabo-musulman a commencé dans divers pays européens, avec les Jeux Olympiques de Munich de 1972. Mais il faut reconnaître que la Suisse a été épargnée. Ce qui change avec cette nouvelle vague qui déferle, c'est que notre ambassade a été touchée. De même, les terroristes nous désignent directement comme cible privilégiée. Je ne te ferai pas un dessin, mais les premiers commentaires des journalistes ne se gênent pas pour nous rendre responsables de ces attentats.

— Bien, voyons, tant qu'à faire ! Je suppose que, de leur point de vue, leurs interventions injustifiées en Afghanistan et en Irak, critiquées par cette ALA, n'y sont pour rien, ironisa le vieux diplomate.

— En gros, c'est ça. Ne t'offusque pas de tout cela, Ralf. Nous, qui participons à des meetings internationaux, sommes habitués à la fois à une certaine jalousie et à une condescendance. Certains pays gardent la nostalgie de leur grandeur passée et préfèrent s'en prendre à nous plutôt que de se poser les bonnes questions sur leurs propres défaillances.

— Tu as raison de relativiser les choses. Mais je dois dire que cela m'agace. On mettra cela sur le compte de mon âge avancé ! – Rire de bon cœur de Ralf pour détendre l'ambiance.

— Si c'est ça, je dois faire attention, moi aussi. Je suis à peine plus jeune que toi, répondit Pierre d'un même rire de franche camaraderie.

— Au regard de ce que tu m'exposes, je suis d'avis de revenir à Berne au plus vite.

— J'aimerais que tu sois à proximité du bureau. Pour moi, à ce stade, on ne peut pas faire grand-chose. Toutefois, je préfère t'avoir sous le coude à Lutry, si tu n'y vois pas d'inconvénient.

— Je viens de te le proposer. Je vais réserver mon vol et je serai en Suisse demain dans la journée.

— C'est parfait. Moi, je ferai le piquet sur les hauteurs du lac de la Gruyère en attendant. Comme je savais que tu reviendrais à ton poste, je me suis permis de suggérer à notre ministre de poursuivre ses vacances. Nous veillerons au grain, toi et moi. On verra par la suite si elle doit rentrer.

— Tu as bien fait. Alors, je te tiens au courant.

— Attends deux secondes Ralf, j'ai encore une chose à te dire.

— L'Égypte ?

— En plein dans le mille ! On a appelé la dame deux fois par jour et une psychologue de Genève l'a visitée à notre demande. Elle n'a toujours pas reçu d'appel de son fils ou de sa belle-fille. Par conséquent, nos craintes sont accrues.

— Tu vois Pierre, tu peux te passer de moi, je vais pouvoir prendre ma retraite ! – Rire de Ralf.

— Je m'ennuierais si tu n'étais plus là. Et puis, le département a besoin de tes compétences, alors je te garde. Pour revenir à l'affaire d'Égypte comme tu dis, ce qui est inquiétant, c'est que la marina de Hurghada n'a pas plus d'informations. Notre ambassade du Caire a encore appelé ce matin et, contrairement à ce que stipulait le contrat, le voilier n'est toujours pas rentré à quai. Ils ont donc informé la police de Hurghada.

— En bref, on a neuf personnes disparues, on ne sait où en mer Rouge.

— Oui ! On doit maintenant attendre l'enquête de la police pour en savoir plus.

— Ce n'est pas cela qui va rassurer la dame de Vésenaz.

— Tu as raison, Ralf, mais on n'a aucune autre solution. Même si nous avions une force d'intervention extérieure, elle ne nous servirait à rien à ce stade. Il nous faut donc patienter et ensuite il sera temps de prendre la décision adéquate.

— Oui, on verra plus tard. Bon, je vais préparer mes affaires et réserver un billet pour mon vol de demain.

— Pour la valise, tu as raison. Mais pour le ticket, j'ai anticipé en faisant appeler Swiss Airlines avant de te joindre. Ils ont un vol demain à 12 h 30 à Héraklion et ils ont bloqué un siège pour toi pour raison d'État, tu auras un enregistrement d'ambassadeur.

— C'est parfait, je te remercie. Je vais profiter du dernier coucher de soleil avec mes petits-enfants. À demain, Pierre.

— Bon voyage, Ralf, merci encore !

Ralf raccrocha son téléphone mobile et regarda l'horizon d'un air songeur. Il serait volontiers resté les dix jours suivants avec son fils et ses petits-enfants, mais il craignait qu'une tourmente n'atteigne l'Europe et son pays tout particulièrement.

Mark se doutait que quelque chose d'important était survenu pour que le téléphone mobile de Ralf retentisse. Aussi, il s'était déplacé à la poupe du Swan pour jouer avec Zoé et Elliott. Il avait laissé son père tranquille, concentré sur sa conversation. Mark, ayant remarqué que Ralf venait de raccrocher, jeta un coup d'œil furtif et constata qu'il avait l'air préoccupé. Il s'adressa à Anook qui avait rejoint les enfants :

— Si tu n'y vois pas d'inconvénient, j'aimerais trouver Ralf, je crois qu'il a besoin de parler.

— Oh non, reste avec nous ! s'exclamèrent les enfants mécontents.

— Vas-y, Mark, dit Anook. Prends ton temps, je m'occuperai de Zoé et Elliott pendant ce temps, Ralf a l'air contrarié.

— Merci. Vous deux, continuez à jouer avec votre marraine, je vous rejoins dans quelques minutes. Et pas de contestation. Suis-je assez clair ?

— Oui, papou, répondirent les deux diablotins, l'air contrarié, mais obéissant à leur père.

Celui-ci, tout en étant affectueux avec eux, affirmait une autorité naturelle particulièrement forte, que seul Elliott osait défier de temps à autre. Mark se leva et rejoignit son père. Ralf était assis à bâbord, les mains sur le bastingage, les pieds dans le vide et le regard perdu dans l'horizon. Il se mit à ses côtés et passa son bras droit sur son épaule.

— Alors monsieur le directeur de la Task Force ! As-tu des soucis ? Peux-tu m'en parler ?

— Mark, je sais que je peux tout te dire. Tu es muet comme un coffre-fort de banque.

Il sourit.

— Merci du compliment. Dis-moi ce qui te chagrine.

— Je dois rentrer demain par le premier avion, à midi et demi, à Héraklion. Et pour tout te dire, je n'en ai pas du tout envie. Tu vois, depuis que ta mère nous a quittés, c'est la première fois que je passe des vacances aussi douces et agréables. La douleur s'apaise enfin.

— Oui, c'est vrai que nous vivons de merveilleuses relâches à bord de ce voilier. Moi aussi, pour la première fois depuis que Shannon est décédée, je me sens plus serein. J'ai l'impression que les enfants sont ravis de t'avoir. Anook apporte une touche féminine et maternelle qui leur fait du bien. C'est grave ce qui se passe ?

— Il y a eu une série d'attentats dans trois ambassades à Rome, ce matin. La Suisse est dans le viseur.

— Mais pourquoi ont-ils fait cela à Rome pour toucher la Suisse ? Ce n'est pas très logique.

— Écoute, je ne me suis pas encore posé la question. J'imagine que le niveau de sécurité reste plus élevé en Suisse que dans la péninsule italienne. C'était peut-être plus facile, va savoir ! Par ailleurs, ils se sont aussi attaqués aux Européens concernant leur intervention militaire en Afghanistan.

— Je comprends que tu veuilles rentrer. Il faut que tu sois joignable si cela se corse. Restons positifs, on est presque à la fin des vacances. On aura eu presque trois semaines consécutives sur le voilier, c'était très cool, non ?

— Oui, tu as raison. Mieux vaut regarder le verre à moitié plein. Et puis, je crois que je ne serai plus de bonne compagnie à présent, sachant que je devrais être à Berne.

— Tu seras plus utile en Suisse, Vati. Tu tournerais vite comme un lion en cage, si tu restais ici. On va profiter de vivre une merveilleuse soirée tous ensemble. On commence par s'offrir un verre de retsina comme apéritif, et puis on mange tout ce que tu as acheté avec Zoé. Un repas de gala pour Monsieur l'Ambassadeur. - Sourire affectueux de Mark à son père.

Il réussit en retour à lui en arracher un. C'était bien la première fois, depuis la mort de sa mère, qu'il le voyait ainsi. Il sentait que son père était tiraillé entre rester avec sa famille et accomplir son devoir. Il avait retrouvé un cocon en s'installant dans la nouvelle villa à côté de lui. Il se sentait utile en prenant une place à part dans la vie de Mark et de ses enfants.

D'un autre côté, Mark se rendait compte que son père s'inquiétait de ce qui pourrait se produire en Europe prochainement. Il savait que Ralf déplorait la dérive islamique à laquelle on assistait depuis l'attentat du 11 septembre. Lui qui parlait si bien arabe et qui s'intéressait depuis longtemps à la civilisation arabo-musulmane regrettait profondément la tournure que prenait la relation entre Moyen-Orient et Occident. Même s'il en devinait certaines raisons.

— Pour ton voyage de demain, le plus simple est de te ramener là où on a embarqué Anook. Ensuite, tu prends un taxi jusqu'à l'aéroport. Il te faudra deux voire trois bonnes heures pour y arriver. Le plus sûr à mon avis est que le Squadron t'y conduise.

— Oui, je pense que tu as raison, mais je ne veux pas te laisser sans protection, on ne sait jamais.

— Ne t'inquiète pas. Paul et Deepak t'accompagneront. Rebecca et Nibs resteront sur le Swan jusqu'au retour des deux autres. Nous serons en parfaite sécurité.

— Oui, c'est sûr ! De toute façon avec n'importe lequel de tes Faucons, on se sent protégé. Et en plus, ils sont tous vraiment très gentils.

— Sauf à l'égard de leurs ennemis, rit Mark.

— Je préfère rester leur ami, Ralf se mit aussi à rire et se détendit.

— Bon, maintenant que l'on a parlé sérieusement, viens, on va s'amuser dans la mer avec les enfants. Après tu pourras préparer tes affaires. Moi, j'organiserai ton transport avec Paul.

Mark se leva, passa devant Anook et les enfants en les ignorant ostensiblement. Il plongea dans l'eau tiédie par une chaleur torride. Comme il s'y attendait, il ne fallut pas trente secondes pour que les jumeaux le rejoignent, puis Anook suivie de Ralf. Il avait retrouvé toute sa bonne humeur et participa à la bagarre aquatique.

4

L'avion se posa en douceur à l'aéroport de Genève-Cointrin. Le ciel était d'un bleu intense, ce qui ne dépaysa pas beaucoup Ralf. Vingt minutes après, il prenait le train pour Lausanne. Bien installé, il en profita pour envoyer un texto à Mark et à Pierre leur confirmant son arrivée en Suisse et qu'il serait à Lutry une heure et quart plus tard.

Arrivé à la propriété dans l'aile qui lui était réservée, il défit sa valise, alla prendre une douche et se mit à l'aise. Il partit ensuite au village faire quelques achats pour dîner et remplir le réfrigérateur. À peine de retour et les commissions rangées, son téléphone mobile sonna.

— Walpen !

— *Hello, welcome home**, Ralf. Pas trop dur le retour ?

— Tout s'est bien passé. La propriété paraît très vide sans Mark et les cris des enfants, mais on s'y fera. Et toi, où es-tu ? Déjà à Berne ?

— Je suis encore au golf. Je reste en contact avec le département. Pour le moment, il n'y a pas grand-chose à faire, alors, j'en profite.

— Tu as raison, ma foi. Y a-t-il un élément nouveau depuis hier ?

**Bonjour, bienvenue à la maison.*

— Non, rien de plus. Je crois que le mieux, c'est que tu savoures tranquillement ta soirée. J'aimerais que l'on organise une réunion demain au bureau avec les personnes qui ont géré l'affaire de Hurghada. Comme cela, nous ferons le point par la suite avec Simona Zanetta.

— Pour moi, c'est parfait. 9 heures au bureau. Je viendrai avec les croissants.

— Bonne nuit, Ralf, et excuse-moi encore.

— De rien, Pierre, tu m'as nommé à ce poste pour pouvoir compter sur moi, non ?

— C'est surtout notre ministre qui a bien fait, car c'est elle qui choisit son équipe. Allez, à demain.

— À demain.

Ne souhaitant pas cuisiner, Ralf avait profité de passer devant le traiteur thaïlandais pour acheter un plat préparé. Après avoir réchauffé son curry vert de poulet et son riz au jasmin, il prit un plateau avec son assiette, ses couverts et un verre de pinot noir du Valais. Il s'assit devant la télévision, dans son vieux canapé cuir Chesterfield éculé. Une fois dîné, il regarda encore un épisode des *Experts : Miami* pour se détendre et ne demanda pas son reste.

À 8 h 45, le directeur Ralf Walpen pénétra dans le palais fédéral et se rendit d'un pas souple au DFAE, dans l'aile ouest, tenant à la main les croissants dans un sac. Il portait un élégant costume en lin, couleur chocolat foncé, des chaussettes et des chaussures à picots assorties, une chemise blanche avec le col ouvert. Il estimait la cravate inutile. « Après tout, je suis encore en vacances, non ? », se dit-il.

Pierre de Weck était déjà là. S'il avait opté, lui aussi pour la chemise blanche, col ouvert, il avait préféré un costume en coton bleu marine. Ralf le rejoignit dans la salle de réunion de la Task Force et lui tendit chaleureusement la main.

— Bonjour, Pierre !

— Bonjour, Ralf ! Comment vas-tu ? Tu es très bronzé, dis donc.

— Toi aussi tu as de jolies couleurs. Il alla se servir un expresso. Alors, rien d'inattendu depuis hier ? C'est toujours le calme plat ?

— Je t'aurais dit oui jusqu'à ce matin 8 heures. Regarde ça, fit-il en lui tendant une dépêche Reuters qui annonçait officiellement une prise d'otages sur un voilier naviguant en mer Rouge.

— Cela continue, à ce que je vois. Cette ALA nous en veut beaucoup. Tout ça à cause de cette votation sur les minarets.

— Ralf, il faut relativiser. L'ALA vise fondamentalement tous les pays occidentaux. Il est clair que dans un contexte de tension, certains musulmans ont l'impression que les Occidentaux ont une attitude méprisante.

Il rappela que depuis le 11 septembre 2001, il y avait des troupes occidentales en Irak et en Afghanistan. Si on rajoutait à cette impression d'invasion les lois anti-tchadors et anti-niqabs, et enfin la votation du peuple suisse contre les minarets, on obtenait un sentiment de persécution du point de vue de certains musulmans fondamentalistes. Il compléta le tableau avec l'exfiltration des sept Suisses, qui était restée en travers de la gorge du général Foudaff. Ce dernier avait pris un malin plaisir à demander aux islamistes de tous poils de s'en prendre à la Suisse. Il avait appelé à un *Jihad* contre les infidèles. Cela faisait beaucoup.

— Pierre, tu connais très bien mon opinion sur le sujet. Si les Occidentaux avaient fait un peu plus attention au monde arabe ces quarante dernières années, les antagonismes seraient moins forts aujourd'hui.

Il expliqua que l'incapacité des démocraties occidentales à convaincre Israël de négocier une paix juste et durable avec un État palestinien au côté d'un État israélien aboutissait à renforcer cette méfiance. Dès lors, il était aisé pour certains de présenter le monde arabe comme victime d'un acharnement anti-musulman. Pour revenir à la votation du peuple suisse sur la non-prolifération des minarets, selon Pierre, la population ne s'était pas exprimée seulement sur la beauté ou non d'une tour de mosquée. La victoire du non s'expliquait facilement. Le peuple souverain avait affirmé sa volonté qu'une religion, qui n'était pas celle des autochtones, ne prenne pas plus d'ampleur sur son sol. C'était exactement ce que faisaient les pays de la péninsule arabique et personne n'avait à y redire. Il rappela que lors du voyage de l'ancienne ministre des Affaires étrangères en Iran et en Arabie Saoudite, elle avait dû porter le voile, tradition locale oblige ! « Après tout, le peuple suisse est souverain, et chacun fait ce qu'il veut chez lui », se dit-il. D'ailleurs, c'était bien ce que les musulmans faisaient. Il précisa qu'en Suisse, la communauté musulmane était acceptée et libre de faire ce qu'elle entendait et disposait de mosquées pour prier.

— Pierre, pour revenir à nos otages, en sait-on plus sur eux ?

— On s'est renseigné. On a un couple genevois avec leurs deux enfants accompagné d'un autre, franco-suisse, avec trois enfants.

— As-tu eu un contact avec les autorités françaises ?

— Oui. J'ai appelé leur ambassade. L'ambassadeur est en déplacement. Leur gouvernement est en vacances et leur président aussi. Comme il n'y a aucun avantage à tirer de cet événement d'un point de vue médiatique...

— Ils ne feront rien. Exact ?

— Tu les connais bien. Ils m'ont fait comprendre, avec finesse, qu'ils nous faisaient entièrement confiance pour régler l'affaire. Pour eux, les otages ont tous la nationalité suisse, et la tension créée par la votation sur les minarets est helvétique. Donc cela les arrange de se reposer sur nous. Le cas échéant, ils nous rendront responsables si cela s'achève par un fiasco.

— Disons que je commence à saisir certains traits de caractère de leur nouveau président qui aime beaucoup être vu et pour qui communiquer prime sur faire de la politique au lieu de l'inverse, si j'en crois Mark. Sait-on où sont passés nos otages et le voilier ?

— Non. Ils naviguent peut-être encore en mer Rouge, mais ils pourraient tout aussi bien se trouver en Somalie, au Yémen, Dieu sait où ! On est en contact avec la police du Caire qui est elle-même en relation avec celle de Hurghada, mais ils ne savent rien. On a proposé aux Égyptiens d'envoyer des enquêteurs ou un ambassadeur spécial pour les aider. Cependant, ils ne souhaitent aucune ingérence étrangère. Ils nous ont assuré que le moment venu, ils feraient appel à nous.

— Dans ce cas, on va encore attendre. En as-tu parlé à la patronne ?

— Oui. Je l'ai eue au téléphone après la dépêche de Reuters. Elle m'a dit de te saluer et de te remercier d'avoir abrégé tes vacances. Pour elle, on ne peut pas faire grand-chose de plus, pour le moment. On en parlera lundi prochain quand elle reviendra.

— Du côté de Rome, a-t-on plus de nouvelles ?

— Notre garde est toujours dans le coma à l'hôpital Gemelli, l'hôpital universitaire de Rome. D'après notre collègue sur place, les médecins sont pessimistes. Notre ministre, Simona Zanetta, qui assure aussi la présidence de la Confédération cette année, a effectué un aller-retour à son chevet pour soutenir sa famille. Je l'ai dissuadée de revenir à Berne avant lundi, date à laquelle elle doit de toute façon être de retour.

— Tu as bien fait. Au sujet des terroristes, quoi d'intéressant ?

— La police italienne et l'AISI*, le service italien de contre-espionnage, travaillent d'arrache-pied sur l'enquête. Actuellement, on n'a aucune idée de l'identité des artificiers vu qu'ils n'ont laissé aucun indice. Par contre, les enquêteurs sont très intrigués par le système de mise à feu. Il serait ultra-perfectionné, avec des mini-circuits imprimés pour déclencher l'explosion d'une bande peu épaisse de C4, l'explosif bien connu. Vu la faible quantité utilisée, les Italiens pensent que le but était d'effrayer, mais sûrement pas de tuer. Sinon, ils auraient mis plus de C4.

— Pour terroriser, c'est réussi ! L'Europe est sens dessus dessous.

— Oui, en effet. Les policiers transalpins cherchent maintenant l'origine du détonateur microélectronique technologiquement avancé. Il ne peut provenir que d'un pays capable de développer de la très haute technique, ce qui, a priori, ne correspond pas au profil de groupuscules islamistes. Mais va savoir ! Pour le moment, ils n'en connaissent pas plus parce que ces circuits n'ont aucun code d'identification comme l'exigent les lois internationales. Cela sent le trafic d'armes à plein nez.

— En effet, Pierre. Si cela se confirmait, cela signifierait que l'organisation de ces terroristes s'est élevée d'un cran.

— C'est à craindre, Ralf. Pour clore le chapitre au sujet de ces attentats à Rome, je ne sais pas si, depuis hier, tu as pu te mettre à jour de tes lectures des quotidiens, mais

---

* *Agenzia Informazioni e Sicurezza Interna.*

de nombreux gouvernements européens ont fait, ces quarante-huit dernières heures, des déclarations plus ou moins fracassantes pour désigner la Suisse comme responsable de cette vague de terrorisme.

— Pour tout dire, je n'ai lu que les journaux de ce matin dans le train, mais cela me suffit pour sentir une certaine fébrilité.

— Je passe sur le fait que certains pays ont déjà pris contact avec nous afin que nous annulions le résultat des votations sur les minarets. Ce qui est surprenant de la part de ceux se présentant comme les chantres de la démocratie.

— C'est le moins que l'on puisse dire ! Est-ce que nous avons réagi officiellement, Pierre ?

— Non, on a considéré qu'il n'y avait pas d'urgence à le faire jusqu'à présent. Simona Zanetta nous demande de préparer une déclaration courte et claire sur le sujet. Je ne te cache pas qu'elle nous a donné le feu vert pour réaffirmer avec vigueur la souveraineté de la Suisse.

— Eh, bien ! Pierre, c'est avec un grand plaisir que je vais le faire. Maintenant que nous avons une cheffe des Affaires étrangères qui refuse de s'aplatir devant les autres puissances sous prétexte diplomatique, elle peut compter sur moi. Tu auras ton communiqué dans deux heures.

— Je savais que je pouvais te faire confiance, Ralf, rit-il à gorge déployée, connaissant bien la position de son ami sur le sujet.

— À tout à l'heure, Pierre, répondit Ralf, tout sourire.

De retour à son bureau, un expresso à la main, son fauteuil en cuir légèrement basculé en arrière, il se mit à réfléchir au tournant pris par son gouvernement ces dernières années.

Il se remémorait cette période récente où les ministres avaient une moyenne d'âge élevée, et avaient été lamentables à propos du secret bancaire, de la participation de la Suisse au G20, entre autres. Ils avaient été incapables de prendre des décisions avec fermeté. Le gouvernement acceptait systématiquement toutes les demandes des pays européens et occidentaux et courbait l'échine. Si la Suisse était considérée par certains comme un état mineur, alors que c'était une puissance financière importante, l'abdication du dernier Conseil fédéral avait enfoncé le clou.

Heureusement, avec un renouvellement de cinq ministres sur sept après les élections législatives, une année auparavant, la politique helvétique connaissait un véritable coup de jeune. Simona Zanetta, la seule à être restée au gouvernement avec le fameux Weber, faisait presque figure d'aînée avec ses cinquante-quatre ans ! D'autre part, le Parlement si frileux pour élire seulement une femme comme conseillère fédérale vingt ans auparavant avait fini par en coopter quatre dans un même conseil. C'était une véritable révolution pour un pays réputé conservateur.

Pour Ralf, qui était un monsieur d'un certain âge, ce rajeunissement et surtout ce dynamisme à la tête de l'État étaient revigorants. Pour la première fois depuis longtemps il avait le sentiment que la Suisse avançait d'un pas léger, et s'affirmait sur l'échiquier international. Un sourire de satisfaction parcourut son visage buriné.

Tout guilleret, il se mit à écrire son communiqué de presse qui serait signé par sa ministre de tutelle.

5

Les journaux avaient repris le thème du détonateur micro-électronique de dernière génération. Celui-ci ne pouvait avoir été développé et fabriqué que dans un pays possédant la technologie idoine. Dès lors, les journalistes raillaient les puissances occidentales incapables de contrôler leurs industriels, qui faisaient figure d'arroseurs arrosés.

Le procureur de la Confédération avait reçu des services d'investigation italiens des informations concernant le système de mise à feu des lettres piégées. Ils avaient la conviction qu'il s'agissait d'un détonateur provenant des États-Unis, de Grande-Bretagne, de France ou, pourquoi pas, de Suisse. En effet, cette dernière, bien que ne participant à aucun conflit, avait développé une industrie de l'armement florissante et pointue. Le procureur, qui avait longuement discuté avec le responsable italien de l'enquête, était non seulement désappointé, mais mal à l'aise.

Le Département de justice et police ne souhaitait en aucun cas que l'on apprenne par la presse italienne qu'une entreprise suisse était mêlée de près ou de loin à cette affaire. Il décida donc de diligenter une enquête sur toutes les sociétés capables de réaliser ce type de détonateurs. Dans le même temps, la police judiciaire fédérale

(PJF) organisa une fuite médiatique avec une photo du système de mise à feu. Elle espérait que quelqu'un le reconnaîtrait. Dans ce cas, ses chances d'en savoir plus sur ce circuit imprimé s'accroîtraient.

Le lendemain, les douze entreprises suisses susceptibles de maîtriser la technique concernée furent perquisitionnées simultanément. Vu la gravité de la situation, le contrôle fut des plus stricts. Il s'agissait de vérifier de fond en comble les locaux des usines, de contrôler la comptabilité, les stocks, les achats de matières premières et les carnets à souches de déclarations de livraisons... Pour éviter tout déplacement de matériel, les manufactures furent mises sous scellés et protégées par plusieurs policiers en armes. La Confédération ne plaisantait pas dans ce genre de situation et ce, d'autant plus que sa réputation était en jeu.

Malgré une armada de spécialistes, l'examen des pièces comptables prit plusieurs jours. Finalement, tout ce branle-bas n'avait abouti qu'à la confirmation que tout était en règle. Cela rassura le ministère public de la Confédération. La législation sévère sur l'exportation des armes paraissait efficace.

Toutefois, certaines personnes de la police judiciaire fédérale restaient dubitatives. Et si quelque chose leur avait échappé ? Les Italiens se seraient-ils trompés à ce point ? Auraient-ils de mauvaises intentions ? Voulaient-ils discréditer la Suisse ? Mais dans ce cas, pourquoi ? Toutes ces questions restaient malheureusement sans réponses.

La solution surgit sans crier gare. La police cantonale neuchâteloise reçut l'appel d'une personne affirmant reconnaître la pièce dans les journaux. L'usine, où elle travaillait, la fabriquait en série pour l'insérer dans ses propres systèmes d'armements. La vraisemblance des propos paraissait tellement grande que le chef de la police du canton de Neuchâtel prit contact avec la direction de la PJF.

Enfin, une lueur d'espoir pointait à l'horizon. La PJF, reprenant le dossier des Neuchâtelois, entreprit d'interroger le mystérieux interlocuteur en lui garantissant anonymat et protection. Il fut convoqué discrètement au palais fédéral comme s'il devait participer à une réunion d'information sur les règlements d'exportation. En fait, à son arrivée, il fut mené à travers le labyrinthe des couloirs du bâtiment et aboutit dans une salle de conférence où seuls le procureur et le chef de la PJF, assistés de leurs adjoints l'attendaient.

— Je vous présente monsieur Henri Girard qui a contacté la police cantonale de Neuchâtel. Ce qu'il a à nous raconter semble très intéressant. C'est pourquoi j'ai organisé cette réunion loin des regards indésirables, dit le patron de la PJF. Monsieur Girard, prenez place.

— Merci, monsieur. Bonjour, messieurs ! Il s'assit en bout de table.

— Alors, monsieur Girard, vous avez assuré reconnaître le détonateur. Pourriez-vous vous présenter et nous fournir un peu plus d'explications ?

— Je suis Henri Girard, ingénieur EPFL*. Je travaille depuis plus de dix ans chez SMS, Swiss Microelectronics Systems. Notre métier est d'élaborer et de fabriquer des microsystèmes pour l'armement.

— Pourquoi pensez-vous que le circuit dont la photo a été publiée vient de chez vous, alors que l'on n'a retrouvé aucun code d'identification et que nos vérifications poussées n'ont rien donné ?

---

* *École Polytechnique fédérale de Lausanne.*

— Je connais par cœur tous les microsystèmes que l'on fabrique. Ce n'est pas parce que l'on confectionne un ensemble de détonateurs pour une arme sophistiquée comme des missiles qu'il ne peut pas être utilisé à autre chose. Par ailleurs, nous avons travaillé sur des projets de mini-systèmes de mise à feu dont la taille s'adapterait tout à fait à une enveloppe. Pour revenir sur les registres, on ne code les microsystèmes que quand ils sont achevés et prêts à être envoyés à nos clients qui sont des fabricants de missiles, entre autres. C'est à ce moment-là que l'on inscrit les numéros dans les carnets à souches.

— Mais alors, comment expliquez-vous l'existence de ce circuit de mise à feu sans code ?

— En fait, c'est extrêmement simple. Pour les missiles, ou toute autre arme sophistiquée, il faut des microsystèmes irréprochables. On les contrôle donc au microscope. Si l'un d'eux a le moindre défaut, il est abandonné et ne peut figurer sur les registres ni sur les carnets à souches. Et sur ce point, chez SMS, il y a une procédure particulière.

— Laquelle ?

— Normalement, on devrait broyer systématiquement tous les circuits non utilisés au moment où on les déclasse. Mais, chez SMS le directeur d'usine nous les demande et s'en occupe lui-même. Donc personne ne sait ce qu'il en fait. J'ignore si je vous aide.

— Monsieur Girard, nous vous remercions infiniment. Grâce à vous, nous avons un élément de départ. À nous, à présent, de faire notre travail. Comme nous ignorons où nous mettons les pieds, nous allons vous procurer une protection rapprochée, mais discrète, y compris pour votre famille. Si vous avez la moindre inquiétude, appelez ce numéro 24 heures sur 24, dit-il en lui tendant une carte de visite. On va vous raccompagner à la réception.

— Merci, messieurs. Au revoir.

— Au revoir, monsieur.

6

La conseillère fédérale était venue de bonne heure. Malgré les derniers événements, elle était détendue, bronzée et semblait reposée. Ralf et Pierre, connaissant leur patronne, étaient arrivés, comme d'habitude, à la première heure. Elle demanda à ses deux collaborateurs de faire le point dans son bureau à 8 heures.

— Messieurs, avant toute chose, je tiens à vous remercier pour la façon dont vous avez géré la situation pendant mon absence. Je suis désolée d'avoir interrompu vos vacances, Ralf, mais votre présence nous a réconfortés.

— Si j'ai vécu de merveilleuses relâches, le devoir m'appelait, tout cela est bien normal.

— J'apprécie, même si je savais pouvoir compter sur vous. Bon, revenons-en à nos moutons, je dirais plutôt à nos brebis galeuses, dit-elle avec un sourire et son accent tessinois assez marqué quand elle parlait français. Pierre, veuillez m'informer des derniers développements, s'il vous plaît.

— Concernant les attentats de Rome, la PJF avance, semble-t-il. On n'a pas les ultimes détails de la part de nos collègues, mais ils ont une piste sur les détonateurs qui seraient malheureusement originaires de chez nous. Concernant l'ALA, on ne sait rien de plus pour le moment. Par contre, notre garde est décédé hier soir.

— J'appellerai la famille tout à l'heure. C'est dramatique, mais c'est peut-être mieux pour lui, compte tenu de la gravité de ses blessures. Et nos ressortissants en mer Rouge ?

— Nous en sommes toujours au même point. Les Égyptiens font leur enquête, mais voilà, on ne sait rien. Si nous avions un service de renseignements extérieur, nous aurions pu envoyer des agents s'informer.

— Vous avez raison, Pierre. Dites-moi, Ralf, votre fils est-il rentré de vacances ?

— Non, madame. Il ne revient normalement que dans deux jours. Pourquoi ?

— Ce bal mené par l'Égypte a assez duré. Il faut savoir où se trouvent nos compatriotes. Je ne vois que les Faucons pour s'en enquérir. Si Mark acceptait d'en envoyer quelques-uns en mission de repérage, j'en serais ravie. De même, j'aimerais qu'il réfléchisse à un plan d'intervention pour libérer les otages. Je le présenterai à mes collègues en temps utile. La confidentialité habituelle reste de mise.

— Bien, madame. Si vous n'y voyez pas d'inconvénients, je vais le joindre immédiatement.

— Faites, Ralf. De toute façon, on se reverra dans la journée. À tout à l'heure. Ils se levèrent tous ensemble.

Une fois dans son bureau, Ralf prit son téléphone mobile crypté, et composa le numéro de Mark.

Après l'épisode libyen, quand il avait restructuré le groupe de consulting Sword, il en avait profité pour équiper tous les membres de cet appareil sécurisé. La conseillère fédérale Zanetta avait insisté auprès du fabricant, pour que le Sword bénéficie des mêmes standards que ceux du gouvernement helvétique.

— Mark. – Un bâillement se fit entendre sur la ligne.

— Bonjour ! C'est Ralf, je te réveille ?

— Oui, tout à fait, c'est une honte ! – Il rit de bon cœur, heureux d'écouter son père. Qu'est-ce qu'il se passe de si urgent ?

— Je suis désolé ! Ma supérieure m'a demandé de te contacter en urgence. Elle suggère que tes anges aillent faire un saut en mer Rouge pour en savoir plus. Si tu es d'accord.

Ils avaient gardé l'habitude de parler de manière évasive au téléphone. Au sujet de la sécurité, Mark avait tendance à être quelque peu paranoïaque.

— Mais je n'ai pas fini mes vacances et les enfants sont avec moi. Je ne peux me libérer comme cela. Je verrai ce que je peux faire, dit-il, taquinant son père.

— Bien monsieur Walpen. Je vais transmettre votre message à ma ministre, répondit Ralf sur le même ton enjoué.

Les Walpen père et fils partageaient un sens aigu de l'humour qu'ils pratiquaient couramment. La plaisanterie faisait partie de leur mode de communication, comme si, par là, ils prenaient un certain recul avec les événements.

— Écoute, Vati. Laisse-moi boire mon café et j'organise tout ça. J'aurai sûrement besoin de Papinou pour s'occuper des enfants ces prochains jours.

— Votre serviteur est à votre disposition. Ordonnez ! – Il rit.

— Je savais que tu n'attendais que ça. Je m'organise pour le retour des enfants et je vois avec Paul ce que l'on peut faire pour toi.

— OK. À plus Mark. Merci.

Mark prépara sa grande tasse de pur arabica dans la cuisine du Swan, puis il se couvrit d'un sweat-shirt et monta sur le pont admirer une dernière fois le lever de soleil dans le ciel bleu de Crète. Il aimait ces moments de calme où l'activité humaine n'avait pas encore repris ses droits. Une fois son café ingurgité, il appela Paul avec le talkie-walkie.

— Allô ! Paul ! C'est Mark.

— Bonjour, patron. Vous avez un souci ?

— Non, non, ne vous inquiétez pas, RAS. J'ai simplement besoin de vous parler boulot au plus vite.

— Je viens immédiatement.

— Laissez-moi dix minutes que je prenne ma douche et je vous retrouve sur le pont du Swan, je vous offrirai un expresso.

— À tout de suite.

— OK. Pour info, les enfants dorment encore.

— Je viendrai à pas de loup.

— Merci, Paul.

Après une douche bien chaude comme il les appréciait, rasé de près et vêtu de son uniforme de vacances consistant en un polo et un bermuda, Mark s'arrêta à la cuisine. Il tira deux expressos et rejoignit le pont en teck massif où Paul venait de s'asseoir. Il lui tendit sa tasse et le commandant des Faucons lui rendit un sourire tout en la prenant.

— Merci, Mark. Rien de tel qu'un expresso pour me faire parler de bonne heure. – Il sourit.

Mark savait dans son for intérieur que Paul était de ceux qui endureraient beaucoup de souffrances avant de délier leur langue. C'était une force de la nature tant du point de vue physique que psychologique. Pour tenir au 2e REP (deuxième régiment étranger de parachutistes), et traverser tant de champs de bataille comme il l'avait fait, il fallait être d'une autre dimension. Pourtant, à côté de cela, Paul était quelqu'un de très calme, posé et doux. Il était très apprécié par son équipe, par Mark, Ralf et tous les membres du Sword.

— Je ne vous ai pas réveillé, Paul ?

— Un Faucon ne dort que d'une oreille, comme vous le savez. Même si c'est Nibs qui est de quart, j'avais déjà un œil ouvert. Je paressais dans ma cabine.

Quand il avait fallu constituer une équipe d'action clandestine au pied levé pour intervenir en Libye, le nom du colonel Paul de Séverac avait été le premier cité par les contacts de Mark. Ce dernier lui confia la direction de l'opération avec l'approbation et le soutien des trois autres officiers choisis.

Lors de la création du Sword, le commandement des Faucons lui fut définitivement remis. Paul était à présent âgé de cinquante-deux ans. Son père appartenait à l'une des plus anciennes familles de la noblesse française et sa mère était fribourgeoise. Il avait intégré le 2e REP après quelques démêlés judiciaires mineurs à ses vingt ans. Il y avait gravi les échelons pour devenir officier au gré des différentes guerres auxquelles il avait participé. Ensuite, le service action de la DGSE le débaucha. Il en fut le numéro deux. Il n'était pas convaincu par la réforme de 1992, consistant à regrouper les forces spéciales de l'armée française dans un même commandement, le COS. Il s'attendait à ce qu'on lui confie au fur et à mesure les actions clandestines de la DGSE, ce fut le cas. Il prit une retraite anticipée en 2000, après vingt-cinq ans de service. Et, il monnaya son expertise dans le monde entier. C'est alors que Mark le débaucha pour la Libye et le garda.

— Paul, si je vous ai appelé, c'est que Ralf m'a réveillé pour me parler des otages en mer Rouge.

— On a du nouveau ?

— Justement non et cela agace Berne. La police égyptienne veut gérer l'affaire seule, mais n'a aucune information. Par conséquent, la cheffe de Ralf aimerait que votre équipe fourre son nez en mer Rouge. Selon la situation, le

Conseil fédéral nous demandera de faire le nécessaire. Qu'en pensez-vous ?

— Je considère aussi que ça a assez duré. Dans quelles conditions sont-ils retenus ? Comment se comportent leurs geôliers ? On n'en sait rien ! On ne peut pas laisser durer une situation pareille. Dès que vous nous le dites, on y va, patron. Avez-vous déjà réfléchi à ce que vous vouliez faire ? Quelle décision prenez-vous pour les enfants ?

— Pour tout dire, Paul, cela ne fait qu'un quart d'heure que Ralf m'a contacté. Par conséquent, je n'ai pas encore eu le temps d'aller très loin dans ma réflexion. Je serais d'avis qu'Anook et les enfants partent en Suisse au plus vite. Ce sera assez facile puisque l'on est à la fin de notre tour de l'île. Il ne faudra que trois heures pour rejoindre Héraklion. Par ailleurs, si on regarde la carte, depuis la Crète, on est à plus ou moins quatre cents kilomètres des côtes égyptiennes. Après tout, nous pourrions très bien rejoindre rapidement Hurghada, point de départ de toute enquête. S'y rendre avec un navire nous permettrait de rester incognito le plus longtemps possible, en passant pour des touristes.

— Pour ce qui est du bateau et de la discrétion, vous avez entièrement raison. Mais vous ne voulez quand même pas prendre le voilier ?

— Il ne faut pas exagérer, Paul ! Le Swan ne vous servirait à rien. Vous avez besoin d'un bateau rapide, puissant et capable de parcourir de grandes distances. Il faut rendre le Swan et repartir avec le Squadron 55, si vous êtes d'accord.

— C'est ce que j'aurais fait. J'ai encore deux questions : vous ne laissez tout de même pas Anook et les enfants sans protection ? Et vous, vous ne repartez pas avec eux ?

— Comme convenu après l'action que vous avez menée dans le Tibesti tchado-libyen, les jumeaux doivent être en permanence protégés. Je vous laisse prendre la décision qui vous paraît la meilleure à ce sujet. C'est vous le chef en la matière. De mon côté, vu que je suis déjà sur place et que pour le moment, on ne parle pas encore d'une intervention armée, je souhaiterais rester avec votre équipe si vous êtes d'accord.

— Concernant les enfants, il est clair pour moi qu'ils doivent être accompagnés, même si le risque paraît mineur. J'opterais pour Rebecca, qui fait moins malabar que nous autres. Pour ce qui est de vous prendre avec nous, ce sera avec plaisir. Il sera assez tôt pour évaluer les risques pour vous.

— Dans ce cas, je vais voir avec Ralf s'il peut s'organiser avec Swiss pour déplacer les réservations sur le vol d'aujourd'hui pour quatre personnes. Dans la foulée, on lève l'ancre dans un quart d'heure, je vous propose de me suivre et briefer votre équipe. C'est en ordre pour vous ?

— Affirmatif ! On sera prêt. Si vous avez du nouveau, je vous laisse utiliser le talkie-walkie. Dès que vous quittez votre mouillage, on vous suit.

— Merci, Paul. À tout à l'heure.

Ralf, ravi des nouvelles qu'il avait reçues de son fils, s'occupa aussitôt des billets d'avion. La classe Affaires n'avait plus que deux sièges disponibles. Il réserva les quatre du dernier rang du côté gauche de la zone économique, afin que personne ne puisse se trouver derrière Rebecca. C'était le b.a.-ba de la protection rapprochée qu'il avait appris en fréquentant les Faucons. Il en avait profité pour demander que Rebecca, Anook, Zoé et Elliott montent à bord en premier par une porte dérobée, en toute discrétion. Rebecca était autorisée à porter son arme de service avec des balles en céramique spécifiques pour lieux confinés. Ces projectiles étaient suffisants pour neutraliser un assaillant, tout en étant assez mous pour éviter de perforer les parois de l'aéronef.

Ralf les attendrait à l'aéroport de Genève à leur arrivée, au pied de l'avion comme à chaque fois. Il était ravi de garder ses petits-enfants, pendant que son fils et son équipe « traqueraient les méchants », comme ils disaient.

7

Suite au témoignage de monsieur Girard, la police fédérale, épaulée par la gendarmerie cantonale neuchâteloise, avait procédé à une nouvelle perquisition de l'usine SMS. Ils avaient décidé de concentrer leurs forces dans le bureau du directeur. Malgré ses protestations véhémentes, aucun recoin ne fut épargné. En fin de compte, ils ne trouvèrent aucun circuit imprimé ou détonateur.

Le chef de la PJF décida d'interroger ce directeur qui semblait cacher certains éléments à la police.

— Nous aimerions que vous nous expliquiez le fonctionnement de votre usine et de votre organisation. Nous sommes particulièrement intéressés par la gestion de vos déchets.

— Messieurs, je ne comprends absolument pas pourquoi vous avez encore fouillé notre établissement. Comme vous avez pu le constater la première fois déjà, nous sommes parfaitement en règle. Je ne saisis pas votre acharnement.

— Nous ne faisons que notre métier. Alors, faites ce que je vous demande, ou nous vous écouterons dans nos locaux de Berne !

— SMS est une PME d'une cinquantaine de salariés de très haut niveau de qualification. Notre domaine d'expertise concerne essentiellement les systèmes de mise à feu, que ce soit pour des fusées, des missiles ayant de courtes, moyennes ou longues portées. Nous possédons aussi un département qui fabrique des roquettes de courtes portées dans leur intégralité.

— Quels sont vos clients ?

— Comme vous avez pu le constater, il y a plusieurs entreprises suisses, des fabricants allemands et américains d'engins balistiques qui achètent nos circuits. Pour ce qui est de nos missiles à courte portée, nous les vendons partout dans le monde. Tout est trans-parent. Nous respectons rigoureusement la loi sur les exportations d'armement.

— Ça, c'est nous qui le confirmerons. J'aimerais savoir qui d'autre dirige la société et quels en sont les actionnaires.

— Je suis le responsable opérationnel de SMS. Nous sommes une entreprise suisse et le président du conseil d'administration est monsieur Michel Aubert. Vous pouvez le vérifier au registre du commerce. Cela ne me paraît pas une information de première minute. Je ne comprends pas pourquoi vous venez aussi nombreux pour avoir des renseignements que l'on repère sur Internet.

— Vous me laisserez décider ce qui est justifié ou pas. Nous n'avons découvert aucune indication de destruction de vos circuits non conformes au cahier des charges de vos clients. Vous ne trouvez pas cela bizarre ?

— Non, pas du tout. La conception de nos produits prend du temps. Mais quand ils sont prêts, nous n'avons à la production aucun rebut pour ainsi dire. Les quelques déchets sont systématiquement broyés, puis remis à la déchetterie industrielle, mais on ne peut rien en faire.

Le chef de la PJF, se rendant compte qu'il tournait en rond, mit un terme à cet entretien improductif. Il laisserait l'usine sous une surveillance discrète. Pendant ce temps, il approfondirait son enquête sur la structure de SMS, à commencer par ce mystérieux Michel Aubert.

Le lendemain, son bras droit vint dans son bureau faire le point.

– Chef, comme convenu, nous avons creusé sur SMS et Aubert.

– Et vous avez quelque chose de croustillant ?

– Pas vraiment. Pour ce qui concerne SMS, on a cherché les statuts de l'entreprise. L'actionnaire majoritaire est SMS International LLC dont le siège se situe à Ras Al Khaïmah. C'est une société extraterritoriale. Il est donc impossible de savoir qui se trouve derrière.

– Mais dites-moi, comment a-t-on autorisé qu'une telle société possède une entreprise d'armement suisse ? Cela me dépasse !

– Ce n'est pas si étonnant que cela, chef. Si SMS International LLC est l'actionnaire majoritaire, l'actionnaire minoritaire principal, et président du conseil d'administration…

– S'appelle Michel Aubert, le coupa Emil Meyer, chef de la PJF.

– En plein dans le mille !

– Et ce Michel Aubert, qui est-ce ?

– Alors là, c'est original. Je ne comprends pas pourquoi il est le PDG de SMS.

– Pourquoi pas ?

– Simplement parce que ce n'est pas du tout son métier de base. Il est le PDG de la banque privée Aubert & Cie à Genève. Je ne vois pas le rapport. Par contre, en étant actionnaire et PDG de SMS, il n'y avait aucune raison que la commission de contrôle s'inquiète sur les propriétaires de cette entreprise d'armement.

– Que sait-on sur Aubert ?

– Pas grand-chose, non plus. Il est né en 1952 à Genève. Il a étudié à HEC Genève, obtenu un MBA à l'INSEAD. Après ses études, il a rejoint la banque de son père. Il y a cinq ans, il l'a poussé sur la touche et pris le pouvoir, même si ce dernier continue à venir au bureau, bien qu'il soit âgé de quatre-vingt-six ans. La banque Aubert & Cie a été créée en 1946 et s'occupe de gestion de fortune.

— J'aimerais que l'on rende visite à Aubert. Essayez d'en savoir plus sur ses activités et sur le personnage.

— OK chef, on va s'en occuper. À plus tard.

— À plus.

Ralf était revenu de son déjeuner avec Pierre et certains collaborateurs du DFAE. Il dégustait son arabica de Colombie quand il fut interrompu par la sonnerie du téléphone. Il décrocha :

— Walpen.

— C'est Pierre. L'ambassadeur à Paris a laissé un message sur mon répondeur. Un attentat a eu lieu aujourd'hui en fin de matinée. C'était encore une enveloppe à bulles. Un garde a eu les mains brûlées au deuxième degré. Cela ne te rappelle rien ?

— Malheureusement, si !

— Il nous tiendra au courant, mais nous avons d'ores et déjà une information majeure. Ils ont tenu promesse.

— On est tombé sur de sacrés lascars. Pourvu qu'on les attrape au plus vite. J'imagine que l'on aura bientôt la revendication par une dépêche d'agence.

— Certainement, Ralf, mais on sait à quoi s'attendre, n'est-ce pas ?

— Oui, je te laisse, je vais suivre ce qui se raconte dans les journaux télé.

— Tu as raison, c'est ton job, dit Pierre inquiet de la tournure des événements.

Comme son fils, Ralf avait l'habitude de garder un écran de télévision allumé du matin au soir. La chaîne

France 24 était déjà sélectionnée et il lui suffit de regarder et d'augmenter le son mis en sourdine :

« Ce matin, trois ambassades ont été victimes d'attentats au colis piégé, plus exactement aux enveloppes piégées. Il s'agit des ambassades de Suisse, boulevard de Grenelle, du Canada, avenue Montaigne et des États-Unis, place de la Concorde. Ces explosions n'ont pas encore été revendiquées, mais selon la police parisienne, le mode opératoire ressemble à celui de Rome. Heureusement, il n'y a que des blessés légers. »

Ralf appela Pierre et lui exposa ce qu'il venait d'entendre. L'ALA était bien décidée à souffler un vent de panique en Europe et à viser la Suisse.

Cela ne tombait pas au meilleur moment pour celle-ci. Sa santé économique étincelante en énervait plus d'un. Une majorité de pays européens vivait une période de tourmente financière. Certains, au bord de la faillite, n'arrivaient plus à gérer leurs déficits et à emprunter sur les marchés. Leurs taux de chômage frôlaient les dix à vingt-cinq pour cent selon les pays. Cela expliquait pourquoi ils s'étaient retournés contre la Suisse et son secret bancaire. Ce qu'ils avaient oublié, c'était que des pays comme le Luxembourg, le Royaume-Uni, Chypre ou Jersey, par exemple, figuraient parmi les premiers paradis fiscaux au monde.

Ralf reprochait aux derniers conseillers fédéraux d'avoir accepté de livrer des informations sur les clients des banques helvétiques, alors que ces mêmes pays ne faisaient pas le ménage chez eux. Une fois de plus, Berne avait fait des concessions sans que les parties adverses en fassent. « Heureusement que ces derniers mois le Parlement s'est rebiffé », se dit-il.

Les prochaines semaines allaient être chargées pour Ralf. Il lui faudrait faire face aux effets collatéraux des attentats. Il devrait prendre son bâton de pèlerin pour rencontrer en coulisses les différents partenaires de la Suisse et détendre l'atmosphère devenue, ces derniers temps, plutôt orageuse. « C'est la fin de l'été », se dit-il avec ironie.

Cette fois-ci, il ne fallut pas attendre longtemps pour que l'AFP de Paris annonce que les attentats du matin étaient revendiqués par l'ALA. Les demandes demeuraient les mêmes.

8

Le Squadron avait quitté Port-Saïd depuis un certain temps et glissait vers la ville de Suez en respectant la vitesse autorisée de neuf nœuds. Paul avait hâte de sortir de ce chenal encaissé. Il pourrait bientôt pousser ses deux moteurs à trente-deux nœuds et enfin atteindre Hurghada.

Il fallut une bonne dizaine d'heures, Nibs à la barre, les autres se reposant, pour que l'in-bord se présente aux premières lueurs du jour à l'entrée du chenal de la *New Marina Sekkala*. C'était le port de plaisance de Hurghada.

Nibs réveilla tous ceux qui dormaient encore. Ils prirent leur douche et s'habillèrent avant d'engloutir un petit déjeuner. Ils souhaitaient se rendre au plus vite à la capitainerie et à la police. Il fut convenu que Mark et Paul se présenteraient à la seconde qui semblait particulièrement chatouilleuse.

Pendant ce temps, Deepak et Nibs se rendraient à la capitainerie. Ralf avait préparé les choses en envoyant un fax en arabe le matin même aux deux entités. Il les informait que des membres de la diplomatie helvétique viendraient les rencontrer au sujet des personnes disparues.

Deux heures plus tard, les quatre hommes se retrouvèrent à bord pour faire le point sur leurs investigations. Mark prit la parole le premier.

— Alors, avez-vous appris plus de choses que nous ? demanda-t-il en esquissant un sourire narquois.

— Ça, on n'en sait rien, mais vu votre air désappointé, je dirais que oui, répliqua Nibs enjoué.

— Apparemment, les policiers ne se sentent pas concernés par la disparition des neuf touristes.

— Eh bien ! nous, nous en avons une meilleure à vous raconter. Même si parler en anglais avec le capitaine de la marina a été laborieux, il était agréable et coopératif. Figurez-vous que ce matin en faisant un tour du port, il a reconnu le voilier amarré à sa place habituelle. Il a appelé, sans succès, puis est monté à bord. Il n'y avait personne.

— Enfin quelque chose de concret, dit Paul, soulagé. Quand le bateau serait-il revenu ?

— Pour le capitaine, le navire n'était pas là hier dans la journée. Ils ont certainement profité de la nuit pour rentrer avec discrétion.

— Ce qui signifie, si ça se trouve, que les preneurs d'otages ne sont pas loin.

— Encore faut-il savoir où ? S'ils sont égyptiens, ce qui est vraisemblable, ou s'ils bénéficient de complicités locales, ils ont un avantage sur nous, dit Mark.

— Oui, c'est sûr. Moi, j'inspecterai le bateau au cas où on y trouverait un indice ; on ne se sait jamais, intervint Deepak avec ses yeux malicieux.

— Oui, Deep a raison, allons-y, dit Paul.

Nibs avait noté le numéro d'amarrage : ponton D place 27. C'était à l'opposé de là où ils s'étaient amarrés quelques heures plus tôt dans le secteur réservé aux bateaux de passage.

Quelques minutes plus tard, ils montaient à bord et commençaient à inspecter chaque partie du voilier. Si le pont était relativement bien rangé, ce n'était pas le cas à l'intérieur. La cuisine et le salon étaient sens dessus dessous. Il y avait de la vaisselle sale partout et de la nourriture éparpillée. Un vrai capharnaüm. Visiblement, les terroristes étaient restés dans cette partie. Les cabines, si elles n'étaient pas rangées, n'étaient toutefois pas dans le même état.

Ils fouillèrent méticuleusement le voilier. Pas un centimètre carré n'échappa aux mains des quatre enquêteurs amateurs. Ils étaient à bord déjà depuis un certain temps et commençaient à désespérer, quand Deepak cria :

— Regardez-moi ça !

Il montrait ce qui ressemblait plus à un hiéroglyphe de petite taille qu'autre chose. Derrière un coussin à côté de la table à cartes, une marque avait été tracée au feutre fin.

— On dirait trois lettres écrites par un enfant, remarqua Nibs.

— Oui, surenchérit Mark. Il y a un L, un U et un X.

— Cela ne veut rien dire, remarqua Paul.

— Je crois, au contraire, que cela correspond à la ville de Louxor qui se trouve à quelque cent cinquante kilomètres. Je peux me tromper, mais j'en doute. Cela signifierait que nos otages auraient été emmenés à travers le désert vers la ville de Louxor. Je serais d'avis que l'on vérifie la zone et que l'on questionne les gens du coin pour apprendre s'ils les ont vus. Un groupe de dix à douze personnes ou plus ne passe pas inaperçu.

— Patron, Louxor ne s'écrit pas avec Lux.

— Paul, la traduction anglaise, si.

— Moi je sais, lâcha Deepak, l'air joyeux, son téléphone mobile dans la main. C'est exact, vous aviez raison, patron, c'est le code international de l'aéroport.

— Allons vite à la pêche aux renseignements.

Ils utilisèrent le reste de la journée pour arpenter la marina et les ruelles de Hurghada. Ils recherchaient le moindre témoignage. « Avait-on vu passer à un moment ou à un autre un groupe de touristes avec leurs guides ? » se demandaient-ils.

À la fin de la journée, les résultats étaient maigres. Seul le témoignage d'une vieille dame apportait des éléments intéressants. Elle croyait avoir entendu du bruit vers minuit. Cela ressemblait au passage d'un troupeau de chameaux. Mark prit la parole.

— Cela ne vous fait penser à rien ?

— Oui, à la Libye, répondit Deepak ricanant comme un enfant fier de sa sortie.

— Non, dirent les autres.

— Eh bien ! Deepak n'a pas tort en faisant un parallèle avec votre première action dans le désert libyen.

Les chameaux avaient joué un rôle important dans le plan concocté par Mark pour libérer les otages du général Foudaff, dix-huit mois plus tôt. La fête nationale de la révolution lui donna un coup de pouce. L'embryon du Réseau Ambassador avait appris que le fils cadet du général, Mustaffa Al Libya Foudaff, devait se rendre à Sebha, au sud-ouest de la Libye, à cette occasion.

À partir de là, le projet fut simple à monter. Il fallut rassembler une équipe de combattants de premier plan en quelques jours. Dans le même temps, une logistique comprenant avions militaires et hélicoptères avec pilotes expérimentés et pas peureux fut mise sur pied. En moins de deux semaines, tout fut prêt.

— C'était notre première opération ensemble et cela a failli mal finir ! Vous vous souvenez ? Paulo ? Nibs ?

— Ça ne s'oublie pas, tu sais Deep. On se connaissait à peine.

— Heureusement qu'il y avait nos gars de la logistique, que ce soit, Yann de Silguy et son Transall, Greg Hasler avec son Alouette 3 d'Air-Glaciers ou le toubib. Sans eux, on n'aurait jamais réussi. Et Reb ne serait plus parmi nous.

— Finalement, vous vous en êtes très bien sortis tous les quatre.

— C'est vrai patron. Mais si vous n'aviez pas concocté un plan machiavélique, cela n'aurait servi à rien.

— Peut-être, Paul. Cependant, un projet, tout aussi parfait qu'il soit, nécessite une équipe sans pareille pour l'appliquer. J'ajouterai que tous les détails tactiques avaient été peaufinés avec Yann et vous, entre autres. Vos connexions avec l'armée française ont grandement facilité les choses au Tchad.

— Paulo, le boss a raison. Ils nous ont vachement aidés à l'aller comme au retour.

— Oui, mais c'était moins une !

Le général Foudaff attendait de pied ferme une intervention de libération des prisonniers, mais il n'imaginait pas que son fils pourrait être kidnappé. Une fois l'enlèvement réussi, il avait suffi de négocier un échange : Mustaffa Al Libya contre les sept otages.

Mark Walpen, donnant des séminaires de stratégie dans plusieurs écoles de guerre, avait activé ses contacts. Ce fut ainsi que les noms de Paul de Séverac, Deepak Singh, Nibs Van de Merwe et Rebecca Leibowitz lui avaient été communiqués. Les quatre combattants sélectionnés appartenaient à la crème des forces spéciales de leurs pays respectifs.

L'opération nécessitait une logistique importante. Utilisant ses relations, il demanda au colonel en retraite de l'armée de l'air française, Yann de Silguy, d'apporter son aide à l'intervention. Ce dernier avait créé une société de transport aérien à Abidjan, Air Trans Afrique, en rachetant trois C-160 Transall à son ancien employeur qui devait recevoir les nouveaux Airbus A400M pour les remplacer. L'équipe fut complétée par Greg Hasler, pilote d'Air-Glaciers sur Alouette III et, du docteur Jacques Durrer, chirurgien d'une clinique de Sion et attaché au même service de secours en montagne.

Yann de Silguy, accompagné de son fidèle copilote, Mamadou, au manche à balai de sa libellule bleu turquoise, avait pris en charge tout le groupe sur le tarmac de l'aéro-club de Genève situé face à l'aéroport international. Ulli Schneeberger et Vincent Carrel les avaient suivis avec le Bombardier Challenger 604 prêté par la Rega*.

Ils rejoignirent la piste en terre de Zougra Bardai dans le nord du Tchad, d'où toute l'opération héliportée proprement dite commencerait. L'Alouette, équipée d'un réservoir de carburant supplémentaire, déposa les quatre combattants à une trentaine de kilomètres au sud de Sebha, à la Zellaf Nature Reserve. Ils y avaient rejoint un troupeau de chameaux dont les Touaregs se rendaient en ville pour la fête nationale.

Le samedi dans la nuit, alors que celle-ci battait son plein, nos compères, utilisant une injection de Flunitrazépam, enlevèrent le fils Foudaff à la barbe de tout le monde. Ils reprirent le même chemin qu'à l'aller avec leurs chameaux.

L'hélicoptère était venu chercher le « paquet » à Zougra Bardai et était parti avec Paul et le médecin qui surveillaient la santé de leur otage, en raison des effets secondaires possibles du somnifère qu'ils avaient employé. Rebecca, Deepak et Nibs devaient continuer à dos de

---

* *Garde aérienne suisse de sauvetage.*

chameau vers le sud et traverser la frontière pour rejoindre la piste d'aviation tchadienne de Zougra Bardai quelques jours plus tard. Une journée avant leur passage au Tchad, une patrouille libyenne, qui recherchait les preneurs d'otages, fit feu.

— Oui, c'était moins une, mais pour nous trois. Car toi, tu étais déjà loin avec le fils Foudaff.

— Deep a raison. On n'a pas vu venir le coup. Au départ, c'était un accident bête. Si cette vipère cornue n'avait pas piqué le chameau de Rebecca, elle ne serait pas tombée, montrant à tous son pistolet-mitrailleur MP5K.

— Et, bien entendu, une andouille de militaire libyen a aussitôt saisi sa Kalachnikov et canardé la pauvre Reb. Elle s'est pris un pruneau à l'épaule juste à côté du gilet pare-balles.

— La frousse que j'ai eue, Nibs, quand j'ai vu tout le sang de Reb couler !

— Quand on a flingué les Libyens, cela ne t'a pas fait grand-chose !

— Alors ça, c'est sûr ! Heureusement, Nibs, que tu as fait le pansement compressif et que Greg, Paulo et surtout Jacques sont arrivés rapidement.

— En fin de compte, les gars, le principal est que nous ayons accompli notre mission avec succès et que Rebecca, malgré sa blessure, s'en soit bien sortie.

— Si vous n'aviez pas agi de manière adéquate sur le terrain, faire hospitaliser en urgence Rebecca dans une clinique privée n'aurait servi à rien. L'essentiel est que tout s'est bien terminé, que ce soit pour elle ou pour nos otages.

— Je n'oublierai jamais la tête que faisait l'ambassadeur libyen au Caire quand l'échange s'est effectué à l'ambassade d'Autriche.

— C'était chaud, en effet, Deep.

— Messieurs, je ne veux pas faire le rabat-joie, mais on a d'autres choses à faire maintenant. Au boulot, dit Mark en souriant à ses hommes.

Ce fut ainsi que le Réseau Ambassador, le SICB appelé depuis le Sword, accompagné des Faucons virent le jour. Les trois Faucons se mirent à rire ensemble, suivis des autres. Cette expérience difficile, qui avait failli coûter la vie à leur coéquipière, avait scellé une amitié sincère entre ces personnalités hors du commun.

— Si on en revenait à notre désert égyptien ? Mise à part une route où circulent bus, camions et la police, c'est le désert. Et pour passer inaperçu, quoi de mieux que le chameau et surtout la nuit pour bénéficier de la fraîcheur ? Donc, les deux indices que nous avons visent Louxor, la ville des pharaons.

— Mais s'ils vont dans cette direction, demanda Paul, peuvent-ils aller loin ?

— Non, je ne pense pas. Au-delà, c'est un désert immense qui parcourt la Libye, l'Algérie, le Tchad, le Nigeria, etc. Ils vont certainement chercher refuge dans une oasis bien cachée et attendre. Le risque d'y être dénoncés est faible. Il y a une certaine solidarité dans le monde musulman. Si on ne soutient pas ce genre d'action, on le comprend.

— Alors, on va les suivre et les débusquer, cela te rappellera la Libye, Deep, dit Nibs moqueur.

— Et vous, patron ? demanda Paul.

— Nos routes se séparent ici. Je ne veux pas être un poids mort pour vous. Si vous avez besoin de soutien ou Dieu sait quoi, je vous serai plus utile au QG de Lutry.

— C'est bien mon avis. Vous venez de parler de renfort. Ne serait-ce pas le moment de rappeler Bradley et Tom ?

— Si, j'y pensais. Je vais leur envoyer un message tout à l'heure, et demander à Ulli de les amener avec le Challenger 604. Il sera épaulé par Vincent. Je propose que l'on parte tous à l'hôtel Marriott qui n'est pas loin de la marina. On y dîne et on s'offre un repos nocturne qui sera salutaire pour nous tous.

Les trois regardèrent Mark d'envie. « Un copieux repas et une nuit dans une chambre au matelas moelleux... Que demander de plus ? » se dirent-ils.

9

Le commandant Meyer avait décidé de questionner Michel Aubert. Il divisa son équipe en deux. Une partie se rendrait aux bureaux de la banque Aubert & Cie. Une autre poursuivrait sa route en traversant le pont du Mont-Blanc et rejoindrait le domicile du banquier Cologny. Pour éviter les embouteillages à l'entrée de Genève, les véhicules partiraient de Berne à 5 heures et demie du matin, ce qui leur permettrait d'entrer dans Genève vers 7 heures, avant la grande affluence.

La première équipe arriva devant les bureaux de la banque Aubert & Cie, quai du Mont-Blanc. Il était 7 heures et quart. Un policier vérifia si Aubert y était déjà. Les portes étaient closes. Cela n'étonna personne. Ils attendraient qu'on leur ouvre.

Pendant ce temps, la deuxième équipe se présenta à la résidence de Michel Aubert. Il n'y avait aucune activité. Ils décidèrent d'attendre eux aussi.

Vers 7 h 30, des employés de la banque arrivèrent. Le commandant Meyer et ses collaborateurs entrèrent en présentant leurs badges et demandèrent Michel Aubert. Ni lui ni son assistante n'étaient encore arrivés. Ils ne tarderaient pas. Meyer fit donc le siège du bureau de direction de la banque en laissant un policier à l'entrée.

Après quelques minutes d'attente, une jeune femme blonde, très maquillée, chaussures à talons hauts, robe moulante et courte, apparut au seuil du bureau de Michel Aubert, où la troupe de choc venue de Berne l'attendait. Meyer prit la parole.

— Bonjour, madame ! Commandant Meyer, Police judiciaire fédérale. Vous êtes bien l'assistante de monsieur Aubert ?

— Oui, répondit-elle. Que puis-je pour vous ?

— Nous aimerions discuter avec votre patron.

— C'est impossible, messieurs.

— Pardon ? répliqua Meyer assez tendu par la réponse.

— Il est parti hier soir en voyage d'affaires.

— Où est-il ? Pour combien de temps ?

— Il est à Dubaï et je ne sais pas exactement quand il rentrera, cela dépendra de ses clients. En général, il s'absente une petite semaine.

— J'imagine que vous avez réservé son vol de retour.

— Oui, pour dans six jours exactement. Il lui arrive parfois de décaler son retour.

— Prévenez-moi si monsieur Aubert change ses plans. Je veux être le premier averti, dit-il en tendant sa carte de visite et en haussant le ton.

— Bien, répondit-elle en ayant soudainement perdu son sourire.

Meyer avait semé la panique dans la fourmilière, ce qui était son but, à défaut d'interroger Aubert. Il mettrait tout ce petit monde sous étroite surveillance. Il se doutait bien que la Paris Hilton, face à lui, avertirait son patron dès qu'il aurait tourné les talons.

Il quitta le bureau et, accompagné de son équipe, retourna dans la rue à deux pas du centre de Genève. Ils se rassemblèrent comme un groupe de touristes le long du parapet du pont du Mont-Blanc.

— Notre oiseau s'est envolé. Ce n'est que partie remise. Je veux que l'étau se resserre et qu'il sache que l'on n'est pas loin. La cocotte que l'on vient de quitter va nous servir à son insu. Je ne sais pas ce que vous en pensez, vous, mais je serais surpris qu'elle ne soit que l'assistante d'Aubert.

— Ça, patron, ça saute aux yeux !

— Je vais demander au procureur d'autoriser une mise sur écoute des lignes de la banque, mais ce n'est pas gagné. Pendant ce temps, vous, vous restez ici et vous surveillez l'assistante, ainsi que les allées et venues devant le bureau. Je veux tout savoir.

— OK, commandant. Vous nous envoyez nos pyjamas par Fedex ?

— Je vous laisse gérer ça. Je vous confie la voiture, moi je vais à pied à la gare de Cornavin. Organisez-vous avec les autres.

En remontant la rue des Alpes en direction de la station de Genève-Cornavin, il appela l'équipe chargée du domicile du banquier. Les volets fermés de la propriété confirmaient l'information obtenue auprès de l'assistante. Meyer donna ses ordres, et repartit vers Berne.

Pendant ce temps, Mark Walpen organisait un meeting du Sword au dernier étage de son immeuble de bureaux.

Il avait pris le premier avion depuis Louxor pou Genève en passant par Le Caire. Ce fut plus simple et plus rapide qu'il ne l'avait pensé au départ. Depuis l'avion, il avait convoqué une réunion pour faire le point sur la prise d'otages et la vague d'attentats perpétrés en Europe.

Il souhaitait informer les membres du conseil des derniers événements et profiter de leurs avis. Ils avaient tous répondu présent. Il faut dire que Mark et Ralf les renseignaient régulièrement de la situation par textos.

Les membres de la première intervention étaient là : Alexia Pictet, professeure de géostratégie et de politique internationale, Lotfi Kammoun, directeur adjoint de l'Institut du monde arabe à la retraite, Mary-Anne Niederberger, la directrice financière du groupe et Amanda Johns, professeure de psychologie.

Enfin, Sven Adam, le dernier venu, se tenait en bout de table. Ses longs cheveux bouclés et une paire de lunettes rondes à la John Lennon lui donnaient l'air d'un adolescent. Son arrivée au Sword avait été rocambolesque. Ce Canadien, plus connu sous le nom de Steeve Adamson, avait fait la Une des journaux pour avoir pénétré les sites Internet de la NSA et du Pentagone, juste pour s'amuser. Le sens de l'humour des autorités américaines sur le sujet, étant inexistant, un mandat international avait été lancé contre lui. Bien qu'il n'eût rien volé, démontrer une faille de sécurité de ces sites constituait un crime de lèse-majesté pour les États-Unis. Convaincus qu'il représentait une recrue de choix, Mark et Ralf s'arrangèrent pour qu'il arrive en catimini à Genève. Il reçut un permis de séjour au nom de Sven Adam. Il ne pouvait quitter le territoire suisse. S'il respectait ses engagements, il bénéficierait, après cinq ans, du passeport helvétique. En changeant d'identité, Sven avait aussi dû modifier son apparence.

Ce tour de passe-passe, que seuls Mark et Ralf connaissaient, avait permis de mettre la main sur une des plus grosses pointures en piratage d'Internet. Un service de renseignements non gouvernemental comme le Sword devait se doter d'un département d'informatique de haut vol. Recruter l'un des meilleurs hackers de la planète leur en assurait les moyens.

Rebecca, qui avait escorté Anook et les enfants de Mark de Crète jusqu'à Lutry, représentait les Faucons. Les autres étaient occupés en Égypte.

Mark fit un rapide état des lieux sur les attentats et la prise d'otages. Il précisa les découvertes de la veille à Hurghada. Il sollicita en premier Amanda Johns et Lotfi Kammoun.

— À propos des preneurs d'otages, il est certain que nous avons affaire à une frange de musulmans jusqu'au-boutistes. Par conséquent, comme la Suisse ne peut reculer au sujet des minarets, on est dans une impasse politique, commença Lotfi Kammoun.

— Je rejoins Lotfi, dit Amanda. Ils veulent l'accès aux médias grâce à cet enlèvement. Si on peut condamner leur méthode, leur sentiment de frustration est compréhensible. Je pense que nos otages sont en danger.

— S'ils sont retournés en Égypte, c'est qu'ils peuvent compter sur un soutien local important. Ils seront difficiles à débusquer, précisa Lotfi.

Finalement, il y eut l'unanimité autour de la table pour affirmer que seule une intervention des Faucons pouvait libérer les otages. Personne n'imaginait qu'ils seraient exécutés, mais tous craignaient un enlisement. Comme le souligna Amanda, nul ne pouvait évaluer les conséquences psychologiques d'une captivité durable, sans oublier que l'on ignorait leurs conditions de détention.

Mark confirma que les trois Faucons étaient à la poursuite des terroristes et qu'il avait rappelé Tom et Bradley, encore en vacances dans leurs pays d'origine, les États-Unis et l'Australie. Ils arriveraient dans la journée en Suisse pour repartir aussitôt dans le sud de l'Égypte.

Ralf exposa les derniers développements concernant les attentats de Rome et de Paris. Il précisa l'avancement de l'enquête fédérale sur la société SMS et le banquier Aubert.

La difficulté pour le groupe Sword résidait dans le fait que les Faucons ne pouvaient pas enquêter sur SMS et

Aubert. Cela se passait sur le sol suisse. Mark et Ralf ne souhaitaient pas dévoiler l'existence du Sword à la police fédérale et courir le risque d'être paralysés par celle-ci. Il leur fallait rester clandestins. Il était donc impossible d'être informé en direct par la PJF, jalouse de ses renseignements et de ses prérogatives nationales.

La conseillère fédérale Zanetta révéla à Ralf les informations concernant l'enquête qu'elle suivait de près. Cette fuite ne trahissait aucun secret de fonction, le Sword apportant, en fait, une aide internationale là où la Confédération était bloquée. De plus, elle savait qu'aucun membre ne risquerait de dévoiler quoi que ce soit, ne serait-ce que pour sa propre sécurité.

Alexia Pictet prit la parole :

– Si j'ai bien compris ce que Ralf vient d'exposer, ça me paraît louche qu'Aubert parte à Dubaï alors que l'on enquête sur son entreprise.

– Et pourquoi ? demanda Ralf.

– Si Dubaï est connu pour sa démesure en termes de construction, l'émirat est aussi un paradis pour le trafic d'armes et les activités extraterritoriales. Les autorités émiraties savent très bien fermer les yeux quand elles pensent que c'est dans leur intérêt. Ce n'est un secret pour personne que Dubaï est la plaque tournante du financement des activités terroristes islamistes dans le monde.

– Je rejoins Alexia. On en parle peu dans les médias, mais l'émirat est une place financière extraterritoriale des plus attractives. N'importe qui peut monter une entreprise fantôme. L'anonymat est totalement protégé. Il suffit de remarquer ces bureaux vides qui servent de boîtes aux lettres. Aujourd'hui, les Émirats drainent pratiquement tous les capitaux occultes de l'univers arabe. Tout le monde le sait, mais les Occidentaux continuent à fermer les yeux et considèrent les Émiratis comme des alliés et amis. Je ne vous parle pas des Qataris !

— Je résumerai la situation en disant que, pour Dubaï, le Qatar, l'Arabie Saoudite et d'autres encore, la main gauche caresse les Occidentaux, la droite cajole les islamistes terroristes et les deux s'ignorent.

— C'est cru, mais joliment exprimé, Alexia, complimenta le sage de la diplomatie.

— Ce que vous sous-entendez, c'est que la PJF se concentre sur Aubert en Suisse, parce qu'elle ne peut intervenir à l'étranger. Le Sword enquêtera sur ce qui se trame à Dubaï, s'exprima Mark.

— Exactement, répondirent d'une seule voix les participants en souriant.

— Dans ce cas, je propose que Rebecca rejoigne Aubert à Dubaï. Espérons que nous en sachions plus. Elle est la plus indiquée avec Ralf, car ils parlent tous deux couramment arabe.

— Je crois qu'elle maîtrise encore mieux la langue que moi, dit Ralf en riant et avec un regard de connivence pour la guerrière qu'il appréciait beaucoup.

Elle sourit de bon cœur. La combattante âgée de quarante-quatre ans était née dans le creuset du renseignement. Son père, le général Avram Leibowitz, avait été directeur du Mossad connu pour ses audaces. Il avait été remplacé par le nouveau Premier ministre pour divergence de vues après dix années de service remarquable.

Sa mère, née Aïcha Fitoussi, était une Juive originaire du Maroc, alors que son père était un Juif polonais, ce qui donnait un mélange explosif entre Ashkénazes et Séfarades. Rebecca en était un bel exemple. Le moins que l'on pouvait dire, c'était qu'elle ne manquait pas de caractère.

Elle avait fait son armée, comme toutes les femmes israéliennes, puis avait été admise, après une sélection draconienne, dans la troupe d'élite du Sayeret Matkal. Elle avait rapidement rejoint le *Kidon* (le service action du Mossad). Les *kidonim* étaient peu nombreux, quarante-huit au maximum, et étaient chargés d'éliminer les ennemis d'Israël depuis les attentats de Munich en 1972. Le Kidon figurait parmi les meilleurs services d'action clandestine au monde, peut-être même les surpassait-il tous. À quarante et un ans, Rebecca avait pris une semi-retraite, puis avait été recrutée par Mark sur les conseils de son père. Les deux hommes se connaissaient très bien, détail qu'elle apprit ultérieurement.

— Mark, il me faut un de mes autres passeports avec une de mes identités d'emprunt.

— Oui. On va se quitter là-dessus. Rebecca nous informera de ce qui se passe à Dubaï. Ralf nous préviendra des derniers développements évoqués dans les hautes sphères. Je compte sur vous pour être disponibles ces prochains jours. Nous aurons besoin de nous réunir plusieurs fois. Bonne semaine à tous et merci, conclut Mark.

La réunion étant achevée, les participants se parlèrent par petits groupes, de manière informelle. Rebecca gagna le bureau de Mark. Il ouvrit le coffre-fort qui était, en fait, un pan entier de mur qui pivotait électriquement, ce qui le rendait indécelable. Il tendit à sa collègue une boîte d'archives à son nom, qui contenait tous les effets personnels de la couverture qu'elle avait choisie. Elle échangea les documents, mit son étoile de David, sa montre et ses papiers d'identité dans la caissette. Elle serait française originaire du Maroc pour les prochains jours. Le mur se referma.

La sécurité des enfants Walpen serait momentanément prise en charge par des employés du S3, dont c'était le travail auprès de nombreux VIP.

10

Les Faucons avaient suivi le même parcours que Mark, et s'étaient rendus à Louxor par bus. Ils pensaient plus logique de procéder par cercles concentriques à partir de l'antique capitale de la Haute-Égypte.

Ils appliquèrent leur stratégie consistant à se fondre dans la foule autochtone. Après un mois de vacances au soleil, ils étaient tous bronzés. Ils se vêtirent comme des nomades du désert. Suivant la remarque de Deepak, ils achetèrent des dromadaires et quittèrent la ville.

Paul avait regardé sur Internet la carte de la région. L'oasis la plus évidente était la vallée du Nil. Au-delà, c'était le désert et la possibilité de se cacher était presque inexistante. Les conditions climatiques en plein mois d'août étaient invivables. Une question subsistait : fallait-il commencer par le nord ou par le sud ? Le second offrant le chemin le moins long jusqu'au lac Nasser, ils optèrent pour celui-ci. Si cela aboutissait à un échec, il serait assez tôt pour remonter vers le nord.

Ils entreprirent leur périple sous un soleil de plomb. Ils ne désiraient pas perdre un instant. Les prochains jours, ils auraient le temps de chercher les otages à des heures moins chaudes. Ils se rendraient de village en village, scruteraient tout élément anormal. Ils portaient des *Galabiehs* qu'ils avaient achetées au souk de Louxor, où seuls les autochtones allaient. Ils passaient ainsi plus inaperçus.

Rebecca étant occupée, Ralf avait demandé à son collègue ambassadeur en Égypte d'envoyer un de ses collaborateurs locaux comme contact avec la population. Un volontaire originaire du sud accepta aussitôt la mission. Une fois le groupe terroriste repéré, il devait quitter les Faucons. Ali, leur traducteur, caracolait en tête, avec Paul à ses côtés, à la recherche des terroristes.

Pendant ce temps, Ulli, aux commandes de son Challenger 604 atterrissait à l'aéroport de Louxor. L'ambassade suisse au Caire avait dépêché son premier secrétaire pour faciliter la sortie de Bradley et de Tom, et surtout de leurs bagages encombrants. Le passage de la douane se fit en dix secondes, le bakchich dans le passeport aidant.

Bradley et Tom remercièrent chaleureusement le premier secrétaire d'ambassade qui reprit le premier vol pour la capitale. Bradley envoya un texto à Paul, l'avertissant de leur arrivée. Il lui demanda où ils se trouvaient.

Les autres Faucons n'étaient qu'à une dizaine de kilomètres au sud de Louxor, dans le village d'Al Baghdadi, sur la même rive du Nil. Ils prirent le premier taxi en direction du débarcadère du petit village. Il ne fallut pas vingt minutes au taxi pour les déposer à côté d'un groupe de dromadaires couchés à l'ombre auprès du fleuve.

Le taxi repartit. Les Faucons se saluèrent fraternellement, ravis de se retrouver. Leur phalange se reconstituait, même si Rebecca ne pouvait être avec eux pour le moment.

— Salut, les gars ! Ça fait plaisir de vous voir, dit Paul. On a une surprise pour votre arrivée. Deepak, tu leur donnes leur cadeau, s'il te plaît.

— Oui, chef, répondit l'intéressé en tendant à Bradley et à Tom un paquet.

Ils découvrirent une magnifique *Galabieh*.

— On s'est dit que, comme vous aviez manqué la Libye, vous le regrettiez sûrement. On est passé au marché pour vous.

Tom et Bradley rirent de tout cœur.

— Vous n'y êtes pas allé mollo pour la taille, dit Tom. J'ai du XXXL.

— Moi aussi, dit Bradley en enfilant le vêtement local.

Ils flottaient littéralement dedans malgré des gabarits frisant le quintal pour Bradley et le dépassant pour Tom.

— Tu vois, tu seras confortable, plaisanta Nibs, exprimant sa bonne humeur.

— Blagues à part, nous aussi on apporte des cadeaux, dit Tom.

Il ouvrit discrètement deux valises équipées d'un antivol à numéro. Ils virent tout un arsenal emballé dans une serviette de bain. C'était pourquoi le premier secrétaire d'ambassade les avait escortés pour passer la douane. Il n'était pas question que Tom et Bradley soient pris avec plusieurs armes dans leurs bagages.

— Bon, maintenant, on se répartit les cadeaux autour des selles des dromadaires. On les cache par un tissu. Tom, Brad, vous me balancez ces valises fissa, et on repart.

— OK, chef, répondirent les deux combattants à qui l'on confia un dromadaire chacun.

Suivant les conseils du premier secrétaire d'ambassade et de Mark, Ulli avait quitté l'aéroport de Louxor, trop agité et trop fréquenté par la police égyptienne. Il atterrit, vingt minutes après son décollage, en plein désert à l'aéroport de New Valley-Kharga. Ce dernier était distant de deux cents kilomètres de Louxor et très isolé. C'était l'endroit parfait pour Ulli et son copilote. Ils attendraient que les Faucons les réclament, et s'accommoderaient comme ils pourraient de la chaleur.

Lors de l'organisation de l'opération libyenne, Mark avait réalisé combien le succès d'une telle mission reposait sur une logistique irréprochable. Il avait négocié, à Zurich, avec la Rega, le prêt d'un de leurs avions-ambulances et de son pilote. Cela avait été d'autant plus aisé qu'ils attendaient un nouvel appareil. Leur ancien Bombardier Challenger 604 accumulait de nombreuses années de service. Ils avaient besoin d'un aéronef plus performant et avaient commandé le Challenger 605. La Rega avait mis à disposition le pilote en titre de l'avion, Ulli Schneeberger, âgé à l'époque de 55 ans.

Quand le Sword vit le jour, Mark proposa le rachat de l'appareil et Ulli demanda sa mise à la retraite pour rester uniquement au service des Faucons.

Son copilote n'était autre que le colonel Vincent Carrel de l'armée de l'air suisse. Âgé de 54 ans lors de l'intervention clandestine libyenne, l'ancien pilote de F/A-18 était en semi-retraite en tant qu'instructeur. Il sauta sur l'occasion quand Mark lui proposa de l'action. Il resta, lui aussi, au service du Sword.

Rebecca avait pris le premier vol d'Emirates Airlines de Genève à Dubaï à 15 h 15. Elle atterrit à 20 h 30. La nuit commençait déjà à tomber. Son taxi la déposa à l'hôtel Novotel situé au Mall* of the Emirates, immense centre commercial en marbre.

Pendant son vol, le génie de l'informatique avait pénétré les services de réservation des principaux hôtels de luxe de Dubaï. Après une douzaine d'essais infructueux, le Kempinski du Mall of the Emirates lui avait fourni la réponse, Aubert y était descendu. Il réserva une chambre

---

* *Centre commercial haut de gamme, à l'américaine.*

au Novotel de ce même centre commercial. Ce serait discret et laisserait à Rebecca plus de latitude pour épier sa cible. Sven lui avait envoyé une photo récente de Michel Aubert sur son téléphone mobile. Par chance, le banquier aimait se montrer et son minois se trouvait sur Internet.

Après son enregistrement, Rebecca décida de vérifier si « l'objectif » était à son hôtel. Elle interrogea la réception, il était sorti en ville. Elle choisit de se détendre et d'aller dîner. Elle envoya juste un texto à son patron pour l'informer.

Elle arpenta les galeries marchandes et fut surprise d'y trouver un supermarché, alors qu'il n'y avait que des magasins de marques de luxe. Elle se décida pour l'Al Hallab, un restaurant libanais. Elle appréciait cette cuisine orientale. « Je me sentirai déjà dans l'ambiance », se dit-elle.

Après son dîner, constitué d'un mezzé* trop copieux, elle décida de se coucher. Se rendre au Kempinski à cette heure-là ne servirait à rien. Elle préférait se réveiller tôt le lendemain et surveiller les sorties de l'hôtel où était descendu Aubert. Une fois couchée, elle ne demanda pas son reste.

Rebecca se leva à 6 h 30. Le service en chambre lui apporta le petit déjeuner commandé la veille. Elle avala rapidement une salade de fruits, des viennoiseries et une tasse de café bien fort. Elle ne savait pas quand elle pourrait se nourrir de nouveau. Vêtue d'un jean, d'un polo bleu marine et, surtout, portant ses lunettes de soleil et un chapeau, elle quitta sa chambre pour rejoindre le Kempinski.

**Gastronomie levantine — ensemble de plats servis lors d'une fête ou d'un repas de famille.*

Elle décida de s'installer dans les fauteuils en cuir du hall d'entrée, à proximité des grandes portes de verre. À peine assise, une femme habillée d'un uniforme de style arabisant rouge s'enquit de ses besoins. Elle commanda un café. L'attente débuta. Elle ne savait combien de temps cela durerait. Au moins, elle se trouvait au cœur de la citadelle.

Cela faisait environ deux heures qu'elle lisait distraitement le journal *Gulf Today*, jetant un œil par-dessus, quand elle aperçut la silhouette ronde et petite de Michel Aubert. Il était déjà chauve, portait une paire de lunettes à écailles démodées. Il paraissait boudiné dans son blazer bleu foncé et son pantalon gris anthracite. Il portait à la main une sacoche Cartier neuve bordeaux brillant. Il passa devant Rebecca. Elle repéra du regard l'homme qui, à peine sorti, héla un taxi.

Rebecca posa son journal, prit son fourre-tout en forme de sac à dos et le suivit. Aubert entrait dans le taxi. Elle appela le suivant, et lui intima l'ordre de le filer. Les véhicules parcoururent deux ou trois kilomètres sur la *Sheikh Zayed Road*. Ils s'arrêtèrent devant un immeuble de bureaux jouxtant le World Trade Center, le centre de congrès.

Michel Aubert entra dans le hall et prit le premier ascenseur. Au moment où les portes se fermaient, une très jolie femme, cheveux noirs brillants et bouclés, la peau pain d'épice et arborant un chapeau et des lunettes de soleil, s'engouffra dedans. D'un coup d'œil, elle repéra que le onzième étage avait été sélectionné. Elle appuya sur le 12. L'ascenseur s'éleva rapidement. Le 11 s'éteignit quand il s'immobilisa. Aubert sortit, laissant Rebecca poursuivre sa route.

Arrivée au douzième étage, Rebecca aperçut une plaque en cuivre sur la porte d'entrée. Il était gravé : Fondation pour l'éducation et le développement arabe.

Le nom l'interpella sans savoir pourquoi. « Il faudra en apprendre plus », marmonna-t-elle entre ses dents.

Elle poursuivit son chemin la menant à l'étage inférieur. Elle descendit les escaliers et déboucha devant la porte d'une société appelée Dubaï Import/Export LLC. Cela ne voulait rien dire.

Elle décida de ne pas aller plus loin pour le moment. Elle redescendit dans la *Sheikh Zayed Road* continuer sa surveillance depuis un point d'observation en retrait. Elle demanda à Sven des informations sur la fondation et sur la société dont elle avait vu les noms. L'attente reprit.

Une demi-heure plus tard, son téléphone mobile vibra. Un texto arrivait. Sven avait déjà des renseignements intéressants. « Décidément, ce petit nouveau devient un soutien indispensable à nos actions sur le terrain », se dit-elle.

Le président de la fondation n'était autre que son altesse Abdullah Bin Sultan Al Rashid, fils cadet de l'émir. Elle trouva en pièces jointes, nombre d'articles sur les activités caritatives du prince.

En revanche, Sven n'avait récolté que peu d'informations sur Dubaï Import/Export LLC. L'opacité des lois sur les sociétés aux Émirats ne facilitait pas les choses. La seule donnée officielle était le nom du directeur pakistanais. On ne savait pas qui se trouvait derrière cette entité ! Quelques articles suggéraient que Dubaï Import/Export LLC était spécialisé dans le commerce d'armes pour le compte de l'armée émiratie, ce qui menait encore à la famille régnante.

Rebecca, ne croyant pas aux coïncidences, demanda à Sven et à Mark de se documenter sur cette famille et reprit son observation. Les prochains jours se révéleraient certainement très instructifs. Elle ne lâcherait pas Aubert d'une semelle.

11

Les Faucons poursuivaient leur ratissage méthodique des villages en aval de Louxor. Ils commençaient leurs recherches aux aurores et les achevaient tard le soir, quand la température redevenait supportable. Ils s'octroyaient, ainsi qu'à leurs montures, une longue pause en milieu de journée, pendant les heures les plus chaudes, à l'abri des rayons du soleil. Ils suivaient en cela les habitudes régionales.

Les Faucons avaient décidé de prendre leur temps pour observer le moindre mouvement et contrôler le plus infime recoin des villages. « Tôt ou tard, les preneurs d'otages feront une erreur », pensaient-ils. Ils ne pouvaient rester planqués. Ils commettraient certainement l'imprudence de quitter leur terrier et de se promener en toute liberté. Par ailleurs, il fallait bien alimenter les neuf otages et les terroristes. Cela représentait beaucoup de bouches à nourrir et d'aliments à acheter.

Ils débarquèrent dans la ville d'Esna, à une cinquantaine de kilomètres au sud de Louxor. Comparée aux nombreux villages qu'ils avaient traversés et fouillés jusque-là, Esna fourmillait d'une activité étourdissante.

En arpentant les ruelles étroites de la ville, ils débouchèrent sur la rive du Nil. Ils comprirent pourquoi cette cité grouillait autant. Une noria incessante de touristes visitait le temple de Khnoum, encavé à une dizaine de mètres de profondeur. Nombre de bateaux s'arrêtaient pour faire admirer ces vestiges.

Sven avait envoyé à Paul des indications sur la ville, comme pour toutes celles que les Faucons avaient explorées jusque-là. Il espérait ainsi leur fournir le détail décisif dans leur recherche. Paul comprit alors l'autre raison pour laquelle il avait l'impression de se trouver au cœur d'une ruche. Esna était l'un des principaux marchés aux chameaux d'Égypte. De nombreux marchands s'y rendaient. Il y avait presque autant de ces ruminants que d'hommes. Par ailleurs, la richesse agricole de la région se constatait sur les étals alimentaires du souk.

Paul se dit que cette ville réunissait beaucoup d'avantages pour se cacher. Il décida de diviser son équipe en deux. Une se chargerait de surveiller toutes allées et venues au marché d'alimentation. L'autre continuerait la fouille des tréfonds de la cité. « Qui sait, la traque paierait-elle enfin ? » se dit-il.

Cela faisait déjà quarante-huit heures qu'ils se trouvaient à Esna. Nibs et Deep avaient repris leur poste d'observation au marché. Paul, accompagné de Brad et Tom, fouillait dans la périphérie sud de la ville. Le téléphone mobile de Paul vibra. Nibs l'appelait.

— Paul, on a repéré deux gaillards suspects. Ce qui paraît bizarre, c'est qu'ils semblent fébriles et regardent partout. Par ailleurs, ils ont acheté de grandes quantités de nourriture qu'ils viennent de charger sur leurs deux chameaux. Maintenant, ils se dirigent vers la sortie sud de la ville, les deux animaux en bride.

— On n'est pas loin de là. On se balade sur la route principale entre Esna et Adaïma. Même s'il y a plusieurs chemins, on devrait réussir à les rejoindre tôt ou tard. Si ce sont bien ceux que l'on cherche.

— Ça, Paul, je ne peux pas te le garantir. Je me dis que cela vaut peut-être la peine de les suivre. On n'a rien à perdre de toute façon.

— Affirmatif. Filez-les à distance. Ne vous faites pas remarquer.

— Ne t'inquiète pas, on va leur laisser du champ. De toute manière, on veut seulement savoir où ils se rendent. Il sera temps de vérifier avec vous si ce sont bien nos cocos.

— OK, à tout à l'heure. Tiens-moi au courant du chemin qu'ils prennent.

— « *No problemo* ».

Paul et ses deux collègues se déplacèrent pour rejoindre la route d'Esna à El Sibaiya, puis se postèrent dans une voie perpendiculaire leur permettant d'avoir une visibilité parfaite. Ils guettèrent ainsi leurs proies sous une chaleur de plomb. Paul reçut la confirmation de Nibs qu'ils s'étaient positionnés au bon endroit.

Paul aperçut deux dromadaires chargés de victuailles. C'étaient sûrement leurs clients. Les trois mercenaires montèrent aussitôt sur leurs chameaux et avancèrent à pas lents vers la route principale. Quand ils reconnurent Laurel et Hardy en version arabisante, ils surent que Nibs et Deepak, sous leurs déguisements locaux, les rejoignaient en suivant les suspects. Les cinq Faucons se regroupèrent et s'ébranlèrent, tout en gardant un œil sur leurs proies. Ce n'était pas le moment d'être détecté.

En entrant dans Al Adayma, les deux poursuivis s'engagèrent dans un chemin sur la droite, et s'éloignèrent des rives du Nil. Les Faucons les imitèrent. Au loin, une ferme perdue au milieu des cultures se dessinait. Les deux dromadaires qu'ils filaient s'y engouffrèrent.

Paul décida qu'ils en savaient assez. Il fit demi-tour et chercha un endroit ombragé auprès d'une habitation. Ils patienteraient là jusqu'à la tombée de la nuit et se reposeraient avec leurs camélidés. Il n'était pas question d'être repéré.

La température et la luminosité diminuaient lentement. La nuit envahissait au fur et à mesure, la plaine du Nil. Les Faucons vérifieraient bientôt leurs soupçons. Ils portaient déjà leurs gilets pare-balles en nanocomposites complétés de leurs cagoules.

— Deepak, ça va être à toi de jouer, dit Paul.

— Pourquoi est-ce toujours moi qu'on expédie ? répondit l'intéressé en faisant mine d'être fâché. Pourquoi pas Nibs, Tom ou Bradley ?

— Parce que, mon cher Deep, on n'envoie pas un éléphant pour une mission pareille, Paul souriait en regardant les trois autres.

— Des pachydermes, tu y vas fort, chef, répliquèrent-ils.

En comparaison des quatre autres Faucons masculins, Deepak, mesurant un mètre soixante-dix et pesant soixante-dix kilos, ressemblait à une crevette. Ses compagnons, avec une taille moyenne d'un mètre quatre-vingt-dix et un poids de cent à cent trente kilos, faisaient figure de géants. Il fallait cependant se méfier de l'officier indien. Il compensait son gabarit par une agilité et une vivacité utilisées comme des armes redoutables.

Deepak Singh était sujet de Sa Gracieuse Majesté et âgé de trente-huit ans. Il était fils et petit-fils de Gurkhas. Si son *pater familias* était né en Malaisie quand le bataillon des Gurkhas britanniques de son propre père y avait été délocalisé, lui avait vu le jour en Angleterre. Il avait la morphologie des Indiens du royaume du Sikkim, devenu province himalayenne de l'Inde à l'indépendance. Son physique tenait donc plus des images de sherpas secs que de Terminator.

Il débuta sa carrière dans le 22nd Special Air Service (SAS) et naturellement dans la Mountain Troop. À ce titre, il fut de nombreuses fois à disposition du service action du MI6. Après la Libye, il décida de rejoindre les Faucons.

Il était connu comme le boute-en-train des combattants. Il ne pouvait refréner ses envies de taquiner ses collègues. Depuis l'intervention libyenne, pendant laquelle il avait donné son sang à Rebecca grâce à une transfusion de fortune et à son rhésus universel, il représentait la mascotte des guerriers.

— Bon, blague à part, Deep, fais gaffe. Ne te fais pas choper. Nous serons à proximité en cas de problème. Je te demande de vérifier si on ne se trompe pas, un point, c'est tout. Note tout ce que tu vois, et reviens vite.

— OK, j'y vais. Je te laisse mon dromadaire. À tout de suite. Ne t'inquiète pas, frangin, sans moi tu serais triste... Ah ! Ah !

Deepak s'élança à pas de loup le long des champs de canne à sucre en direction de la ferme. Il prenait garde à ne pas marcher sur des feuilles ou des morceaux de canne sèche dont le bruit signalerait sa présence.

Il portait son arme, un SIG P226, cachée dans le dos sous sa gigantesque *Galabieh*. Le hasard fit que le P226 de fabrication suisse était le dernier pistolet de dotation du SAS avant qu'il ne les quitte. Le P226 équipait de nombreuses forces spéciales dans le monde, que ce soit dans la version 226 d'origine ou dans ses dérivés qu'étaient les P228 et P229. Les munitions variaient de calibres 9 mm Parabellum, 40 S & W ou 357 SIG. Quand Deepak entra au service des Faucons, il se décida pour la version P226-9-Navy conçue spécialement pour les US Navy SEALs. Ses composants étaient en acier traité avec du phosphate anticorrosion.

Arrivé à une cinquantaine de mètres de sa cible, il perçut de la lumière à une fenêtre au rez-de-chaussée. Il ne voyait pas grand-chose d'autre, mais renifla l'odeur d'une cigarette. Se tournant dans sa direction, il repéra aussitôt un cercle rougeoyant. Il y avait quelqu'un dehors qui fumait. Était-ce un garde ? Deepak porta à ses yeux sa paire de lunettes spéciales de vision nocturne Fujinon et attendit.

Une fois le bout rouge tombé, il observa attentivement la silhouette qui ne rentrait pas. Il en profita pour scruter les environs. Il en remarqua un second grâce aux infrarouges. Il ne sut dire s'ils portaient des armes. Il décida de rester encore, tapi au sol, au plus près de la bâtisse. Les deux hommes n'avaient pas bougé de leur position depuis une demi-heure. Pour Deepak, le doute n'était plus permis. Il revint sur ses pas.

— Alors Deep ? demanda Paul impatient.

— Eh bien, je n'ai pas pu aller trop près des bâtiments. J'ai repéré deux gars à deux endroits différents, qui sont restés en place tout le temps. Je ne peux pas affirmer qu'ils avaient des armes, mais je n'en serais pas surpris ; ils les ont certainement en bandoulière dans le dos, et je voterais pour des kalaches.

— Je pense comme toi. Maintenant, nous devons élaborer un plan.

— Écoute, Paul, c'est tout vu, on se fait ces gars, intervint Nibs avec l'approbation des autres.

— Je suis d'accord sur le principe, mais avouez que l'on a peu d'éléments, pardonne-moi, Deep.

— Je sais, mais tu m'as ordonné de rester en retrait.

— Au point où nous en sommes, on a intérêt à y aller. Ali, vous resterez avec les dromadaires et vous vous planquerez derrière cette maison. Vous ne montrez, en aucun cas, le bout de votre nez jusqu'à notre retour. Si cela tourne mal pour nous, rejoignez discrètement l'ambassade.

— OK, je vous attendrai.

— Nous allons nous diviser en deux équipes, le couple inséparable Deepak et Nibs côté gauche. – Sourire des autres. Brad, Tom et moi, on prend le côté droit. On attend que la lune soit la plus lumineuse pour contrôler que ce sont bien des gardes armés. Il ne faudrait pas flinguer des paysans égyptiens. Une fois que l'on est sûr de notre coup, on élimine la cible et on vérifie s'il n'y a pas quelqu'un d'autre en couverture.

— Et après ?

— On rejoint le mur de la ferme et on jette un coup d'œil par la fenêtre dont Deepak a parlé. À ce moment-là, l'équipe deux rentrera dans la maison en douceur par la porte. Ensuite, l'équipe un passera par la fenêtre. On se retrouvera tous dans la même pièce. Faites attention à vos infrarouges pendant l'assaut.

— On a l'habitude, chef, réagirent les autres légèrement irrités.

— OK, mais, cela va toujours mieux en le disant. Maintenant exécution. Ali, venez avec nous, on vous installe à l'abri avec nos dromadaires.

Ils laissèrent l'Égyptien avec les six montures et suivirent Deepak en éclaireur. Quelques minutes plus tard, ce dernier vérifia si les deux silhouettes étaient toujours là. Ce fut le cas. Il prit le côté gauche suivi de Nibs. Paul et les autres se dirigèrent à droite.

Il ne fallut pas longtemps aux deux groupes pour distinguer les reflets brillants d'une Kalachnikov au dos de chacune des cibles. Même s'ils étaient équipés de leurs micro-oreillettes miniatures habituelles, ils avaient décidé de ne s'en servir qu'en cas de besoin. L'opération devait se dérouler de préférence en silence.

Deepak, couvert par Nibs, s'occupa du premier garde, qui n'eut pas le temps de tendre le bras vers son arme. Le couteau commando sectionna sa carotide d'un coup sec. De son autre main, Deepak lui fermait la bouche. Puis, il réceptionna dans les bras la masse d'un pantin désarticulé.

Tom fit de même avec le sien. Seul un léger souffle de vent remua les cannes à sucre environnantes. Ils restèrent immobiles encore quelques minutes, afin de vérifier si un autre garde n'était pas dissimulé. Ils ne virent rien, et se retrouvèrent de chaque côté de la fenêtre d'où venait la lumière.

Il y avait trois hommes armés d'AK47 jouant aux cartes autour d'une table. Paul fit signe à ses collègues. Suivi de Tom et Bradley, il tourna vers sa droite et se posta devant la porte d'entrée. Il entra dans le couloir principal suivi de ses deux amis. Il atteignit la porte de la pièce ; l'action débuta.

Deepak reçut le « GO » dans son oreillette. Aussitôt, Nibs visa l'ampoule avec son Walther P99 muni de son silencieux. L'obscurité envahit la pièce. Les lunettes infrarouges sur le nez, ils sautèrent dans la salle. Paul arriva en silence par la porte. Une minute plus tard et quelques coups de feu tirés, l'assaut s'acheva. « Une véritable démonstration », se dit Paul.

Les Faucons entravèrent les prisonniers aux pieds et aux mains avec des menottes en plastique. Paul dirigea la fouille de la ferme. Ils découvrirent rapidement les otages dans une pièce, tout au fond de la bâtisse. Ils étaient attachés avec des ficelles de chanvre, les yeux bandés. Les mercenaires les délivrèrent aussitôt.

— Mais qui êtes-vous ? interrogea un des hommes, l'air hagard.

— On nous a mandatés pour vous libérer.

— Vous êtes l'armée suisse, l'armée française ?

— Nous sommes une ONG et votre gouvernement nous a demandé de vous arracher des griffes de ces hommes. Est-ce que cela vous suffit comme explication ? lui répondit Paul, agacé.

— Oui, oui. J'étais juste surpris. C'est tout.

— Alors, c'est parfait. Maintenant, vous allez suivre nos instructions, dit Paul assez sèchement.

Si le colonel de Signac était quelqu'un de charmant et bien éduqué, quand il commandait une opération, il se contentait d'être précis et efficace.

— Monsieur, on doit vous prévenir que l'on a une compagne qui n'est pas en bon état.

— Qui est-ce ?

— La femme de mon ami. On ne sait pas ce qu'elle a, elle mange très peu depuis que l'on nous a enlevés. Elle souffre de diarrhées et semble très faible.

— Vu qu'elle a tenu le coup jusqu'à présent, elle va résister encore quelques heures. Nous organisons immédiatement votre évacuation, ensuite nous disparaîtrons dans la nature.

Libérés de leurs liens, les otages reprirent peu à peu le dessus. La prisonnière éprouvée par la détention retrouva quelques couleurs. Les Faucons les guidèrent auprès du groupe de dromadaires et d'Ali qui les attendait.

— Ali, l'opération est terminée. Tous les otages sont libres et vivants, même s'ils sont marqués physiquement. Ils auront besoin d'être pris en charge médicalement et psychologiquement. Nous vous les confions. L'ambassade du Caire va venir vous récupérer dans peu de temps.

— Et vous ?

— Nous repartons avec nos prisonniers, on n'en a pas encore fini avec eux. La version officielle est que les otages ont été libérés et que l'ambassade suisse vous a envoyé en éclaireur en attendant leur évacuation sanitaire. Vous ne savez rien de plus. Vous ne nous avez pas vus, vous ignorez qui nous sommes. OK ?

— OK, dit Ali.

— Mesdames, messieurs, pour vous c'est la même chose.

— Oui, répondit son interlocuteur qui faisait figure de leader des otages.

— Bon, maintenant, je vous laisse. Nous arrangeons votre transfert. On n'avait pas prévu de vous libérer aujourd'hui, mais on a saisi l'opportunité qui s'est présentée à nous.

— Merci de nous avoir délivrés. On ne peut pas dire qu'ils nous aient mal traités, mais nos conditions d'emprisonnement étaient très difficiles, surtout par cette chaleur. Si on doit encore attendre un peu, ce n'est pas grave. Au moins, on est libre.

— C'est parfait. Je vous laisse prendre vos aises, j'ai à faire maintenant.

Paul appela Mark. Il lui résuma la situation en trois phrases et lui demanda d'intervenir auprès des autorités helvétiques concernées. Il en profita pour lui expliquer leur projet.

Paul raccrocha. Il avait encore du pain sur la planche avant que le soleil ne se lève.

Mark joignit son père, qui appela Pierre de Weck et la présidente de la Confédération, Simona Zanetta, soulagés. Aussitôt, tout fut mis en œuvre pour le rapatriement des anciens prisonniers. La présidente estima normal que les diplomates suisses prennent en charge les otages. Elle considérait que les autorités égyptiennes s'étaient montrées discrètes pour les aider.

Paul souhaitait prendre le large au plus vite avec les prisonniers. Il avait contacté Ulli. Ils considérèrent que l'aéroport de Louxor rendait impossible le transférer en secret des captifs dans le Challenger. Ils décidèrent que Paul et les Faucons continueraient à dos de dromadaire vers le sud à travers l'immensité de sable. Ils atteindraient l'aéroport d'Assouan-Daraw, entre le désert et le lac Nasser. Il ne servait qu'à quelques touristes désireux de visiter le site majestueux d'Abou Simbel.

Paul confirma à Ali que les secours arriveraient sur les lieux dans la matinée. Ses compagnons d'armes étaient déjà juchés sur leurs dromadaires et se tenaient prêts à prendre la poudre d'escampette. Après un dernier salut aux otages et au jeune Égyptien, Paul monta sur son animal et prit la tête du groupe.

12

Pendant ce temps, Rebecca épiait les faits et gestes du banquier Michel Aubert. Elle avait observé sa cible se rendre plusieurs fois près du WTC.

Il s'était rendu trois fois jusqu'à l'entrée d'un palais très protégé à l'autre bout de la *Sheikh Zayed Road*. Après renseignements, la combattante apprit qu'il s'agissait de la demeure du prince héritier, Mohammad Bin Sultan Al Rashid. Les résidences de son père et de son frère se situaient dans le même périmètre réservé à la famille régnante.

Dans la pratique, le prince Mohammad exerçait le pouvoir dans l'ombre de son *pater familias* depuis plusieurs années. L'émir, souffrant d'Alzheimer, préférait rester à l'abri des regards dans son palais. Il était conscient que son état empirait et que c'était un obstacle à sa fonction. Il était donc normal que son fils, qu'il avait formé pour lui succéder, prît d'ores et déjà les rênes du pouvoir.

Elle suivit des courses hippiques, où Aubert se rendit en compagnie du prince Mohammad. Elle alla jusqu'au Burj Al Arab qualifié de seul hôtel sept étoiles, au monde. À la réception, on lui indiqua qu'Aubert était monté au restaurant Al Muntaha qui surplombait la mer de deux cents mètres. Il se situait au vingt-septième étage de l'hôtel de luxe à l'architecture imitant un spinnaker gonflé par la brise.

Finalement, Rebecca n'avait accumulé que des fragments sur les contacts de Michel Aubert. Elle n'était guère plus avancée sur le rapport existant entre, lui, la famille royale, Dubaï Import/Export LLC et la Fondation caritative. Elle était convaincue que tout était lié, et qu'elle trouverait tôt ou tard le chaînon manquant qui permettrait de comprendre cet imbroglio.

Aiguillonné par Simona Zanetta, l'ambassadeur Reymond, réveillé en pleine nuit, se dépêcha de rejoindre les otages. Sa ministre avait pris la décision de décoller au lever du soleil avec l'avion de la Confédération, le Falcon 900 EX Easy, depuis l'aéroport de Belp à quelques kilomètres de la capitale fédérale. Elle arriverait au Caire en milieu de matinée, accompagnée du directeur de la Task Force.

L'ambassadeur réserva un avion-taxi à l'aéroport du Caire et décolla à 6 heures du matin pour Louxor avec une équipe de collaborateurs et un médecin. De là, ils réquisitionnèrent plusieurs voitures de location et prirent la direction qu'on leur avait communiquée.

Une heure plus tard, cinq grosses berlines tournaient à droite dans le village d'Al Adayma. Ali leur fit signe de s'arrêter. L'ambassadeur sortit vite de sa voiture et alla à la rencontre des otages. Il les salua chaleureusement un par un.

Le médecin ausculta la femme la plus mal en point. Il décida que le mieux serait de la perfuser pendant le vol pour la revigorer un peu. Il fit un tour rapide des autres otages, qui s'ils montraient des traces d'épuisement, semblaient dans un état suffisant pour un transfert immédiat. Il donna son accord pour le départ vers l'aéroport qu'ils avaient quitté plus d'une heure auparavant.

Le long serpent de véhicules repartit vers le nord. Il s'arrêta au pied de l'avion. Celui-ci obtint un slot de décollage immédiat. Une heure et demie plus tard, ils atterrissaient au Caire.

Les otages, ayant besoin de calme et de soins, furent rapidement conduits à l'ambassade helvétique située dans un quartier résidentiel.

Une fois arrivé, Jean Reymond mit à disposition des deux familles les appartements réservés aux hôtes de marque. Sa femme Margrit s'occupa personnellement de les installer. Elle s'enquit aussi de leurs tailles de vêtements pour en acheter des neufs. Ce fut fait une heure plus tard. Après une bonne douche, les otages se sentaient mieux, même s'ils étaient très fatigués. Ils rejoignirent les salons de la résidence où un copieux petit déjeuner les attendait.

Pendant ce temps, Jean Reymond reprit son véhicule de fonction, drapeau suisse sur l'aile avant droite. Il se rendit de nouveau à l'aéroport international pour accueillir sa ministre et présidente. Le temps lui avait manqué pour se changer. C'était pourquoi il était encore habillé sport. « Ce n'est pas le moment de faire un concours d'élégance, mais d'être efficace », s'était-il dit. Simona Zanetta le comprendrait parfaitement.

Le Falcon se posa cinq minutes à peine après l'arrivée de la Mercedes 500 dans la zone VIP de l'aéroport. Le chauffeur se gara au pied de l'avion et la porte de celui-ci s'ouvrit. Simona Zanetta, suivie de Ralf, en descendit, souriante. Jean Reymond les salua et les invita à monter à bord du véhicule.

— Alors, Jean, dites-moi, comment vont nos concitoyens ?

— Ils se sentent beaucoup mieux à présent. Après s'être douchés, vêtus de neuf, ils se restaurent à l'ambassade. Le médecin leur a prodigué les premiers soins. Il leur faudra un soutien psychologique à leur retour.

— Ce sont d'excellentes nouvelles. Vous avez fait du bon travail, je vous remercie.

— Vous savez, je n'ai fait que mon métier. Ceux qu'il faut féliciter, ce sont ceux que vous avez envoyés les libérer.

— Nous n'avons dépêché personne, dit la présidente, avec un sourire et lançant un clin d'œil en direction du directeur de la Task Force.

— Madame la Présidente a raison, nous n'y sommes absolument pour rien, surenchérit Ralf en souriant.

— En tout cas, dit l'ambassadeur, si par le plus grand des hasards vous les croisiez, remerciez-les.

Il savait pertinemment de quoi il retournait, mais la version officielle resterait toujours la même ; l'ambassade avait reçu un appel anonyme informant que les otages étaient libres et se trouvaient à tel endroit.

Il ne serait jamais fait mention des Faucons. C'était à ce prix que ces combattants garderaient leur efficacité. Le bruit courait qu'un groupe d'élite intervenait dans le monde pour libérer des otages, et qu'il ne dépendait d'aucun service de renseignements connu. Sa légende planait. C'était très bien ainsi.

Deux heures après son atterrissage au Caire, le Falcon 900 redécollait en direction de Belp. À l'arrivée, une nuée de journalistes attendait. Partant du principe qu'il valait mieux gérer la communication que de subir les assauts de la presse, le secrétaire d'État aux Affaires étrangères avait convié les médias à une conférence. Il suivait en cela les conseils de Mark Walpen. La présidente, entourée des prisonniers libérés, fit une courte déclaration pour exprimer sa joie que ses concitoyens soient de retour. Il n'y eut aucun autre commentaire de sa part ni de celle des otages.

Paul et ses collègues arrivèrent au sud d'Assouan et bifurquèrent légèrement vers l'ouest pour rejoindre le tarmac de l'aéroport régional. Ils aperçurent en bout de piste un avion à réaction tout blanc avec une croix rouge sur la queue. C'était l'aéronef sanitaire des Faucons ; Ulli et Vincent patientaient. Ils reçurent le texto qu'ils attendaient et lancèrent aussitôt les réacteurs. Les cinq hommes armés s'avancèrent à proximité de l'oiseau blanc et rouge. Vincent ouvrit la porte.

— Messieurs, vous cherchez un taxi ? blagua le pilote de chasse.

— Avec plaisir, on est pressé, répondit Paul.

Ils embarquèrent un à un. Une fois la porte verrouillée, Ulli poussa les manettes de gaz à fond et le Challenger s'élança.

— Paul, on a posé un plan de vol pour Djibouti, ça te va ?

— Sur la base française ?

— Non, non ! Mark a pensé que ce n'était pas une bonne idée. La France n'apprécie pas beaucoup les communiqués du directeur de la Task Force en ce moment. Par contre, le patron a causé à certaines personnes du Pentagone. Il a obtenu l'autorisation d'atterrir sur la base américaine de Camp Lemonnier. Officiellement, les États-Unis ne sont au courant de rien.

— C'est parfait. Il nous faut un endroit à l'abri des regards afin que nous ayons une discussion avec nos invités.

— On y sera dans environ deux heures. Cela dépendra des vents.

Le Challenger se posa en fin de journée à Djibouti. Cette jeune république de la corne de l'Afrique était indépendante depuis 1977 seulement. Le personnel au sol indiqua à Ulli une place dans un hangar d'entretien des avions de chasse. Une fois les lourdes portes refermées et les réacteurs éteints, tous les passagers descendirent. Au pied de l'avion, ils furent salués par le colonel Williams de l'armée de l'air américaine.

— *Welcome in Djibouti USAF base**. – Il tendit la main à toute l'équipe. Nous avons eu vent de votre dernier exploit par CNN et notre état-major. C'est un honneur de faire la connaissance d'un groupe aussi courageux et tenace.

— Mon Colonel.

Paul salua au garde-à-vous. Il restait un militaire dans l'âme. Même s'il avait décidé de rejoindre une armée de l'ombre, cela ne changeait rien à l'affaire. Le colonel Williams lui rendit son salut avec respect.

— On vous a réservé ce hangar qui est discret et climatisé ce qui, sous ces latitudes, n'est pas du luxe. Nous vous y servirons les repas.

— Merci, mon Colonel. Nous apprécions beaucoup votre hospitalité. Nous resterons entre vingt-quatre et quarante-huit heures, le temps d'en apprendre plus sur nos « invités ». Comme convenu avec votre état-major, toute information utile à nos amis américains vous sera transmise personnellement.

— Merci d'avance. Si vous souhaitez me joindre, il suffit de composer le 1 avec le téléphone interne qui se trouve sur le bureau. Il salua et partit aussitôt.

Paul décida d'organiser la vie dans le hangar.

— Bon, on a eu vingt-quatre heures chargées en émotion et en fatigue.

— Tu l'as dit, répondirent les autres, les traits tirés.

— On va préparer notre campement, se mettre à l'aise et manger. Cette nuit, on fera chacun un tour de garde

**Bienvenue à la base aérienne américaine de Djibouti.*

d'une heure pour surveiller nos prisonniers. Je n'ai aucune confiance dans ces lascars. Il faut les considérer comme extrêmement dangereux.

— Tu as raison, on ne sait jamais.

— On commencera les interrogatoires demain matin à la première heure. Maintenant, allez vous préparer.

Ils prirent chacun leur paquetage de secours dans l'avion. Ils enfilèrent des vêtements propres, ce qu'ils apprécièrent après plusieurs jours dans le désert. Deux soldats arrivèrent avec un chariot complet de nourriture et dressèrent le couvert pour leurs hôtes. Ils posèrent deux bouteilles de Saint-Émilion sur la table.

— Avec les compliments du colonel ! Bon appétit, messieurs.

— Veuillez remercier votre colonel.

— Oui, monsieur.

Ils saluèrent et repartirent.

— Ça, les gars, c'est la grande classe ! Hum... Ça sent bon ! Un verre de cet excellent cru nous fera du bien à tous.

Ils se mirent à table les premiers. Ils feraient manger leurs prisonniers après. La journée s'acheva ainsi. Ils avaient tous besoin de dormir.

13

Le vol Etihad Airways 51 se posa à Genève à 13 h 55. Quelques minutes plus tard, les passagers se déversèrent dans l'aérogare. Un individu chauve avec de l'embonpoint apparut aux portes de verre, juste après le passage de la douane. Trois hommes et une femme s'approchèrent. Ils présentèrent leurs badges.

— Police judiciaire fédérale, vous êtes bien monsieur Aubert ?

— Oui, pourquoi ?

— Affaire d'État, monsieur. Nous souhaitons vous parler.

— Dans ce cas, prenez rendez-vous avec ma secrétaire.

Il s'exprimait d'un ton hautain et prétentieux.

— Soit on discute maintenant à votre entreprise, soit on vous emmène faire une visite de la capitale, dans nos bureaux ; à vous de choisir.

— Bon, bon, allons-y, on se retrouve à mon immeuble.

— On fera autrement. Deux officiers monteront avec vous dans votre voiture, et deux autres vous suivront.

— Pourquoi me traitez-vous comme un criminel ?

— Ce n'est pas le cas, monsieur, en tout cas pour le moment. Vous êtes un témoin capital dans une affaire de terrorisme. Nous appliquons donc les procédures fédérales pour ce type de situations.

— Je ne comprends pas.

— Ne vous inquiétez pas, nous, si. Allons chercher votre véhicule.

Ils descendirent au parking souterrain à l'étage -3 et, suivant Aubert, s'arrêtèrent devant une Bentley Continental gris anthracite. Ce coupé avait des lignes épurées. Les officiers se dirent qu'être banquier avait du bon. Ce n'était pas avec leur salaire, tout à fait correct d'ailleurs, qu'ils pourraient s'offrir un pareil engin.

Une fois les valises rangées, deux officiers montèrent avec Aubert qui prit le volant. Il aimait se passer de temps en temps de son chauffeur. Ils arrivèrent aux barrières et attendirent que la Volvo S80 avec moteur V6 suralimenté fasse son apparition avec le chef d'équipe. Ils empruntèrent la route menant au quai du Mont-Blanc en plein centre-ville.

Arrivée au pied de l'immeuble du banquier, son assistante se précipita sur lui sans s'apercevoir qu'il n'était pas vraiment disposé à cela, compte tenu de la garde rapprochée qu'il avait sur ses talons.

— Giulia, ce n'est vraiment pas le moment. Apportez à boire dans mon bureau. Madame, messieurs, je vous laisse vous installer.

Ils entrèrent. Michel Aubert ferma la porte de la pièce et s'assit dans son fauteuil.

— Alors, si vous m'expliquiez tout ce bazar.

— On aimerait obtenir plus de détails sur la société SMS de Neuchâtel. Cela vous dit-il quelque chose ?

— Bien sûr, puisque j'en suis le président et actionnaire.

Aubert haussa les épaules, énervé.

— Oui, mais, minoritaire. Qui est derrière SMS International LLC ? Ça sent la société extraterritoriale à plein nez.

— Pour des raisons fiscales évidentes, la maison mère est basée à Ras Al Khaïmah, aux Émirats Arabes Unis. Il n'y a rien d'illégal, en l'occurrence. Je ne comprends pas pourquoi vous m'interrogez.

— Monsieur Aubert, si on vous questionnait, comme vous dites, vous seriez menotté dans nos bureaux, qui sont loin d'être aussi confortables que le vôtre, répondit sèchement le chef de l'équipe de la PJF.

— Excusez-moi, je suis fatigué et votre présence m'angoisse.

— Ce n'est pas grave. Alors, dites-moi comment un homme comme vous, déjà très occupé, se retrouve PDG d'une entreprise d'armement. Bizarre, non ?

— Pas du tout ! Mon métier consiste à accompagner mes clients pour que leur patrimoine fructifie. Un fonds de placement étranger m'a demandé de le conseiller, c'est ce que j'ai fait. Et vu que cela me paraissait très intéressant, j'ai moi-même pris des parts dans cette entreprise. Il m'a demandé d'en assurer la présidence. Il n'y a aucun mystère dans tout cela.

— Vous croyez vraiment ? Et ce fonds de placement s'appelle...

— Je suis lié au secret professionnel. D'ailleurs, je n'ai rien à ajouter. À présent, je vous prie de me laisser.

— Très bien, mais nous nous reverrons.

— Dans ce cas, ce sera en présence de Maître Piguet mon avocat.

Tout le monde connaissait Maître Marc Piguet, ténor du barreau de Genève. C'était un homme prétentieux, cheveux longs grisonnants parfaitement entretenus, lunettes demi-lune, cigare au bec la plupart du temps. « Cet Aubert doit avoir quelque chose à cacher pour avoir besoin de son avocat qui lui coûte une véritable fortune », pensaient les officiers.

La PJF ne lâcherait pas tant elle était persuadée qu'Aubert en savait plus qu'il disait. Les inspecteurs voulaient absolument déterminer ce que tout ceci pouvait bien cacher.

En attendant, après une semaine de planque, ils choisirent de retourner dans leurs quartiers généraux de Berne. Il serait bien assez tôt pour décider comment poursuivre l'enquête. Pendant ce temps, Michel Aubert avait interdiction de quitter le sol helvétique. Son signalement avait été transmis aux gardes-frontières et aux compagnies aériennes. Dans le même temps, la PJF avait prié la police cantonale de Genève de garder un œil sur le banquier.

À Djibouti, le soleil s'élevait déjà dans un ciel bleu acier. Les soldats américains avaient déposé un chariot contenant des thermos de thé et de café, des salades de fruits, du pain, du beurre, de la marmelade, etc. Paul avait réveillé son équipe peu de temps après. Il souhaitait en finir au plus vite avec les terroristes.

Après la collation des prisonniers, Paul désigna le chef du groupe terroriste. Il demanda à Nibs d'emmener les deux autres à l'écart. Il désirait éviter que les prisonniers s'influencent les uns les autres et résistent plus à l'interrogatoire.

Paul installa l'homme sur une chaise en plein milieu du hangar, espérant créer ainsi un climat d'insécurité. Il prit un autre siège et s'assit en face de lui. Par chance, il parlait un anglais basique suffisant.

— Alors, tu te nommes comment ?

— Je m'appelle Yasser et je suis un combattant d'Allah.

— Et c'est tout, dit Paul d'un air ironique. Et c'est Allah qui te demande d'enlever des innocents qui ne font que venir en vacances en Égypte ?

— Ce sont des infidèles ! Ils souillent le sol musulman. Notre terre est sacrée et il est temps de la purifier et de la débarrasser des mécréants.

— Eh bien ! s'exclama Paul en regardant les autres Faucons et assez stupéfait de ce radicalisme exacerbé. Quelle ouverture d'esprit !

— C'est vous qui parlez de tolérance ? Qui interdit le port du voile ? Qui s'oppose à la construction des minarets ? Qui refuse un état aux Palestiniens ? Voulez-vous d'autres exemples ? Les Occidentaux, les États-Unis en tête, n'ont de cesse de nous opprimer. Nous avons autant de droits que vous. Nous ne sommes pas une race inférieure. Nous sommes une des plus grandes civilisations et vous nous rabaissez sans cesse. Vous nous humiliez depuis des dizaines d'années. Le temps est venu de vous faire payer le prix fort. « Œil pour œil, dent pour dent ».

— Mais ces touristes ne vous ont rien fait. En visitant une région arabe, ils participent à son économie. Ils permettent à sa population de vivre mieux. Ils ne viennent pas conquérir le pays ni convertir le peuple. C'est aberrant, ce que vous dites.

— Nous ne voulons plus de croisés dans nos terres.

— Yasser, les croisades se déroulèrent au Moyen Âge. Vous avez un millénaire de retard, mon cher. Ce n'est pas en pratiquant le terrorisme que vous ferez avancer la cause arabe ou musulmane, au contraire.

— C'est vous qui n'avez rien compris. La lutte commence. Nous nous révoltons contre votre hégémonie. Nous n'accepterons plus jamais d'être bafoués. Vous ne dominerez plus jamais le monde.

— Vous êtes complètement cinglé. Je n'ai rien contre votre religion. Pour moi, elle a autant de valeur que n'importe laquelle.

— Et vous croyez qu'interdire les minarets ou le voile, c'est nous respecter ?

— Mais Yasser, réfléchissez. Les Suisses d'origine, qui sont catholiques ou protestants, ont le droit de considérer que les tours de mosquées ne correspondent pas à leur culture. Cela ne va pas plus loin. Les musulmans ne sont pas interdits sur le sol suisse. D'ailleurs, il y a déjà plusieurs mosquées et minarets.

— Bien sûr que si, c'est une oppression. On a autant de droits que les Suisses protestants ou catholiques.

— Il y a combien d'églises en pays musulmans ? Il y a combien de croix sur ces édifices ? Quand on oblige une femme occidentale à porter le voile, vous croyez la respecter ? Je ne parle pas des chrétiens d'Irak ou d'Égypte qui sont menacés et persécutés. Si vous voulez que les autres vous considèrent, commencez par les respecter vous-mêmes et soyez tolérants, vous verrez, c'est bien plus enrichissant !

— Le temps de l'humiliation est fini. Vous ne pourrez plus nous imposer vos lois impies et votre arrogance.

Après plusieurs minutes de répétition lassante du même discours, Paul constatait son impuissance à raisonner son interlocuteur. Il se heurtait à un mur inébranlable de hargne et d'intolérance. Son contradicteur se nourrissait de cette haine.

Pour Paul et le Sword, les Occidentaux n'étaient pas exempts d'erreurs et de responsabilités dans la situation. Ils pensaient que le temps était venu d'aider les peuples musulmans à trouver leur voix. Il fallait les encourager et les soutenir pour se développer.

Une affirmation de l'identité arabe ou musulmane n'était pas contraire au respect des autres religions. La Turquie en était un exemple. Elle avait réussi ce à quoi aucun autre pays musulman n'était parvenu auparavant : faire cohabiter la démocratie et une identité musulmane forte. Certes, la ligne de démarcation entre théocratie et démocratie réelle, restait ténue, et le pouvoir frôlait parfois le totalitarisme. La Turquie se démenait pour devenir le fer de lance du monde musulman sans renier ses accords avec les Occidentaux. Il fallait lui laisser du temps pour tracer sa route. Elle devenait la charnière entre les deux univers.

La majorité des musulmans dans le monde vivait en bonne intelligence avec les autres populations et souhaitait que cela dure. Seule une poignée d'illuminés exacerbait la haine entre communautés. Et les Faucons les combattraient.

Maintenant, il fallait en savoir plus sur ce groupe afin de le neutraliser et surtout d'en anéantir la tête.

— À présent que tu m'as fait un beau discours, on va au principal. C'est quoi cette armée de libération arabe ?

— C'est ce que je viens de dire. La lutte a commencé pour retrouver notre dignité. Nous exigeons que vous nous respectiez. Puisque vous ne comprenez que le langage de la force, l'ALA répond œil pour œil à toutes vos humiliations.

— Vous êtes en réalité une branche d'Al-Qaida, ou l'équivalent. Vous utilisez un discours haineux identique.

— Peu importe. Al-Qaida a le même but que nous ; vous bouter hors des pays musulmans, et vous obliger à nous donner les mêmes droits qu'aux autres. Oussama Ben Laden nous a montré la voie. Tout bon musulman devrait faire comme nous. C'est votre violence qui nous a obligés à réagir de la sorte. Qui tue des Afghans tous les jours ? Vous. Alors, nous nous vengerons.

— On n'a pas les mêmes principes. Vous avez l'intention de perpétrer encore longtemps des attentats comme à Rome ou à Paris ?

— Ce n'est que le début. Vous plierez, vous verrez.

— Vous venez d'où Yasser ?

— Cela n'a pas d'importance. C'est la lutte la vérité, et Allah reconnaîtra les siens. Seul le martyr compte ! La vengeance arrive. De toute façon, vous n'avez même pas réussi à tous nous prendre, ah ! ah ! Vous n'êtes pas si malins que cela. Il nous vengera, vous verrez.

— Quoi !

— Pendant l'assaut, mon bras droit en a profité pour s'éclipser. Vous riez beaucoup moins maintenant !

Yasser avait le sourire du vainqueur fier d'avoir joué un bon tour à ces mercenaires si sûrs d'eux, venus d'on ne sait où. Paul se tut et contint sa colère.

Au bout de trois heures d'interrogatoire de cet acabit, Paul se sentait vidé, épuisé par cette rhétorique venimeuse. Il décida d'y mettre fin. Yasser s'était emmuré dans sa logique et il ne révélerait rien de plus sur son mouvement. Il était irrécupérable.

Au fond de lui, Paul considérait que Yasser n'était qu'un pur produit de l'humiliation arabe après la création d'Israël et l'éviction du peuple palestinien de ses terres. Ces fondamentalistes lui donnaient l'impression de refuser toute solution de développement politique et économique, toute possibilité d'aller de l'avant. Finalement, c'était comme si exacerber la violence leur permettait de ne pas se poser les bonnes questions sur leur propre responsabilité. C'était plus facile d'accuser un tiers que de chercher le changement en soi.

La création d'un État palestinien serait l'étape cruciale permettant d'enrayer ce processus négatif, mais cela ne résoudrait pas tout. Tant que les nations arabes accuseraient l'Occident de tous les maux et ne forgeraient pas des démocraties arabo-musulmanes, rien ne bougerait. Malheureusement, c'étaient toujours les peuples qui souffraient à cause de politiciens véreux ou incompétents.

« Il faut mettre un terme aux agissements de l'ALA coûte que coûte. Mais comment ? Voilà la question », se dit Paul. Il demanda à Sven de chercher l'historique des appels entrants et sortants des téléphones mobiles des ravisseurs. Il espérait obtenir un indice.

Il en profita pour mettre son patron au courant. Celui-ci l'informa des dernières nouvelles de Rebecca. Il comprenait que les Faucons soient frustrés dans la situation actuelle. Mark lui confia qu'il était sûr que tôt ou tard, ils attraperaient les vrais responsables.

14

Michel Aubert rentré en Suisse, Mark considéra qu'il n'y avait plus de raison que Rebecca reste à Dubaï. Il la rappela au QG de Lutry.

À la création du Sword, il avait instauré le rite d'une réunion de travail et de mise au point hebdomadaire, le lundi, en soirée. Chacun pouvait ainsi assumer durant la journée ses obligations professionnelles ailleurs que chez Sword et participer au meeting de Lutry.

Rebecca ouvrit la séance de remue-méninges en narrant son séjour émirati. Une demi-heure plus tard, Mark résuma son sentiment sur le sujet : « Tous les chemins semblent mener jusqu'à Dubaï ». Cependant, les preuves manquaient. Il fallait démasquer les commanditaires au plus vite.

On décida de poursuivre la surveillance là-bas et d'enquêter sur la famille de l'émir. Sur ce point, les choses se compliquaient. Approcher la famille royale de manière classique et frontale se révélait impossible. Il fallait trouver une solution plus fine. Ralf, qui connaissait remarquablement ce monde fermé, fit une suggestion qui en surprit plus d'un :

— Si j'ai bien compris vos propos, l'objectif est de s'approcher de la famille royale de manière discrète et détournée. Je vous rappellerais, si vous ne le saviez pas, que l'émir possède une des plus grandes écuries de chevaux de course au monde, la Godolphin. Son fils cadet a, de son côté, la sienne, qui compte quelque cinquante équidés. Il y a quelques jours, j'ai lu dans la presse que le prince Abdullah venait d'acquérir un jeune étalon de l'écurie de l'Agha Khan en Normandie.

— Tu as une idée derrière la tête, le coupa Mark en souriant et désireux de savoir où son père voulait parvenir.

— Je crois bien, reprit Ralf, tout sourire. Et si on envoyait Rebecca en Normandie se familiariser avec les pur-sangs ? L'étalon ne viendra pas tout seul aux Émirats. Il sera accompagné par plusieurs palefreniers pour prendre soin de lui. C'est un animal à plusieurs millions de dollars !

— En conclusion, après m'être occupé d'un banquier véreux, je redescends de catégorie sociale. Je vais servir de nounou à un canasson, dit Rebecca feignant d'être offusquée.

Toute l'assemblée se mit à rire en la regardant faire ses mimiques de femme indignée.

— En gros, c'est ça, dit Ralf, penaud. Si vous êtes d'accord, bien entendu.

— Il faut reconnaître que les élucubrations de mon père sont... lumineuses. À moins que vous ne soyez fortement allergique aux chevaux ou hippophobe Rebecca, ce serait la meilleure solution. Vous approcherez facilement un des princes.

— Je reconnais que l'idée de monsieur Walpen père est brillante. Je vais m'y résoudre, ma foi. Comment ferez-vous pour que je parte à Dubaï avec cet étalon ? Par ailleurs, je n'y connais pas grand-chose aux chevaux même si, enfant, j'ai eu l'occasion de monter dans la ferme de mes grands-parents, dans le désert du Néguev.

— Ne vous inquiétez pas. On trouvera la solution, dit Mark. Y a-t-il quelqu'un, opposé à l'idée géniale de Ralf ? Personne ? Alors adjugé, c'est vendu. Je clos cette réunion et vous remercie tous. À la semaine prochaine, certainement sans notre palefrenière préférée.

Rebecca avait suivi Mark dans son bureau.

— Vous savez, Rebecca, si vous êtes déjà montée, vous y arriverez encore. Il vous faut quelques cours de rattrapage.

— Vous avez sûrement raison, mais où ?

— Dans mon écurie !

— Votre écurie ?

— Quand je suis revenu ici, je me suis offert un magnifique cheval. J'ai lu une petite annonce pour sauver un étalon appelé King Rock. Son père n'étant autre que le célèbre Kingsalsa et sa mère Rocking Chair. Ce jeune étalon avait eu une légère blessure à l'antérieur gauche. L'élevage ne voulait pas prendre le risque qu'il ait des problèmes d'arthrose plus tard. Il s'en débarrassait. Je l'ai acheté pour une bouchée de pain et fait venir en Suisse. Il était très craintif à son arrivée. Maintenant, c'est un magnifique animal. Depuis, j'ai aussi récupéré une poulinière d'un autre élevage normand qui souhaitait réduire ses effectifs. Elle descend de la lignée de Pistolet Bleu, l'un des plus dignes représentants de la race des pur-sangs anglais en France. Et voilà l'histoire. J'ai déjà eu deux poulains et un troisième est en route. N'ayant pas le temps de gérer cela moi-même, j'ai déniché une écurie à une vingtaine de minutes d'ici qui s'en occupe.

— C'est génial ! Et vous voulez que je monte vos chevaux ?

— Je vous propose que l'on y aille rencontrer la responsable qui donne aussi des cours. Elle vous remettra en selle, si j'ose dire. Vous pourrez monter King Rock si ça vous amuse, car la jument est pleine. Vous comprendrez mieux la psychologie d'un pur-sang anglais, si vous ne la connaissez pas.

— Ça reste un cheval.

— Non, c'est le roi des chevaux ! Ce n'est pas pareil ! s'enflamma Mark. Quand vous avez monté un pur-sang une fois, vous ne l'oubliez jamais. C'est délicat à manier au départ. Il faut être humble, mais c'est tellement gratifiant.

— Je viens avec plaisir. Pour l'écurie de l'Agha Khan, ça ne va pas être évident.

— S'il n'y a pas de solution, c'est qu'il n'y a pas de problème, dit un proverbe indien. Je suis sûr que d'ici deux ou trois jours, vous aurez votre passeport pour les écuries de l'Agha Khan au Pont-d'Ouilly. On fera tout pour réussir, en tout cas !

— Si vous le dites. Il va falloir que je m'y mette à fond.

— Exactement. Vous suivrez un stage accéléré dès ce soir. On passe d'abord au magasin d'équitation dans le village d'à-côté pour vous équiper. Il vous faudra du matériel pour vous rendre en Normandie. On y va ?

— Déjà ? Cool. Merci, Mark, ça me fait plaisir.

— Tant mieux, autant mêler l'utile à l'agréable.

Une heure et demie plus tard, ils arrivaient à l'écurie. Rebecca était parée. Nicole les accueillit. Ils réglèrent différents points concernant le stage de Rebecca qui montrait une certaine impatience.

— Qu'est-ce qui vous arrive, Rebecca ?

— Depuis qu'on est là, je n'ai remarqué aucun étalon de course.

— Tu vois Nicole, pour une débutante, elle a l'œil. – Rire de Mark. – On a divisé l'écurie en deux. Ici, on est dans la partie de Nicole. Elle a son élevage de chevaux suisses, les Franches-Montagnes. Les miens sont juste derrière. On leur a construit des boxes avec stabulation libre. Ils peuvent sortir à volonté. Bien entendu, King

Rock a le sien vu que c'est un étalon. Je vous y emmène, venez.

Ils firent une trentaine de pas, et Rebecca découvrit quatre grands boxes donnant accès à une pairie pour chaque cheval. King Rock était dans la sienne. Rebecca s'arrêta médusée.

— C'est lui King Rock ?

— Oui, pourquoi ?

— Il est somptueux avec sa robe foncée, presque noire et son port de tête. Il est gentil ?

— Quand on le connaît, c'est une peluche, mais il ne faut jamais oublier que c'est un étalon et un pur-sang. C'est de la dynamite. On doit toujours rester prudent, c'est la règle d'or avec tous les chevaux.

Rebecca ne put résister à s'avancer doucement jusqu'aux barrières et attendit le bras tendu. King Rock, les oreilles pointées vers elle, la regarda surpris. Puis l'air de rien, il vint renifler la main de l'intruse. Rebecca resta sidérée. Quand elle comprit que King Rock s'habituait à sa présence, elle esquissa une caresse sur le chanfrein de l'étalon qui baissa la tête en fermant les yeux de bonheur.

— Alors, il est méchant mon étalon ?

— Il est extraordinaire.

— Oui, c'est vrai. Vous verrez avec Nicole, le pur-sang réclame beaucoup. Il faut doser autorité et tendresse. Il vous suivra à l'autre bout de la terre s'il a confiance en vous. C'est un équilibre à trouver. Mais quelle récompense !

— Je ne connaissais pas du tout les pur-sangs anglais avant Mark, précisa Nicole. Mais, depuis que King Rock est là, c'est un vrai bonheur.

— Bon, maintenant que j'ai fait les présentations, je vous laisse toutes les deux, les enfants vont m'attendre. Nicole, je compte sur toi pour m'en faire une pro.

— OK, ne t'inquiète pas.

— Merci. Au revoir, Rebecca.

Elle avait disparu dans l'enclos de King Rock et lui tenait l'encolure tout en lui caressant la tête. Il avait les yeux clos.

— Au revoir, patron, finit-elle par répondre.

Mark sourit et repartit pour Lutry.

Le dimanche suivant, Mark monta à l'écurie avec les enfants et Ralf. Ce dernier, sachant que Mark souhaitait discuter avec Rebecca en tête à tête, prit les jumeaux avec lui. Ils allèrent voir le dernier-né des poulains de Mark.

Mark aperçut au loin King Rock dans le carré qui travaillait avec sérieux, sous les ordres fermes de Rebecca. Il s'approcha et s'assit sur le banc prévu à cet effet. Il observa la démonstration. Il était impressionné par la maîtrise de Rebecca. Elle se tenait parfaitement droite, mains souples sur les rênes, elle se concentrait sur son travail. Nicole, qui l'avait reconnu, le rejoignit.

— Alors, Mark, tu admires ta petite protégée ?

— Petite, en tout cas, pas avec son mètre soixante-douze ! Elle est excellente.

— Elle apprend très vite. Je crois qu'elle a mémorisé ce que tu lui as dit sur les « PS ». Ça se voit, non ? Elle a un don, c'est indiscutable.

— On sent King Rock en totale confiance. Tu as raison, elle le manie avec fermeté et douceur, c'est époustouflant. Elle semble prête.

— Tu ne m'as pas dit qu'elle devait être championne olympique, mais qu'elle devait être capable de gérer parfaitement un cheval comme le pur-sang anglais. Pour moi, c'est OK.

— Je te remercie Nicole. Tu as fait du bon boulot. Tu m'envoies ta facture au bureau.

— D'accord.

Rebecca s'approcha de la barrière, juste au pied du banc, et stoppa net.

— Ravie de vous voir, patron.

— Bonjour, Rebecca ! Il semblerait que King Rock n'ait pas été trop méchant ?

— Je l'adore, vous me le donnez ?

— Ah ! Non. Si vous y tenez, j'irai jusqu'à vous offrir un de ses poulains, répondit-il avec malice.

— Vous feriez ça ?

— Oui.

— On en reparlera à la fin de la mission.

— Avec plaisir.

— Y a du nouveau pour mon départ en Normandie ?

— Je suis là pour cela. Les nouvelles ne sont pas celles que j'escomptais, malheureusement.

— Ah bon !

— Le haras du Pont-d'Ouilly est complet pour le moment.

— Tout notre plan pour approcher la famille de l'émir tombe à l'eau !

Rebecca était dépitée de cette mauvaise nouvelle. Son visage s'était instantanément fermé. C'était une femme très expressive.

— Pour le moment, c'est mal emmanché. Mais il y a quand même une infime lueur d'espoir.

— Dites-moi tout, patron.

— J'ai obtenu que vous y alliez comme observatrice de leur méthode pour un stage de quelques jours. Je me suis dit que ce serait mieux que rien. On verra si on parvient malgré tout à trouver une solution.

— Cool ! Au moins, je serai dans la place. Je verrai ce que je peux faire pour accompagner l'étalon selon notre plan.

— Exact ! C'est ce que je me suis dit, mais ce n'est pas gagné. – Mark était tout aussi déçu qu'elle.

— Quand est-ce que je pars ?

— Demain.

— Cool, merci, Mark, j'ai la chance de rentrer dans un temple de la course de galop.

— Oui, je crois que c'est exceptionnel. Mais n'oubliez pas que le jeune étalon part dans une semaine, ce qui vous laisse peu de temps pour trouver une solution. Je reste très sceptique !

— Qui vivra verra ! Je vais panser King Rock et préparer mes affaires.

Le lendemain, Rebecca prenait le premier TGV en direction de Paris, à 7 h 15, en gare de Lausanne. Trois heures et quarante minutes plus tard, elle arrivait à la gare de Lyon. Elle prit le métro et rejoignit la gare Saint-Lazare d'où elle rallierait la Normandie. Arrivée à Caen, on viendrait la chercher.

15

Ralf transmit au Sword les derniers éléments recueillis par la PJF. « Décidément, Aubert n'est pas très catholique », observa le diplomate. C'était logique pour un personnage issu d'une famille huguenote réfugiée dans la Genève calviniste à l'époque de la révocation de l'Édit de Nantes, en 1598. Mark voulait en savoir plus sur cet homme. Il prit son combiné téléphonique et composa un numéro à Genève.

— Boissier.

— Salut, Laurent ? C'est Mark. Je te dérange ?

— Non. Tu vas bien, crapule ? Cela fait des jours que je ne t'ai pas vu.

— Oui, ces temps-ci j'ai été très demandé.

— Tu veux dire, en relation avec l'actualité ?

— Oui, il y a un peu de ça. En certaines circonstances, on a tendance à frapper à ma porte.

— C'est la rançon de la gloire, Mark.

— Sûrement. J'aurais besoin de te voir à ce propos.

— Dis-moi quand tu veux.

— Le plus tôt sera le mieux. Il y a urgence.

— Si c'est vraiment pressant, je peux me libérer maintenant.

— On aurait pu aussi attendre ce soir, Laurent.

— Oui, mais si je veux que Jennifer me laisse tranquille, je ne préfère pas. Cet après-midi, je n'ai rien de particulier et il fait beau. Si tu veux, je passe te prendre au débarcadère d'Ouchy-Lausanne avec le premier bateau de la CGN*. Ce sera discret.

— Tu as vu clair dans mon jeu. Alors, ce sera avec plaisir. Envoie-moi un texto quand tu connais l'heure de ton arrivée à Lausanne.

— OK. Je pars maintenant.

Laurent Boissier et Mark Walpen étaient devenus les meilleurs amis au monde depuis que Mark était rentré des États-Unis. Laurent Boissier avait épousé la sœur d'Anook, Jennifer. Ils avaient trois enfants. Autant Anook était agréable, simple, sympathique et brillante, autant Jennifer était horripilante et se plaignait sans arrêt, alors qu'elle avait tout.

Mark avait fait leur connaissance lors d'un dîner chez Anook. Très rapidement, les deux hommes avaient sympathisé. Ils avaient presque le même âge. Laurent était devenu son ami, mais aussi son conseiller financier et son banquier.

Laurent était le fils cadet de la famille Boissier. Le sort s'était acharné sur celle-ci coup sur coup. Tout d'abord, son père, patron de la banque, avait été emporté par une leucémie. Son frère aîné, qui travaillait déjà comme associé à la banque Boissier & Naville, lui succéda tout naturellement. Laurent lui, qui ne se passionnait pas pour la finance, finissait ses études à l'École des Beaux-Arts à Paris. Il achevait sa dernière année quand son frère périt dans le vol Swissair SR111 au-dessus d'Halifax.

En raison des enjeux financiers familiaux considérables, et étant le seul fils vivant, il dut reprendre la suc-

---

* *Compagnie Générale de Navigation.*

cession à la tête de la banque, abandonnant le rêve de vivre de ses sculptures. Ce fut alors qu'il rencontra Jennifer Kammermann. Autant, pour elle, être mariée à un banquier issu d'une famille des plus en vue de Genève était primordial, autant, pour Laurent, le statut social d'une personne importait peu. C'était ce qui plaisait à Mark. Ce qui l'amusait encore plus, c'était sa capacité à être lisse dans son rôle de banquier, tout en gardant son côté franc et direct en privé. Mark n'aurait jamais changé de conseiller. Même si Laurent s'était destiné à une autre carrière, il avait un don incontestable pour la finance. Était-ce génétique ? Sûrement pas. Mais culturel, certainement, tant il baignait dans le milieu de la finance genevoise depuis toujours.

S'il avait accepté de rejoindre la banque familiale, il n'avait pas pour autant renoncé totalement à son art. Il lui arrivait souvent de partir tôt du bureau pour retrouver un atelier qu'il louait du côté du quartier populaire des Eaux-Vives. En ce lieu, il créait ses sculptures. Mark en avait acheté une en bronze qu'il avait exposée dans son salon. Bien des fois, la femme de Laurent appelait pour qu'il rentre à la maison. Heureusement pour lui, il n'entendait pas toujours et poursuivait sa création artistique.

Le téléphone mobile de Mark vibra : « j'arrive dans vingt minutes ». Cela lui laissait le temps de prendre sa Maserati hybride et de se garer au parc à voitures du Port d'Ouchy, juste à deux cents mètres de l'embarcadère.

Il acheta un billet aller-retour pour le trajet de Lausanne à Yvoire, sur l'autre rive, et attendit le bateau à roues à aubes *La Suisse* qui datait du début du vingtième siècle. Cela avait un cachet fou. Le lac perdrait de son charme sans ces grands navires à coque évasée blanche et ces roues brassant l'eau.

Pris par ses pensées, Mark fut ramené à la réalité par le long sifflement grave indiquant qu'il allait accoster. Des passagers descendirent, dont Laurent qui venait chercher son ami, tout souriant.

— Salut ! Vieille branche ! Heureusement que tu as besoin de Lolo pour que je te voie ! – Rire en coin.

— Lolo, je suis vraiment désolé mais, ces temps-ci, on a plus urgent.

— Je me doute, Mark, je te connais assez et je sais lire les journaux entre les lignes. J'imagine que la situation est tendue en ce moment ; je te charriais. Viens là-haut, j'ai laissé mon pardessus pour garder deux places sur le pont. Avec ce temps, on va profiter de la traversée en plein soleil.

— Tu as bien fait. Merci.

Ils s'assirent sur les bancs en bois du côté droit. « Tribord » aurait dit Mark. Le bateau siffla et reprit sa route. Mark était ravi de revoir son ami. Celui-ci avait emporté avec lui deux bouteilles de jus de pomme.

— Dis-moi, Mark, si j'ai bien lu la presse, on a libéré les otages. C'est une bonne chose. Je comprends que tu sois occupé. – Sourire entendu.

— Je vois que nous avons les mêmes lectures, Lolo ! – Rire.

Mark n'avait jamais détaillé ses activités à Laurent ; il lui avait précisé certains points pour qu'il puisse exercer au mieux son métier de financier. Si le groupe Sword dépendait d'une holding extraterritoriale, c'était bien parce que Laurent Boissier l'avait conseillé. Cela devait assurer l'anonymat et éviter qu'un fouineur ne cherche trop en Suisse.

— Alors Mark, en quoi puis-je t'être utile ?

— Ça te dit quelque chose, Michel Aubert ?

— Pourquoi ? Tu veux quitter la banque Boissier & Naville pour Aubert et ? – Rire.

— Oui, Lolo, tu es perspicace. Tu m'as percé à jour, « Damned ! » – Il éclata de rire.

— Je ne connais pas Michel Aubert et sa banque plus que cela ! Cependant, le monde de la finance privée genevoise est un microcosme et l'on sait à peu près tout ce qui s'y passe.

— Je m'en doutais, vois-tu. C'est pourquoi je me suis permis de te sortir de ton bureau.

— Tu as bien fait, avec ce temps magnifique, c'était le jour pour se promener sur le lac. – Rire. Pour revenir à nos moutons, voilà ce que je peux te raconter : son père, Paul Aubert, a créé la banque au lendemain de la Seconde Guerre mondiale. N'appartenant pas au sérail de la banque privée genevoise, il ne fut pas accueilli à bras ouverts. Ce ne fut pas par peur de la concurrence, mais plus par réprobation du milieu face à un nouveau venu. Notre monde plutôt corporatiste n'aime pas les arrivistes et c'est ainsi que mes pairs et aïeux ont perçu Paul Aubert. Il ne put s'installer dans le vieux quartier bancaire de Hollande où nous sommes tous plus ou moins établis. Il décida alors de franchir le pont du Mont-Blanc et de s'implanter sur les quais, montrant ainsi ostensiblement sa différence.

— Je vois l'ambiance.

— Oui, c'était tendu. Par la suite, les relations se sont relâchées, sans être amicales pour autant. À vrai dire, les familles patriciennes, qui dirigent la plupart des grandes banques privées, se considèrent au-dessus du lot. La mienne n'échappe pas à la règle.

— Mais toi, Lolo, tu n'es pas fait dans le même moule, heureusement !

— Oui, tant mieux. En tant que directeur de Boissier & Naville, c'est une chose que je ne dois jamais oublier. Finalement, Paul Aubert a fait son chemin. Sa banque reste un établissement modeste. Sa gestion était assez conservatrice. Par contre, au fur et à mesure que son fils Michel s'est imposé dans l'établissement, les choses ont changé.

— Et pourquoi cela ?

— Je suppose que cela tient au caractère de Michel d'une part, et sans doute à l'histoire de la banque Aubert, de l'autre. Michel Aubert a toujours été frustré et jaloux des autres banques privées de Genève. Il leur en veut, d'avoir été réticents vis-à-vis de l'ouverture de l'établissement de son père. Il estime ce dernier trop besogneux et résigné. Par conséquent, depuis cinq, dix ans, il a conduit la banque sur le chemin du développement à outrance.

Laurent Boissier précisa qu'Aubert avait augmenté sa clientèle de manière effrénée, en promettant monts et merveilles à ses nouveaux et anciens clients. Cela avait payé, puisqu'il avait doublé, voire triplé son volume d'affaires en cinq ans. Il avait embauché plus de personnel et sa masse salariale avait grimpé en flèche. Il avait certainement fait des investissements à risque pour ses clients, voire pour lui-même. Selon Laurent, il y avait souvent des opportunités extraordinaires et très tentantes. Mais le danger résidait dans le fait que cela passait par des risques tout aussi colossaux. Cela ressemblait pour lui au casino où, dans une même soirée, on pouvait amasser des centaines de milliers de francs, et le lendemain, en perdre deux fois plus.

— La réputation de nos banques d'être très raisonnables, voire conservatrices, est justifiée. On préfère gagner moins, mais régulièrement. C'est certainement la raison pour laquelle nous existons depuis plus de deux siècles !

— En tant que client, on aime la stabilité. Selon ce que tu viens de dire sur Michel Aubert, il s'inscrit aussi dans cette tendance actuelle, du tout ou rien, tout de suite.

— Dans notre métier, c'est complètement illusoire. Quand un de nos clients souhaite une rentabilité trop élevée, on lui conseille de diversifier son portefeuille. On lui suggère de n'investir qu'une infime partie de son patrimoine dans des fonds, à très hauts profits, mais à forts risques également. En cas de revers, la perte sera limitée.

— Que fait Aubert ?

— Il fait l'inverse. Depuis cinq ans, il fait investir plus de deux tiers des biens de ses clients dans des fonds à rentabilité annuelle supérieure à vingt pour cent.

— Tu vois ce que tu pourrais faire avec mon argent, Laurent ? – Rire de Mark.

— Si tu y tiens vraiment. Mais ce ne sera pas chez nous. Va donc, auprès d'Aubert ! – Rire.

— Non, merci. Mais les choix d'Aubert, d'après ce que tu me dis, paient.

— Oui, en apparence. Tu ne peux vraiment évaluer les résultats que quand tu boucles tes comptes. Ce que je veux dire par là, c'est que, jusqu'à maintenant, on peut penser que la banque Aubert a une rentabilité exceptionnelle. Le bruit court qu'il a imité le modèle *Madoff* et que l'heure de vérité approche. Il aurait récemment contracté un très gros emprunt auprès des Émirats. C'est le comble pour une banque privée. Comme tu le sais, nous fonctionnons en autofinancement. En tant qu'associés, nous sommes solidairement responsables de tout franc déposé dans nos banques.

— Ça, je le savais. Tu sous-entends qu'il est fini.

— Je ne suis pas voyante. Cependant, je ne serais pas surpris d'apprendre que la banque Aubert et dépose son bilan.

— Si je traduis ce que tu viens de m'expliquer et que je l'insère dans mon analyse, Aubert est aux abois, et pour se tirer d'affaire, il est prêt à tout.

— C'est exactement ça.

— Merci, Laurent. Grâce à toi, je commence à comprendre. Je me disais bien que quelque chose clochait, mais quoi ? Maintenant, j'ai la réponse.

— Tant mieux. Le bateau arrive à Genève dans une dizaine de minutes. Tu as encore besoin de moi ou bien puis-je descendre ?

— Non, non, tu peux y aller, je te remercie.

— De rien, vieux frère. Quand tu auras fini de jouer au justicier Zorro, on se fait un restau ?

— Promis. Mais d'ici là, j'ai des choses à régler.

— Je m'en doute. À bientôt, Mark.

Il lui serra fermement la main.

— Au revoir, Laurent. À bientôt.

Laurent prit son pardessus sous le bras et descendit à l'étage inférieur. Il sauta sur le quai et, se retournant vers Mark, lui fit un dernier geste de la main. Mark replongea dans ses pensées. Il venait d'avancer concernant Aubert et avait une piste à suivre, à présent.

16

Le dernier Conseil du mercredi fut houleux, chose inhabituelle. Les sept conseillers fédéraux devaient débattre des préparatifs du G20 qui aurait lieu prochainement à Montreux. Les enjeux pour la Suisse étaient considérables.

Le nouveau président des États-Unis, Brian Lee, premier de toute l'histoire américaine à être issu de la communauté chinoise, assurait la présidence du G20 pour une année. Il avait invité la Suisse. Il avait proposé qu'elle organise une des sessions sur son sol, non sans quelques résistances. C'était une opportunité à saisir et la présidente Zanetta n'entendait pas la laisser passer.

Le contexte de menaces terroristes en Europe créait de nombreux soucis aux autorités helvétiques. Les pressions avaient déjà commencé. Les Français usaient de leur influence pour que l'on déplace la réunion à Paris, ou tout au moins à Évian. Ils invoquaient une meilleure sécurité chez eux. D'autres pays, comme les États-Unis, s'inquiétaient et réclamaient un renforcement des mesures de sûreté. Une fois de plus, le Conseil fédéral avait envoyé son directeur de la Task Force diplomatique, faire le tour des capitales concernées pour les rassurer.

Par ailleurs, le gouvernement avait décidé de confier la coordination de la sécurité à Montreux à la jeune, mais efficace, Ursula Hildebrand. Weber, qui se croyait le candidat naturel pour assurer cette charge, avait pris cette décision pour un camouflet.

Ils décidèrent d'interdire tout accès à la ville de Montreux aux non-résidents de celle-ci durant trois jours. La ville serait un camp retranché avec des zones de filtrage pour y pénétrer. Tout accès par train ou par bateau serait interdit. Plusieurs vedettes militaires rapides circuleraient dans un rayon d'un kilomètre. Enfin, tout survol du ciel montreusien serait proscrit, sauf à un AWACS américain venu de la base de Baden-Baden. Il quadrillerait la région.

Une multitude de détails restait à finaliser. Il y aurait des discussions à mener avec chacune des délégations concernant leurs propres besoins de sécurité. Ralf serait à la disposition de madame Hildebrand comme facilitateur.

Emil Meyer avait pris l'avion Swiss Airlines au départ de Zurich-Kloten à 7 h 25 pour atterrir à Rome, aéroport Leonardo da Vinci-Fiumicino, une heure trente plus tard.

Son homologue italien était venu le chercher. Heureusement que Meyer avait appris l'italien à l'école, car le chef de la police judiciaire romaine parlait très mal l'anglais.

Le commandant Meyer souhaitait faire le point avec ses confrères transalpins, ravis de sa démarche. Ils pensaient qu'une journée de discussions serait bénéfique pour avancer sur les investigations concernant les attentats perpétrés par l'ALA.

Les Italiens n'avaient malheureusement pas progressé depuis plusieurs jours. Ils étaient impatients d'entendre Meyer et espéraient qu'il leur permettrait de relancer leur enquête. Ce dernier leur expliqua le processus que son équipe avait suivi pour tracer le circuit imprimé du détonateur. Il parla de l'entreprise SMS et d'où en étaient ses investigations sur Aubert.

Les Italiens se rendaient compte que l'enquête suisse menait à une impasse juridique. Il n'y avait aucun élément pour aller plus loin. Meyer était persuadé que le banquier connaissait des personnes mêlées de près ou de loin à ces attentats. Mais, sans preuve, il était bloqué. Il savait que Maître Marc Piguet l'empêcherait d'enquêter à n'importe quel prix.

Ce qu'ignorait Meyer, c'était que le Sword avait pris le relais à l'étranger.

Pendant ce temps, Sven Adam bricolait dans son bureau envahi par plusieurs écrans. À sa demande, Mark avait financé l'achat d'un mainframe* IBM de la dernière génération. Ils l'avaient installé au sous-sol de l'immeuble, dans une pièce climatisée et totalement étanche.

Cette salle n'avait aucune désignation sur les plans du bâtiment et avait été ultra sécurisée. Sven avait téléchargé des systèmes sophistiqués de pare-feu. À la moindre alerte, son téléphone mobile l'avertirait et il interviendrait aussitôt.

Grâce à la puissance de son mainframe, craquer les codes lui prenait un million de fois moins de temps qu'avec n'importe quel ordinateur classique puissant. Cela lui simplifiait énormément les choses, car pour percer à jour un code, il fallait tenter toutes les combinaisons possibles.

Son logiciel d'analyse de code lancé, une recherche ne prenait que quelques heures au lieu de quelques jours. Le seul inconvénient que connaissait Sven à ce bijou de

---

* *Ordinateur central de très grande puissance de traitement comme ceux qui sont utilisés pour les banques.*

technologie était son prix. Heureusement, son patron ne discutait jamais sur les moyens si on lui expliquait le gain que cela représentait pour l'équipe du Sword. Détenir l'information cruciale pour les Faucons n'avait pas de prix pour Mark.

Il pénétra dans le système de l'opérateur de la carte SIM dont Paul lui avait transmis le numéro depuis Djibouti. Il réussit à accéder à la gestion du fournisseur téléphonique, Dubaï Etisalat. Le reste fut un jeu d'enfant. Tous les numéros appelés et reçus s'affichèrent sur l'écran de Sven. Il lança une application rendant les numéros de téléphone lisibles.

Il s'aperçut qu'un revenait souvent. Il s'agissait d'une ligne directe provenant de la Fondation pour l'éducation et le développement arabe à Dubaï.

Il prévint immédiatement Mark. Celui-ci décida d'avoir une discussion avec son père au sujet de la famille régnante de Dubaï. Cela tombait bien, il était à la propriété avec ses petits-enfants. De retour d'une tournée européenne, Ralf avait pris une journée de repos.

Mark quitta le bureau et rejoignit sa demeure. Son père était assis dans le grand canapé du salon, les enfants dans ses bras regardant un dessin animé. Il embrassa les jumeaux captivés par leur film. Ralf en profita pour s'éclipser en douceur et rejoignit son fils dans la cuisine. Celui-ci leur versa une rasade de leur whisky préféré, du Knockando Master Reserve, vingt et un ans d'âge. Il s'assit sur un des sièges de bar. Son père en fit autant après s'être servi de chips au paprika.

— Dis-moi, Vati, que penses-tu de la découverte de Sven ?

— Cela me laisse perplexe. Je connais bien les Émirats et la famille Al Rashid. Établir un lien entre le prince Abdullah et un groupe terroriste me paraît hasardeux.

— Parle-moi un peu de Dubaï et de la famille royale, j'aimerais mieux comprendre.

— Avec plaisir.

Ralf lui expliqua que la famille Al Rashid était une branche de la tribu bédouine des Bani Yas, qui s'était installée sur le port actuel de Dubaï au dix-neuvième siècle. L'émir Ali Bin Sultan Al Rashid régnait sur Dubaï depuis 1965. Si Dubaï renferme quelques réserves de pétrole et de gaz dans le golfe persique, elles sont incomparables à celle d'Abou Dhabi. Aussi, l'émir Ali, dès l'indépendance de son pays en 1971, déploya toute son énergie pour doter Dubaï d'une économie autre que celle de l'or noir. La première étape consista à transformer le petit port en une plaque tournante du commerce international par conteneur. Dans les années quatre-vingt-dix, un nouveau tournant amena au développement du tourisme de luxe à grande échelle, à tel point qu'aujourd'hui on compte à peu près quatre cents hôtels cinq-étoiles à Dubaï. On devait cette expansion acharnée au futur émir Mohammad Al Rashid qui détenait le pouvoir depuis une dizaine d'années. Ayant la réalité du gouvernement, Mohammad se contentait du titre de prince héritier, l'émir Ali ne sortant plus que très rarement de son palais.

— Tu ne m'as rien dit sur Abdullah.

— J'allais y venir, je t'ai dépeint tout d'abord les Émirats en quelques lignes.

Il poursuivit son explication : son Altesse Abdullah Bin Sultan Al Rashid était le frère cadet du prince Mohammad. Autant, ce dernier avait une forte personnalité et était autoritaire, autant Abdullah était calme et réservé. Lui et son frère ne partageaient pas les mêmes idéaux. Mohammad était très proche de la conception monarchique autocratique moyen-orientale. Abdullah préférait une démocratie parlementaire du même type qu'au Royaume-Uni, où il avait fait ses études. Leurs divergences s'exprimaient sur le genre de développement économique de Dubaï. Abdullah considérait le tourisme de luxe illusoire. Il reprochait à son frère de tout occidentaliser à l'extrême. Il restait dubitatif sur l'intérêt du gigantisme développé par son frère.

— Cela n'expliquerait pas un point de vue arabisant, voire islamiste, du prince Abdullah ?

— Tu n'y es pas, Mark.

— J'essaie de cerner le personnage.

— N'oublie pas qu'Abdullah a fait ses études en Europe. C'est un intellectuel et un esthète. Il n'est absolument pas opposé à la culture occidentale.

Ralf poursuivit. Abdullah était partisan de développer une culture arabe du vingt-et-unième siècle. Pour lui, tout était en main britannique ou presque à Dubaï. Les Anglais occupaient en effet une grande partie des postes de managers et de directeurs. Abdullah prônait un développement harmonieux avec ses voisins et le reste du monde. Sa fondation avait pour but d'éduquer les populations autochtones afin qu'elles prennent leur destin en main.

— De mon point de vue, le terrorisme ne correspond pas à la philosophie du prince Abdullah. Mais je peux me tromper.

— Sa fondation apparaît à de nombreuses reprises dans notre enquête. Il y a de quoi être perplexe. Il faut absolument que Rebecca s'approche rapidement du prince et se fasse sa propre opinion sur le personnage.

— Ce qui est certain, c'est que sous l'impulsion du prince héritier, Dubaï est devenu un paradis fiscal extraterritorial où, au fond, il y a très peu de contrôles, ce qui est la porte ouverte à toute dérive.

La presse avait évoqué le rôle des Émirats dans l'introduction de divers éléments servant à la fabrication d'armes nucléaires en Irak. Cela n'avait jamais été vérifié.

L'Iran n'était qu'à quelques encablures sur la rive opposée. Tout le monde savait que des boutres* passaient des armes en toute illégalité entre l'Iran et Dubaï Creek. Les autorités fermaient opportunément les yeux. De même, le Hamas, par exemple, venait négocier régulièrement l'achat d'armes à Dubaï.

— C'est tout ce que je peux te dire, Mark.

— C'est beaucoup, tu sais. J'en ferai un résumé à toute l'équipe. Tu restes dîner ?

— Non, je vais paresser chez moi. Cela va me changer de ces derniers jours. – Sourire.

— Je te comprends. Alors, passe une bonne soirée, Vati.

— Toi aussi, Mark.

Il embrassa les enfants et partit. Une fois les jumeaux couchés, Mark se mit à son ordinateur portable bien calé dans son fauteuil club préféré. Il rédigea un mémo sur ce qu'il venait d'apprendre. Dans la foulée, il envoya un message à Rebecca lui demandant des nouvelles. Il souligna l'importance d'accompagner le jeune étalon au plus vite. Il espérait qu'elle aurait une solution.

---

* *Type de voilier arabe traditionnel originaire de la mer Rouge. C'est aussi un petit caboteur croisant en mer Rouge et dans l'océan Indien.*

17

Rebecca avait quitté la Suisse depuis quatre jours déjà, et Mark voyait le temps passer. Il s'inquiétait. Le cheval du prince partait pour Dubaï dans deux jours seulement. Il décida de contacter sa collaboratrice en fin de journée.

— Bonjour, c'est Mark. Est-ce que je vous dérange ?

— Je viens de faire mon dernier tour des boxes. Je vais me doucher, manger un morceau et me coucher. Je suis épuisée, les journées sont longues, ici. C'est plus relax de faire le Faucon !

— Je vais faire court. Il nous faut absolument quelqu'un auprès de la famille régnante. Je n'ai reçu aucun plan d'action.

— Tout va à merveille, ne vous inquiétez pas, patron.

— Ah, bon !

— Tout suit son cours comme prévu.

— Qu'avez-vous donc fait ? Rien de grave, j'espère ?

— Mais pour qui me prenez-vous ? – Elle fit mine d'être fâchée.

— De la part des Faucons, et de vous en particulier, je m'attends à tout.

Il se détendit légèrement en souriant.

— Figurez-vous que, depuis ce matin, une épidémie de gastro-entérite sévit à l'écurie dans la partie réservée aux étalons où je travaille. La moitié des palefreniers est au lit pour fortes diarrhées.

— Et vous ?

— Nickel. Il n'y a aucune raison qu'il en soit autrement, d'ailleurs !

— Vous n'insinuez pas ce que je pense ?

— Jamais de la vie, patron ! Rebecca riait sous cape. Toujours est-il que le chef palefrenier doit décider demain qui accompagnera Samouraï aux Émirats. Il m'a demandé si je pouvais rester quelque temps à sa disposition. J'ai répondu que mon patron serait certainement d'accord.

— On doit croiser les doigts pour demain.

— Exactement.

— Dans ce cas, nous serons bientôt informés.

— Bon, je vais vous laisser, je suis crevée.

— Rebecca, il faudra m'expliquer comment une seule partie de l'écurie est atteinte de gastro-entérite — il riait doucement.

— Ah ! Patron, les voies de la pharmacopée sont impénétrables !

Elle rit aussi.

— Alors, à demain.

— Bonne nuit, Mark.

Rebecca s'occupait de son nouveau protégé, Samouraï. Le responsable des palefreniers venait de la désigner pour accompagner une collègue avec qui elle s'entendait bien.

Elles soignaient à tour de rôle le futur prodige. Il faut dire qu'il avait des parents appartenant au gratin mondial de la course de plat.

Son père n'était autre que le fameux Deep Impact, lui-même fils de l'impérial Sunday Silence, le *must* au pays du soleil levant. Son histoire était cocasse. Il était né aux États-Unis. Ses propriétaires américains, ne croyant pas en son avenir comme étalon, le vendirent à l'âge de quatre ans pour un prix très ordinaire à un Japonais qui avait eu le flair : Sunday Silence se révéla l'un des meilleurs étalons du vingtième siècle. On estimait à six cents millions de dollars les gains accumulés par sa progéniture.

Sa mère était la jeune Zarkava qui avait dominé la course de l'Arc de triomphe à Paris. Elle était issue du côté maternel d'une lignée purement Agha Khan, en droite ligne de la fameuse Petite Étoile, poulinière fondatrice de l'élevage.

Rebecca s'attacha rapidement à Samouraï. Il avait une robe baie, avec quelques reflets noirs et feux, du plus bel effet. Il n'était pas du tout farouche et était particulièrement proche de l'homme. Il recherchait la compagnie et adorait que l'on s'occupe de lui.

Le lendemain fut le grand jour. Le camion de l'écurie prit la route à 4 heures du matin pour se rendre à l'aéroport de Paris-Charles-de-Gaulle. Afin d'éviter les embouteillages et le stress pour Samouraï, il roulerait à vitesse régulière sans à-coups.

Il leur fallut presque quatre heures pour arriver au nord de Paris. Le camion entra dans la partie réservée au fret. De là, Samouraï descendit calmement du fourgon. Ses accompagnatrices lui octroyèrent un moment de détente et le promenèrent, longe à la main, autour des entrepôts à proximité des pistes.

Le temps de préparer l'animal pour le vol arriva. Déborah et Rebecca menèrent Samouraï jusqu'au conteneur pour le transport aérien des chevaux. Le chauffeur du camion avait disposé un épais lit de paille, du foin, la couverture de Samouraï et les sacs de voyage des deux femmes. L'eau dans le réservoir avait été changée. Ils rejoindraient l'avion-cargo d'Emirates Airlines dans une demi-heure, si le slot prévu était respecté.

Une vingtaine de minutes plus tard, un homme vint chercher le conteneur avec un élévateur. Il traversa une partie de l'aéroport pour atteindre un Airbus cargo de la compagnie Emirates. Le conteneur rejoignit son emplacement à l'intérieur et fut fixé au sol. L'immense panneau latéral se referma. Le pilote annonça dans le haut-parleur un décollage dans les dix minutes, le temps pour le cargo de se rendre en bout de piste.

Samouraï était perturbé par les bruits et les vibrations. Il restait cependant assez calme pour un poulain, rassuré par la présence de ses deux palefrenières. Rebecca avait pris l'habitude de lui parler. Cela avait pour effet de concentrer l'attention du jeune étalon et de le réconforter.

D'un seul coup, les moteurs vrombirent de manière assourdissante. L'avion-cargo s'élança à toute vitesse sur le tarmac et décolla. Samouraï n'apprécia pas le décollage. Une fois l'avion stabilisé en l'air pour plus de six heures, il se sentit plus à l'aise. Rebecca ouvrit la porte de son box conteneur et il pointa ses naseaux en dehors. Rassuré, il retourna au fond de son antre et resta calme sur ces quatre membres. Il se décida à enfouir du foin dans sa bouche. Tout allait bien. Par sécurité en cas de turbulences, Rebecca referma la porte du conteneur.

Six heures et cinquante minutes plus tard, l'avion-cargo atterrit en douceur. Le pilote conscient, de la valeur son chargement, prit toutes les précautions et posa ses roues au dernier moment. Il roula jusqu'à son aire de stationnement. La grande porte latérale s'ouvrit et un élévateur vint chercher le conteneur. La chaleur étouffante s'engouffra aussitôt dans l'aéronef.

Le monte-charge posa la caisse au pied de l'avion où se trouvait déjà un énorme camion américain Mack climatisé au nom de l'écurie du prince Abdullah. À côté était garé un Range Rover d'où descendit le prince portant sa *Gandourah* beige et son *keffieh* noir.

Rebecca attendit que Samouraï ait fini de humer l'air ambiant. Elle s'habitua à la lumière, puis sortit, suivie du poulain. Les palefrenières l'avaient pansé avant l'atterrissage pour qu'il fasse une plus belle impression au prince. Ni apeuré, ni craintif, il s'ébroua joyeusement, ravi de pouvoir bouger. L'homme de la Range Rover, s'approcha tout sourire, ébahi par cet animal de toute beauté.

– Bonjour, mesdames ! salua-t-il dans un anglais très pur. Avez-vous fait bon voyage ?

– Parfait. Merci, Votre Excellence, répondit Rebecca.

– Je serais d'avis de ne pas rester au soleil pour le moment. Allons au camion, dit sérieusement Déborah.

– Oui, vous avez raison, répliqua le prince.

Le hayon du fourgon fut ouvert en grand et Samouraï monta à bord comme s'il faisait cela tous les jours. On le referma aussitôt pour maintenir une température agréable à l'intérieur. Cinq minutes à peine s'écoulèrent, et le poids lourd s'ébranla.

Après quelques minutes de route, le camion s'arrêta enfin. Le hayon s'ouvrit dans une écurie climatisée. De chaque côté, il y avait des boxes. Rebecca descendit Samouraï à bout de main. Arrivée au milieu de l'écurie, elle tendit la longe au prince, tout sourire.

– Votre Altesse, il est à vous.

– Merci infiniment, vous ne pouvez pas savoir à quel point je suis heureux d'avoir ici le petit-fils de Sunday Silence et le fils de Zarkava.

Une larme perla sur le coin de son œil, qu'il essuya rapidement du revers de la manche. Il caressa l'encolure de l'étalon et Samouraï lui donna un léger coup de tête de bas en haut. Ils s'étaient trouvés.

– Je vais vous faire amener à l'hôtel où vos chambres ont été réservées. Vous devez être fatiguées.

— Votre Altesse, sans vouloir vous froisser, nous préférerions rester cette nuit auprès de Samouraï, dit Rebecca. Cette journée a été forte en émotions pour lui, entre le voyage et la séparation d'avec sa mère. Nous pensons que cela le rassurerait que nous soyons à ses côtés.

— C'est très délicat à vous. Après ce voyage, je comprendrais très bien que vous vouliez profiter du confort de l'hôtel.

— J'en serais enchantée, mais demain. Pour ce soir, nous aimerions nous doucher, changer de vêtement et après dîner, nous reviendrons auprès de Samouraï pour la nuit.

— Alors, dans ce cas, ce sera avec plaisir. Mon chauffeur sera à votre disposition.

— Merci Votre Altesse, répondit Déborah.

Elles prirent leur sac de voyage et suivirent le conducteur qui les amena à l'opposé de l'écurie. Elle se situait au golf de Dubaï et non pas à l'ancien hippodrome de Nad Al Sheba où son frère, le prince Mohammad, avait la sienne. Il préférait rester à l'écart, en toute tranquillité. Le Range Rover se gara à l'entrée de l'Arabian Ranches Golf Club.

— Mesdames, je vous laisse vous installer et faire ce qui vous convient. Quand vous aurez dîné, appelez-moi à ce numéro. – Il tendait une carte de visite. Je viendrai aussitôt.

— C'est gentil. On peut marcher.

— Je préfère vous chercher. Le trajet pour retourner aux écuries à pied est long. À tout à l'heure.

— Merci.

Elles pénétrèrent dans l'hôtel cinq-étoiles planté au milieu du golf. On ne pouvait pas faire plus calme. Elles prirent possession de leur chambre et, après une douche réparatrice, enfilèrent des vêtements propres. Elles se rendirent au restaurant. N'ayant mangé qu'un sandwich depuis leur départ, elles avaient une faim de loup. Déborah appela le directeur du haras du Pont-d'Ouilly, qui savait déjà par le prince que Samouraï était bien arrivé. Rebecca envoya un texto à Mark.

Une heure plus tard, le chauffeur vint les rechercher et les déposa à l'écurie. Elles s'installèrent dans le box de Samouraï qui mesurait au moins une quinzaine de mètres carrés et dont la paillasse était constituée de sciure de bois d'une propreté impeccable. Elles ne mirent pas longtemps à s'endormir. Samouraï non plus.

18

Les Faucons, informés par le QG de Lutry des résultats obtenus par Sven, tentèrent de poursuivre les interrogatoires des trois terroristes. Ce fut en vain. Depuis que Yasser avait vomi sa haine, il se murait dans son mutisme. Paul ne croyait pas qu'il céderait.

« Ce genre de personne convaincue de la justesse de ses idées préfère mourir plutôt que de trahir, ce qui donne encore plus de valeur à leurs convictions », pensa le colonel de Séverac.

Il leur restait à décider que faire de leurs encombrants prisonniers. Il était impossible de les relâcher en pleine nature au risque de les retrouver préparant de nouveaux attentats. Les éliminer était contraire à leur code de conduite.

L'idéal serait que ces terroristes soient traduits en justice en Suisse. Paul décida d'en parler avec son patron pour connaître son avis.

Mark comprenait le raisonnement de Paul. Il y fit cependant plusieurs objections stratégiques et juridiques. Pour lui, faire juger des membres de ce groupuscule en Europe revenait à jeter de l'huile sur le feu. Par ailleurs, remettre les trois hommes aux autorités helvétiques présentait le risque de dévoiler l'existence des Faucons.

Avoir des terroristes en prison signifiait aussi être la cible d'actions pour les libérer. Enfin, il y avait peu de chances que la justice helvétique condamne des islamistes qui avaient agi en dehors de son territoire, et qui avaient été arrêtés dans des conditions non officielles. Tout cela représentait autant de raisons de ne pas ramener ces individus en Suisse.

Mark exprima sa vision de la situation. Selon lui, la prise d'otages ne devait pas rester impunie. Les terroristes avaient droit à un jugement équitable. Sa proposition était de les remettre à la justice égyptienne. C'était à elle de juger ces personnes qui avaient enlevé neuf touristes sur son territoire.

Mark imaginait que le témoignage des otages serait suffisant et que le secret de l'existence des Faucons resterait ainsi bien gardé. Il suggéra de demander à Ralf d'entrer en contact avec les autorités égyptiennes. Elles seraient informées de la livraison des trois terroristes à l'aéroport de Louxor. Mark rappela que ce n'était que son opinion. Il laissait les Faucons décider de ce qu'il fallait faire.

Paul rapporta cette discussion à ses camarades. Ils donnèrent rapidement leur accord sur la façon de procéder proposée par Mark. Ce dernier intégrait toujours les Faucons au processus de décision. Paul envoya un texto à son patron lui demandant d'informer les autorités égyptiennes de l'arrivée prochaine des trois terroristes.

Quelques heures plus tard, l'information tomba sur le PC crypté de Paul. Les Égyptiens promettaient un jugement exemplaire. Ils acceptaient que la police de l'aéroport de Louxor récupère les terroristes le lendemain à midi. Paul confirma son accord, même s'il avait une autre idée derrière la tête.

Le lendemain, aux premières heures, Paul et les autres remercièrent chaleureusement le colonel Williams pour son accueil. Ils firent le trajet jusqu'à Louxor où ils atterrirent à 10 h 30. Ulli mena le Challenger dans la partie de fret à la grande surprise des manutentionnaires qui n'attendaient personne.

Le pilote expliqua qu'il y avait des paquets à débarquer. Bien qu'étonnés, les ouvriers s'activèrent vu son insistance. Ils déchargèrent trois sacs noirs.

Ulli poussa les moteurs et se déplaça pendant que le personnel au sol réalisait la situation. Les colis gigotaient et portaient une bande avec le nom du destinataire : « Police of Louxor Airport ». Arrivé en bout de piste et ayant reçu l'autorisation de décoller, Ulli lança ses réacteurs à pleine poussée. Au moment où il prit le manche vers lui afin de s'élever du sol, il perçut un bruit saccadé.

— Accrochez-vous, ça va secouer. On nous a tiré dessus. Vincent, surveille les paramètres, moi je poursuis la montée. On n'a plus le choix à présent !

— Ulli, on a reçu un pruneau dans l'habitacle. Nibs est blessé à la tête ! hurla Paul. Il pisse le sang.

— OK.

— Désolé pour la ceinture, je la mettrai plus tard. Je m'occupe de lui.

— Fais comme tu veux.

— Ulli, regarde ! La pression baisse sur le réacteur gauche et la température monte !

— Je ne la sens pas, celle-là...

— Moi non plus.

Les deux pilotes chevronnés étaient anxieux. Leurs vies étaient en jeu même s'ils ne le montraient pas. Ils se concentraient sur leur pilotage. « Qui a bien pu nous mitrailler de la sorte ? Allons-nous nous en sortir ? » se demandaient-ils tous intérieurement.

Pendant ce temps, Rebecca rendait visite une fois par jour à Samouraï qui s'était adapté à sa nouvelle vie. « Les pâturages des Émirats ne valent pas ceux de Normandie », se dit-elle en souriant. Le reste du temps, elle poursuivait ses recherches sur Dubaï Import/Export LLC ou la Fondation.

Elle imaginait mal le prince Abdullah en instigateur des attentats. Cependant, l'expérience lui avait montré maintes fois que l'habit ne faisait pas le moine. Sans preuve du contraire, le prince resterait en pole position des suspects. Jusqu'alors, elle avait discuté avec lui de tout et de rien. Elle avait évité le sujet de sa fondation. Comme palefrenière, elle n'était pas censée avoir fait des recherches à son propos. Elle attendrait que le moment opportun se présente. Elle ne voulait pas griller sa couverture pour l'instant.

Rebecca bénéficiait d'un avantage indéniable : le prince semblait heureux de la voir. Il s'arrangeait pour être aux écuries quand elle y était elle-même... comme par hasard. Lorsqu'elle lui annonça qu'elle allait changer d'hôtel pour un moins cher, sa mission étant achevée, il s'y opposa. Il insista pour qu'elle demeure à l'Arabian Ranches Golf Club à ses frais. Elle restait en vacances à Dubaï, alors que Déborah repartait déjà pour la France. C'était la version qu'elle lui donna.

Sentant qu'il risquait de se vexer, elle n'insista pas, connaissant trop bien le sens aigu de l'hospitalité arabe.

De retour d'une de ses virées à *Sheikh Zayed Road*, elle décida de s'offrir un déjeuner à son hôtel. Elle s'était servie au buffet et s'asseyait, lorsqu'elle ressentit une tension soudaine s'accroître dans la salle. Tous avaient les yeux braqués sur un écran de télévision allumé dans un angle.

Rebecca regarda et comprit aussitôt la raison. Un bandeau rouge clignotait sur la chaîne Al Jazeera, version arabe. Un Airbus A330-400 de la compagnie nationale Swiss International Airlines venait à l'instant de se dérouter de son itinéraire initial pour rallier Zurich au départ de Dubaï.

Malgré plusieurs tentatives, les aiguilleurs du ciel dubaïotes n'arrivaient pas à entrer en contact avec l'avion. Toujours selon les autorités aériennes, l'appareil semblait se diriger vers le sud, au lieu d'aller vers le nord. Y avait-il un problème technique à bord ? Le plus troublant, c'était que le pilote ne répondait pas aux appels. On craignait un détournement, l'explosion de l'aéronef étant exclue pour le moment. C'était tout ce que redoutaient les autorités dubaïotes. En effet, le développement économique, à travers l'essor touristique de luxe, passait par une sécurité aérienne sans faille.

Rebecca prit son téléphone mobile et envoya aussitôt un texto à tous les membres du Sword. Il ne fallut pas longtemps pour que Ralf l'appelle.

— Oui.

Elle ne donnait jamais son nom en mission afin d'éviter de se faire piéger par ses différentes identités.

— C'est Ralf, je vous dérange ?

— Non, j'allais manger une assiette. L'actualité m'a rattrapée.

— J'ai reçu votre message. Sur CNN ou France 24, il n'y a encore rien. C'est pourquoi je vous appelle. Vous avez une idée de quand ça date ?

— Il y a cinq minutes, pas plus. D'ailleurs, on ne sait pas plus que ce que j'ai écrit.

— Désolé de vous avoir dérangée pour rien, Rebecca.

— Vous avez bien fait. S'il y a du nouveau, je ferai comme d'habitude.

— Merci, et à bientôt.

— À bientôt.

Rebecca reposa son téléphone et se mit à manger tout en gardant un œil sur les informations qui défilaient.

19

Ralf décida de rester au bureau au lieu de rentrer à la maison. Il préférait se maintenir à la disposition de sa ministre. Il laissa son assistante lui rapporter une salade au poulet et un jus de pommes afin de garder des forces, même si l'appétit n'était pas vraiment là.

La journée risquait d'être longue. Il se mit à manger machinalement face à l'écran de télévision allumé sur CNN, espérant obtenir de nouvelles informations.

En définitive, le gouvernement d'Oman fit une déclaration officielle, annonçant que l'avion Swiss Airlines avait atterri sur l'aéroport international de Mascate. Selon le porte-parole omanais, l'appareil avait été détourné par un groupe de terroristes avec qui ils négociaient la libération des otages. À ce stade, il ne pouvait en dire plus, et se montrait satisfait que tous les passagers fussent sains et saufs.

Deux heures plus tard, un reporter de CNN en provenance du bureau d'Abou Dhabi arrivait à Oman. On apercevait au loin un avion blanc et queue rouge à croix blanche en bout de piste. Une dépêche tomba. Les terroristes se réclamaient de l'ALA, encore une fois. Ils regrettaient que la Suisse n'ait pas obéi à leurs injonctions. C'était à cause d'elle que les passagers étaient retenus dans l'avion. La France et la Belgique ne perdaient rien pour attendre si elles n'abrogeaient pas les lois sur les voiles. Enfin, ils ajoutaient une nouvelle revendication : ils exigeaient que la Suisse relâche sous vingt-quatre heures le Sheikh Mustapha Arja, ancien imam de la mosquée de Finnsbury au Royaume-Uni, sous le coup d'un mandat international.

Il avait été arrêté par la police de l'aéroport de Genève à sa sortie d'un avion Middle-East Airways en provenance de Beyrouth. Il croupissait depuis en prison en attendant son extradition vers la Jordanie, puis vers les États-Unis qui le réclamaient à cor et à cri depuis longtemps.

Arja était considéré comme celui qui avait organisé l'attaque terroriste de l'hôtel Kempinski d'Aqaba faisant vingt-trois victimes israéliennes. On lui attribuait aussi l'attentat de Dhahran où six *Marines* américains avaient trouvé la mort.

Ralf, assez las, se dit que les choses se compliquaient pour le moins. Il appela sa ministre qui était de retour dans son bureau et déjà informée. Elle lui demanda de passer le voir aussitôt et de prendre Pierre de Weck au passage.

La conseillère fédérale avait la mine des mauvais jours. Ils étaient tous les trois très inquiets pour les otages. En plus, l'avion était loin de ses bases dans un pays, certes ami, mais de confession musulmane, tout comme les terroristes. La crainte d'un soutien local se justifiait. Ralf prit la parole :

— Sauf le respect que je vous dois, nous sommes dans de beaux draps. Uniquement les Faucons ont la capacité d'agir sans trop de casse. Il faudrait les envoyer maintenant.

— Je sais très bien Ralf, mais je ne suis pas seule à décider, comme vous l'imaginez. Néanmoins, prévenez

Mark de mettre ses hommes en alerte. Je vais essayer de convaincre mes collègues, mais je ne vous promets rien.

— On croisera les doigts pour les otages.

— Je vous laisse, je pars en Conseil. À tout à l'heure.

— Bonne chance, madame, répondirent-ils.

Ralf repartit dans son bureau suivre l'affaire. Pierre, de son côté, était suffisamment occupé avec la préparation du G20.

Le temps passait et Simona Zanetta ne revenait toujours pas. Ralf s'imaginait qu'elle aurait fort à faire avec certains qui aimaient décider de ne pas décider. Les choses s'étaient quand même améliorées avec les nouveaux conseillers fédéraux.

Il suivait toujours les informations sur CNN. Les autorités omanaises avaient fait déplacer l'avion dans une zone en retrait, permettant le retour à la normale des activités de l'aéroport. Selon les commentaires des reporters sur place, les Omanais ne semblaient pas pressés. Ils parlementaient avec le groupe terroriste. Aux yeux de journalistes américains, ils montraient un certain laxisme, pour ne pas dire une connivence assez évidente avec les terroristes.

Finalement, Ralf perçut au loin les pas saccadés caractéristiques de sa cheffe. Il en conclut que cela ne s'était pas passé au mieux. Son téléphone sonna :

— Ralf, pouvez-vous venir, je vous prie ?

— Oui, bien sûr, j'arrive tout de suite.

Ralf n'était pas habitué au ton sec de sa ministre. Il se leva et se rendit aussitôt dans le bureau de Simona Zanetta. Pierre de Weck s'y trouvait déjà. Elle avait les traits tirés.

— Messieurs, je suis désolée de vous garder aussi tard. Je suis ravie de pouvoir compter sur vous. J'ajouterais que votre compagnie me fait du bien.

— Madame, la situation l'exige, dit Pierre.

— Oui, compléta Ralf. Comment s'est passé le Conseil ?

— Le mot approprié est : tendu. J'ai eu droit à un cours sur la neutralité de la Suisse, la souveraineté d'Oman. Il a ajouté qu'il ne faut pas s'habituer à confier ces situations à une société de sécurité privée que nous ne contrôlons pas, en clair, une bande de hors-la-loi.

— Je reconnais là la patte de cet extraordinaire Ulrich Weber.

— J'ai eu beau expliquer que les hommes du Sword seraient à même d'agir sans que personne soit au courant, il m'a pris pour une illuminée et il m'a ridiculisée. Je ne me suis pas sentie beaucoup épaulé par le Conseil, en dehors de ma collègue du département de justice et police et de celle de l'Économie. Les autres ont soutenu Weber.

— Et ça se dit ministre ! s'exclama Ralf, outré.

— Ce qui fait mal, reprit la femme d'État, c'est que ce n'est pas moi qui vais passer la nuit dans l'angoisse de l'avion. Et ce n'est pas non plus Weber. Cela m'écœure. Il me semblait qu'en politique, on était au service de la population. Ce qui me révolte encore plus, c'est que lui dormira très bien.

— Allez-vous faire une déclaration officielle ? s'enquit Ralf.

— C'est hors de question pour le moment. Je suis d'avis que nous adressions un communiqué de presse au nom de la présidence, exprimant notre compassion et notre forte inquiétude pour les passagers. Je ne veux pas en dire plus pour le moment. Concernant Weber, le temps viendra de le mettre face à ses responsabilités. Je ne veux pas plus bousculer la collégialité du Conseil fédéral en cette période de crise. L'heure des comptes sonnera !

Ralf retourna à son bureau et rédigea le communiqué. Une demi-heure plus tard, il le lui montra. Elle changea un mot et le signa pour accord. Ralf repartit aussitôt au service de presse qui se chargea de le transmettre aux agences concernées. Il repassa au bureau de Simona Zanetta pour lui demander si elle avait encore besoin de quelque chose.

— C'est très gentil, Ralf. Il se fait tard et, malheureusement, nous ne pouvons rien faire pour le moment. Allez vous reposer, vous le méritez. Merci, encore.

— De rien, Madame. Partez vous relaxer. Vous aussi, vous en avez besoin.

— Merci. Je dois dire que je supporte beaucoup de choses, mais certainement pas la bêtise et les manipulations de bas étage.

— Je comprends. N'oubliez pas que la vie est un boomerang. Vous recevez toujours en plein visage ce que vous avez lancé. La sanction pour Weber tombera tôt ou tard.

— Oui, certainement, Ralf. Néanmoins, on a cent cinquante-trois passagers et douze membres d'équipage qui risquent leur peau ! On n'a pas le droit de se réfugier derrière la Constitution et aller se coucher. Ce sont des vies qui sont en jeu. Non, je ne me résignerai jamais à l'inaction tant que je serai conseillère fédérale.

Ralf éprouvait beaucoup d'admiration pour cette femme de conviction. Elle avait été blessée au plus profond d'elle-même par le jeu politicien de son collègue. Ralf prit ses affaires et repartit à Lutry où il serait ravi de discuter avec Mark, et surtout de décompresser.

Il était déjà 22 h 30 passé quand Ralf arriva à la propriété. Il fut très tenté de monter à son logement se doucher et se changer, mais il se ravisa au dernier moment et entra doucement chez son fils pour ne pas réveiller les enfants.

Mark, allongé dans son canapé, lisait le nouvel ouvrage de Philip Kotler*, la télévision allumée sur le canal de CNN, le son était très bas. Il se redressa et posa son livre.

— Bonsoir, Vati ! Tu reviens bien tard. Tu as dîné en ville ?

— Je rentre du bureau à l'instant. Je n'ai même pas eu le temps de manger et, pour tout dire, je n'ai pas faim.

— Tu as eu une journée chargée avec ce détournement d'avion, j'imagine.

— Ce n'est pas tant la situation que la bêtise des gens qui me fatigue. Je dois vieillir.

— Tu veux parler de ta ministre ? Je croyais que ça allait bien avec elle, beaucoup mieux qu'avec l'ancienne qui, à soixante-six ans, se faisait des mèches bleues ou vertes, et que certains appelaient Cruella en référence au film Les 101 Dalmatiens. – Sourire.

— Tu me rappelles de ces souvenirs ! – Éclat de rire de Ralf. Avec Simona Zanetta, tout va très bien. Nous travaillons tous les trois avec Pierre en très bonne intelligence et avec respect. C'est au Conseil fédéral que, là, ce n'est pas la joie !

— Tu veux m'en dire plus ?

— Ils ont eu un sommet extraordinaire à 18 heures et ça a sérieusement chauffé. Ma ministre a suggéré une intervention clandestine qui a été rejetée.

— Je peux annuler les Faucons ?

— Oui. Ils ne reviendront pas en arrière.

**Un des grands maîtres du marketing, professeur à la Northwestern University de Chicago.*

— Vati, qui va libérer les otages si ce ne sont pas les Faucons ? Tout de même pas la police omanaise qui n'a pas l'expérience de ce genre de situation !

— Je n'en sais rien. Pour le moment, le Conseil fédéral laisse faire.

Ralf retira son pardessus, sa veste et s'assit finalement à côté de son fils. Il était épuisé, physiquement et psychologiquement. Mark s'en rendit compte. Il alla dans la cuisine et tartina rapidement un morceau de pain de campagne frais avec de la mousse de canard et des cornichons en lamelles. Son père adorait ça. Il posa les deux tartines sur une assiette, puis sur un plateau, il mit une serviette en papier et un verre à vin qu'il remplit d'une syrah du Valais, et revint dans le salon. Son père résistait à la fatigue, mais clignait des yeux.

— Tu vas me faire le plaisir d'oublier tout ça pour le moment et de prendre soin de toi. Tu dois absolument manger quelque chose et te reposer.

Il lui tendit le plateau.

— Tu es adorable, Mark, je n'ai pas trop faim.

— Grignote ce que tu veux. Prends déjà un morceau, tu verras. Un coup de rouge du Valais, c'est bon pour le cœur, c'est ce que mon Valaisan de père m'aurait dit. - Sourire.

Devant tant de gentillesse, Ralf se laissa faire. Il croqua dans sa tartine et commença à se détendre.

— Tu sais quoi, Mark ? C'est le bonheur. Merci, j'en avais grand besoin. - Il but une gorgée de vin. Hum !

— Tu vois que tu avais faim !

— Oui, c'est vrai. - Ralf attaquait la deuxième tartine. Et toi, Mark, tu en penses quoi de tout cela ?

— Tu veux parler du Conseil fédéral ou des otages ?

— Des deux, mais surtout des prisonniers.

— Pour ce qui est de l'avion détourné, il y a la question politique et la partie technique.

— Et donc ?

— Je pense qu'il ne faut jamais céder. Simplement parce que s'ils obtiennent gain de cause, il est toujours envisageable que les preneurs d'otages les tuent quand même. Autant essayer de les libérer tous, sans garantir qu'il n'y aura pas de blessés, malgré tout. Refuser l'aide des Faucons, je ne le prends pas pour une attaque personnelle. Par contre, c'est se priver d'un outil de haute précision qui, de toute façon, est anonyme par sa conception, comme tu le sais. Enfin, la neutralité de la Suisse n'a rien à voir là-dedans.

— Weber dit le contraire et il n'y eut aucune majorité en faveur d'une intervention des combattants du Sword.

— Ça, ce n'est pas une décision politique, mais politicienne. Weber sait très bien que se tiendront bientôt des élections, et il adopte une ligne qui est celle de son parti. Il caresse son électorat conservateur dans le sens du poil, alors qu'à son poste, il devrait travailler pour le bien de tous. Bienvenue dans le monde politique, Vati !

— C'est écœurant. Ce soir, il y a cent soixante-cinq personnes qui sont dans l'angoisse d'être abattues, et machin fait des calculs électoraux. Où va-t-on ?

— Que veux-tu que je dise ? Weber est un sinistre imbécile et il ne supporte pas la suprématie de ta ministre, c'est pourtant simple. En plus, elle est très populaire et pas lui. Enfin, il ne lui pardonne pas le succès des Faucons en Libye et en Égypte. Ne va pas chercher plus loin.

— Oui, c'est détestable.

— C'est comme ça. Il y a des cons partout.

— Eh bien moi, ça me révolte, tu vois !

— Au moins, à ton âge canonique, tu n'es pas blasé, Papinou.

Mark sourit et posa son bras droit sur les épaules de son père avec affection. Il observait le dépit de ce grand serviteur de l'État.

— Je comprends ta révolte, mais elle ne change rien à la situation. Tu brûles beaucoup d'énergie avec ta colère. C'est de la pure perte. Weber n'en vaut pas la peine. Exprime ta colère par ton bulletin de vote.

— Je sais, répondit Ralf qui reprenait des couleurs.

— Les Faucons resteront à ta disposition autant de fois que tu le voudras. Dans ce cas précis, je ne peux faire lancer un assaut devant les caméras sans mandat officiel du Conseil fédéral. Jamais je ne mettrai en danger l'anonymat et surtout pas la vie des Faucons.

— Je le sais bien. Je ne te le demanderai pas. Tu as raison, je vais dormir et comme disait Scarlett O'Hara dans le film, *Autant en emporte le vent*, « *Tomorrow is another day*[*] ». À propos des Faucons, ils ne devaient pas rentrer aujourd'hui ?

— Si. Mais les plans ont été bouleversés au dernier moment.

— Ah bon !

— Figure-toi que nous avons frôlé la catastrophe ce matin à Louxor.

— Non ! Qu'est-ce qui s'est passé ?

— Le Challenger devait revenir de Djibouti et déposer les preneurs d'otages discrètement à l'aéroport de Louxor.

— Je m'en souviens.

— Sauf que l'avion a été la cible de tirs de gros calibres au moment où il décollait.

— Ils sont morts ?

Il blêmit en posant la question.

— Ne t'inquiète pas, tout va bien à présent. Je crois qu'ils en sont quittes pour avoir eu une grosse trouille.

---

[*] *Demain est un autre jour.*

— Raconte-moi tout. – Ralf retrouvait son dynamisme habituel malgré la fatigue. Comment a fait Ulli pour se tirer d'affaire ? Y a-t-il des blessés ?

— Calme, Vati. Ils ont eu deux incidents. Après s'être élevé de plusieurs centaines de mètres d'altitude, le moteur gauche touché a pris feu. Ulli qui pilotait a enclenché l'extincteur qui a parfaitement fonctionné et éteint l'incendie.

— Mais comment ont-ils fait pour continuer à prendre de l'altitude ?

— Bien que le Challenger soit un avion d'affaires, il a subi des tests pour ces types de panne de moteurs comparables aux homologations ETOPS pour les gros porteurs commerciaux. Il peut décoller avec un seul réacteur et voler de la même manière. C'est d'autant plus aisé s'il n'est pas chargé au maximum, ce qui était le cas. Ulli, aidé de Vincent, a poursuivi sa montée et une fois atteinte l'altitude de deux mille cinq cents mètres, il est resté en vitesse de croisière avec le réacteur de droite.

— Ils sont repartis à Louxor se poser ?

— Bien sûr que non. Ils craignaient un comité d'accueil.

— Où sont-ils maintenant ?

— À Tel-Aviv.

— Quoi ? Mais pourquoi pas Le Caire ?

— Une fois l'avion stabilisé et en route plein nord, on a eu des échanges entre l'équipage et le QG. Il s'avère que Bombardier à une base de maintenance complète à l'aéroport Ben Gourion, soit à une demi-heure de vol du Caire. La décision fut simple à prendre. On a tout arrangé avec Israël et l'avion s'est gentiment posé là-bas.

— Personne n'a été blessé ?

— Si ! Pendant la fusillade, une balle de gros calibre a traversé un hublot touchant au passage Nibs au front. La cabine ne pouvant être pressurisée normalement, les pilotes n'ont pas voulu dépasser l'attitude de trois mille mètres.

— Je n'y crois pas. – Ralf était stupéfait de ce que son fils lui racontait. Dans quel état est-il ?

— Rassure-toi, tout va bien maintenant. Il a été pris en charge à l'aéroport de Tel-Aviv. Il a une dizaine de points de suture sur le crâne au-dessus de l'arcade gauche. Ils ont procédé aux examens usuels. Il n'a rien de grave. Il est secoué et il lui faut du repos pour récupérer, c'est tout. Il n'aura comme séquelle que ces quelques points. Il est sorti de l'hôpital tout à l'heure avec ses comparses et ils se sont installés dans un hôtel que le général Leibowitz a choisi.

— En effet, avoir dans sa manche le patron emblématique du Mossad de ces dernières années, cela peut aider, dit le diplomate en riant.

— Exactement !

— À ce que je vois, cela a été aussi mouvementé pour toi que pour moi.

— On peut dire ça ! Le principal est que maintenant tous nos combattants sont saufs, l'avion sera réparé rapidement.

— Comment cela a-t-il pu arriver ? Personne n'était au courant de leur arrivée sauf la police de Louxor.

— J'en ai parlé avec Paul. Il m'a appris qu'un membre du commando était passé entre les mailles du filet lors de leur assaut au sud d'Esna. Le chef des terroristes le leur a dit hier. On ne voit qu'une seule réponse à ta question, il y a eu une fuite au sein de la police et cet homme s'est chargé avec d'autres d'attaquer l'avion. Paul était furieux contre lui et son équipe. Cette erreur de débutant, comme il disait lui-même, aurait pu leur coûter la vie.

— En effet ! Tout est bien qui finit bien. Bon, moi j'y vais, je suis épuisé.

— Bonne nuit, Vati.

Ralf se leva, prit sa veste et embrassa son fils avant de rejoindre son logement.

20

Rebecca, tout en suivant l'actualité omanaise, poursuivait ses investigations. Elle avait enfin du nouveau.

Elle s'était rendue chaque jour et parfois même la nuit du côté du World Trade Center. Elle y surveilla tout ce qui concernait la Fondation pour l'éducation et le développement arabe et Dubaï Import/Export LLC. Elle avait remarqué qu'une Maybach* se dirigeait vers les parcs à voitures des bureaux. Elle l'avait suivie de loin et avait noté qu'elle se garait sur les places réservées à la Fondation, ce qui l'interpella.

Ce véhicule n'étant pas courant, elle souhaitait en savoir plus. Elle avait pu relever le numéro d'immatriculation. Elle demanda donc à Sven de chercher à qui elle appartenait. Elle attendait ses informations. Ce qui était sûr, c'était que la Maybach s'était rendue à l'extrémité opposée de *Sheikh Zayed Road*, dans la partie réservée à la famille royale. « Mais qui est-ce donc ? » s'interrogea Rebecca.

Cela pouvait être n'importe qui de la famille régnante, même un chauffeur. Par ailleurs, le fait qu'un haut personnage vienne à la fondation ne le rendait pas pour au-

---

**Marque de grand luxe de Mercedes.*

tant suspect. Cette opacité énervait Rebecca. Elle aimait quand les choses étaient tranchées.

« Et si le Sword se trompait ? » se demanda-t-elle. Que Yasser ait eu des contacts avec la Fondation pour l'éducation et le développement arabe n'impliquait pas pour autant que celle-ci ait commandité les attentats. Rebecca restait perplexe et désabusée.

Après une courte nuit de repos, Ralf se leva de bonne heure. Il était en pleine forme, prêt à affronter une nouvelle journée de crise. Il prit son temps pour se préparer un déjeuner et dégusta sa tasse de thé Earl Grey devant l'écran de télévision allumé sur Al Jazeera.

Les mêmes informations passaient en boucle. On entr'apercevait au loin l'avion Swiss Airlines sans aucune agitation autour. Ralf se demandait ce que cette journée lui réserverait. « Est-ce qu'enfin, une bonne nouvelle sera annoncée ? Les autorités omanaises arriveront-elles à faire plier les preneurs d'otages ? » Ralf se posait ces questions. Il espérait des réponses positives de tout son cœur, mais il avait des doutes.

« Si les terroristes en sont arrivés à ce stade, ils ne céderont certainement pas », se dit le vieux diplomate. D'un autre côté, la Suisse ne pouvait accéder à leur demande, sa constitution l'en empêchait. Le principe de la démocratie directe helvétique faisait que la population avait le dernier mot. C'était unique au monde !

De même, relâcher un criminel était impensable. Le gouvernement helvétique ne pouvait se mettre à dos la communauté internationale pour un assassin, alors qu'un mandat d'arrêt mondial avait été lancé contre lui. La situation était inextricable.

Ralf s'attendait à un déluge d'appels téléphoniques. Il devrait apaiser les relations avec leurs partenaires internationaux. Il avait une journée chargée en perspective.

Rasé de près et vêtu d'un costume bleu marine, il partit prendre son train. En passant devant la fenêtre de la cuisine de Mark, il lui fit un signe et poursuivit sa route.

Arrivé à son bureau, il trouva Pierre de Weck et Simona Zanetta qui prenaient un café ensemble dans l'antre de cette dernière. Elle aimait faire le point de bonne heure avec ses deux plus proches collaborateurs, de manière informelle, autour d'un bon arabica et des viennoiseries. Apercevant Ralf, elle le héla. Il entra tout sourire. L'atmosphère était détendue comparée à la veille. « La nuit a œuvré », se dit-il.

— Bonjour, Ralf ! Comment allez-vous ce matin ? questionna la ministre.

— Préoccupé, mais bien.

— Nous sommes tous inquiets, renchérit Pierre. Mais on doit rester sereins.

— Pardonnez-moi mon exaspération d'hier soir. Le Conseil avait été la goutte qui avait fait déborder le vase.

— Vous savez, vous n'étiez pas la seule, répondit Ralf. Nous sommes des êtres humains.

Il mordit dans son croissant au beurre.

— Y a-t-il du nouveau de votre côté ? Je n'ai rien observé de particulier dans les médias, qui a attiré mon attention.

— On a reçu la liste des passagers de l'Airbus. Elle est sur ton bureau. Il n'y a rien de très étonnant. La majorité des passagers sont suisses et allemands. Il y a quelques Émiratis, des Français et des Britanniques. En gros c'est tout, dit Pierre.

— Et du côté des Omanais ?

— Pas grand-chose de plus. On sait comme toi par la télévision qu'ils ont fait parvenir aux otages de la nourriture et des couvertures pour la nuit. Pour le reste, on te laisse gérer le contact avec eux.

— Je m'en occupe tout de suite. Où en sommes-nous avec vos alter ego, madame, leur avez-vous parlé ?

— Le chancelier allemand m'a téléphoné hier soir, très tard. Il s'est montré courtois et compréhensif. À part cela, je n'ai eu aucun autre contact pour le moment. Je pense que la journée d'aujourd'hui apportera plus d'éclaircissements sur la situation. J'ai un nouveau Conseil fédéral de crise à 11 heures. Je me demande bien ce qui va en sortir de bon.

— Moi aussi, répliqua Ralf. J'ai discuté hier soir avec mon fils. Il ne comprend pas que l'on veuille interdire à ses hommes d'intervenir, mais il respecte la décision.

— Mon cher Ralf, je l'imagine très bien. Les autorités omanaises gèrent l'affaire et ne semblent pas disposées à en être dessaisies. Si les Faucons intervenaient, ils n'arriveraient pas à le faire sans être vus par les caméras fixées sur l'avion et donc par les téléspectateurs du monde entier. Enfin, si les positions au sein du Conseil fédéral n'ont pas évolué, les Faucons agiraient hors la loi. Ce serait une catastrophe.

— Espérons que les esprits se seront calmés.

Ralf finit de déglutir sa dernière bouchée de croissant, but son *ristretto* et rejoignit son propre bureau. Assis confortablement dans son fauteuil en cuir, ses lunettes de lecture sur le nez, il prit la liasse avec le logo Swiss International Airlines. Il parcourut la liste des passagers pour se faire une idée de quel gouvernement risquait de se manifester dans la journée.

Il y avait quatre-vingt-deux Suisses, trente-cinq Allemands, trois Britanniques, dix Français et des citoyens de divers pays du Moyen-Orient : Dubaï, Liban, etc. Il savait que le nombre de ressortissants d'un état ne correspondait pas aux soucis qu'il aurait. La journée le renseignerait.

Il en profita aussi pour survoler la Une des principaux journaux européens, histoire de prendre la température ambiante des voisins concernés par la prise d'otage. Il fut surpris de la neutralité globale à l'endroit de la Suisse. « Enfin, une bonne nouvelle ! Combien de temps cela va-t-il durer ? » se demanda-t-il.

Il consacra les deux heures suivantes à contacter les ministères des Affaires étrangères des pays dont des ressortissants se trouvaient dans l'avion. Il exprima sa compassion et affirma que la Confédération ferait son possible pour un dénouement rapide et heureux. Il restait, cependant, sceptique sur le sujet.

Ce ne fut que vers midi et demi que la conseillère fédérale Zanetta revint. Elle appela ses deux collaborateurs et leur proposa d'aller chercher des plateaux à la cafétéria et de remonter dans son bureau. Ils le firent avec plaisir. Si Pierre et sa ministre avaient choisi une salade au poulet, Ralf n'avait pas pu résister à des röstis à la bernoise*.

Ils s'enfermèrent dans le bureau de la présidente. Elle tentait de sourire, mais avait un regard grave, les traits tirés.

— Comment cela s'est-il passé ce matin ? Vous ne vouliez pas manger avec le Conseil ? questionna Ralf.

— Je ne suis pas d'humeur à partager mon repas avec eux. J'ai prétexté avoir des appels urgents à passer dans l'affaire qui nous concerne.

— En tout cas, c'est gentil de nous préférer. – Sourire de Ralf.

— Ce n'est pas difficile en ce moment. – Moue figée de la ministre.

— Alors, quoi de neuf ? questionna Pierre de Weck.

**Les röstis sont des galettes de pommes de terre typiques de la Suisse alémanique. Les Bernois rajoutent des lardons.*

— Rien. Il y a deux approches de la situation radicalement opposées. Celle que je défends est minoritaire.

— Conclusion, nous attendons que les pives tombent.

— En gros, oui. Vu comme les choses se présentent, il faudrait l'unanimité du Conseil pour avaliser une intervention. Autrement, il serait beaucoup trop facile pour un de mes collègues de dire qu'il a voté non, puis de se désolidariser si ça tournait mal. Cela peut toujours arriver, même avec les Faucons. Ce qui se passe montre les limites de notre constitution et de notre mode de gouvernance.

Le système politique suisse est très différent des autres organisations démocratiques qui fonctionnent essentiellement sur le fait qu'un gouvernement est l'émanation d'un parti ou d'une coalition de partis ayant gagné les élections législatives. Cela a pour corollaire une certaine unité dans les rangs du gouvernement.

En Suisse, le gouvernement est constitué de sept conseillers fédéraux. Chacun devient président pour une année ; ceci veut juste dire qu'il représente son pays, mais le pouvoir décisionnel reste dévolu aux sept sages sans aucune hiérarchie. Ce qui est au fond assez étonnant, c'est que ce principe collégial vient tout droit de l'article 132 de la Constitution révolutionnaire française du 22 août 1795.

Le principe de collégialité n'aurait jamais posé de problèmes s'il ne reposait pas en même temps sur le principe dit de *la concordance*, ou de la *formule magique*. C'est-à-dire que les sept conseillers fédéraux sont élus par le Parlement (Conseil national) qui doit représenter, dans sa composition, les quatre plus grands partis siégeant dans celui-ci. On trouve donc dans le même gouvernement un conseiller de droite nationaliste, très à droite, voire à l'extrême droite, et un socialiste à gauche. Et les délibérations doivent rester secrètes, l'idée étant que le pouvoir représente tout le peuple helvétique.

Il est donc évident que cela peut aboutir à un certain blocage pour ne pas dire immobilisme.

— C'est clair, enchérit Ralf. Rien n'empêcherait que les sept conseillers fédéraux s'unissent et prennent une décision politique unanime.

— En théorie, vous avez raison. Dans la pratique, ce n'est pas le cas. Quand vous avez un parti politique qui joue sur la peur des gens et sur un certain conservatisme pour garder le vent dans le dos, le conseiller fédéral le représentant ne va pas unir ses forces à celles de ses adversaires. Et enfin, on préfère ne pas bouger, même si nos compatriotes sont en danger.

— Ils confondent deux éléments bien distincts, dit Ralf. Ne pas intervenir dans un conflit quelconque, c'est une chose, et c'est très bien. Ne rien faire pour défendre nos concitoyens à l'étranger, c'en est une autre, à mon avis. On sera dépendant d'une tierce partie, quelle qu'elle soit. La question fondamentale reste : la Suisse doit-elle subir ou s'imposer ? Avons-nous confiance en nous et affirmons-nous notre autorité, ou bien tremblons-nous de ce que les autres nations pensent de nous ?

— Tu sais Ralf, autour de cette table, nous sommes tous d'accord. Mais, comme tu ne l'ignores pas, il y a une partie de la population qui raisonne encore comme si la Suisse était une carte postale d'après-guerre avec Heidi comme icône. C'est cette Suisse qui vote pour un certain nationalisme avec nostalgie. On n'y peut rien.

— Il faut espérer que les choses évoluent avec le temps, dit Simona Zanetta.

— Oui. Pour en revenir à notre avion détourné, rien d'autre n'a été décidé ? On attend et c'est tout ?

— C'est presque pire, murmura la ministre. – Ralf et Pierre firent une mine déconfite en l'entendant. Le conseiller fédéral à la Défense a convaincu la majorité qu'il fallait laisser la police et l'armée du Sultanat d'Oman gérer la situation.

— Quoi ! s'exclamèrent en même temps Ralf et Pierre, stupéfaits.

— Oui, vous avez bien entendu. J'ai attendu que vous ayez déjà mangé votre repas pour vous l'annoncer. – Sourire tendu de la ministre.

— Mais il est inconscient, cela va être un massacre ! dit Ralf.

— C'est envisageable. Je n'ai pas réussi à leur faire changer d'avis. Il est clair qu'en cas d'échec, je ne jouerai pas le jeu de la collégialité, pour une fois. Trop, c'est trop !

— Je n'ai rien contre Oman, au contraire. C'est un pays que j'apprécie et que je connais extrêmement bien. Cependant, il n'a aucune expérience en matière d'intervention comme celle-là.

Ralf rappela combien il s'agissait d'opérations très complexes. Il donna l'exemple de la prise d'otages de Beslan, en Russie, dont l'assaut par les troupes d'élite russes avait abouti à trois cent quarante-quatre morts, parmi lesquels cent quatre-vingt-huit enfants ! Il compléta son argumentation par celle de Bombay en Inde, où le bilan avait été de cent quatre-vingt-quinze victimes.

— Je rejoins Ralf. La chance qu'il n'y ait aucune perte en vie humaine est quasi nulle.

— Je pense que vous comprenez mieux pourquoi j'étais en colère hier ; je m'attendais à un coup pareil de la part de Weber.

— Mais c'est complètement dingue ! Et si vous le révéliez au peuple, c'est vous que l'on accuserait de trahison.

— Exactement, Ralf. C'est un des pires jours de ma vie. Je vais garder ma colère pour moi et prendre l'air cet après-midi. J'ai décidé de rentrer chez moi, je ne veux pas que l'on me voie ronger mon frein et exprimer ma douleur.

— J'en ferai autant, si vous ne vous y opposez pas. Je vais rentrer à Lutry, puisque je ne sers à rien.

— Faites. Je vous libère tous les deux. De toute façon, nous savons comment nous joindre en cas de nécessité.

— Merci, madame. Je vais vous imiter et effectuer un parcours de golf, j'en ai bien besoin.

— Eh bien moi, je pars me faire tyranniser par deux petites canailles rousses ! – Rire tendu.

— À demain.

— À demain, madame, répondirent Ralf et Pierre.

Ralf était tellement stupéfait de ce qu'il venait d'apprendre qu'il n'arrivait pas à exprimer sa rage, ni même à parler. Il rangea son bureau, et partit prendre le premier train.

21

Rebecca était toujours à l'hôtel Arabian Ranches Golf Club. Elle reçut un appel de Lutry alors qu'elle s'apprêtait à descendre prendre son petit déjeuner au buffet. C'était Sven. « Pourvu qu'il ait de bonnes nouvelles », se dit-elle.

— Hello !

— Salut ! Rebecca. Je ne te réveille pas ?

— Tu trouves ça malin. – Rire. J'espère que tu as quelque chose d'intéressant, sinon ça va chauffer !

Elle rit de bon cœur. Sven, le plus jeune de l'équipe, avait été rapidement adopté par tous.

— J'ai fait de mon mieux, tu sais, dit-il en laissant durer l'attente de Rebecca.

— Alors, ça vient ?

— Oui. Je ne suis pas sûr que tu aimes ce que je vais t'annoncer. Après vérifications, la voiture que tu as pistée n'est autre que celle du prince...

— Mohammad.

— Perdu ! Abdullah.

— Non ! Ce n'est pas vrai ! s'exclama-t-elle, choquée. Ce n'est pas possible...

— Je te jure que si, c'est exact. J'ai vraiment vérifié et recontrôlé. C'est une Maybach Guard blindée. C'est la voiture officielle de l'Émirat de Dubaï.

— J'ai vu souvent Abdullah. À chaque fois, il était avec un Range Rover.

— Eh bien, c'est son véhicule de loisir pour visiter son cheval Samouraï. Si tu regardes les coupures de presse concernant le prince Abdullah, tu trouveras la Maybach avec l'immatriculation que tu m'as donnée. Je sais que tu apprécies son excellence, mais je te livre les informations, comme elles sont. Si tu veux, je t'envoie les liens si tu ne me crois pas.

Silence, Rebecca était abasourdie, incapable de s'exprimer.

— Hello ! Rebecca, tu es là ?

— Oui, excuse-moi, Sven.

— « *No problemo* ». Je comprends ton émotion. Mon boulot, c'est de faire les recherches que l'on me demande.

— Tu n'y es pour rien, Sven, dit-elle, reprenant peu à peu la maîtrise d'elle-même.

— Le patron veut te parler. Je te laisse l'appeler car, avec le téléphone mobile crypté, je ne peux transférer l'appel.

— Oui, je téléphone tout de suite. Merci.

— À ton service, ma belle.

Rebecca était déstabilisée par l'information qu'elle venait d'entendre. Elle savait que Sven n'aurait pas fait de plaisanterie avec ça. Ce qui l'étonnait le plus, c'était sa réaction. Elle, qui n'exprimait jamais ses émotions et ses sentiments, était ébranlée.

Pendant une vingtaine d'années de service, elle avait toujours blindé sa vie privée. Pour la première fois, elle se rendait compte que la forteresse se fissurait. Elle se ressaisirait. Dans son métier, on ne pouvait se laisser emporter par des sentiments d'amitié ou même d'amour. Il en allait de sa propre sauvegarde, elle ne le savait que trop bien. Combien d'agents étaient morts assassinés pour avoir baissé leur garde ?

Elle reprit son téléphone mobile et composa le numéro de Mark Walpen.

— Allô !

— C'est Reb.

Mark remarqua sa voix moins affirmée que d'habitude.

— Bonjour, Rebecca ! Vous allez bien ?

— Oui, patron.

— C'est ce que Sven vous a dit qui vous perturbe ?

— Si je répondais non, je mentirais.

— Rassurez-vous Rebecca, moi-même qui ne connais pas le prince, j'ai été tout aussi surpris que vous. C'est la vie et on doit avancer.

— Ne vous inquiétez pas, c'est ce que je vais faire.

— Vous savez comme moi qu'un être humain peut, dans certains cas, présenter deux faces complètement différentes. Concernant le prince, nous n'avons absolument aucune preuve contre lui. On a des doutes et nous ne pouvons nous en contenter.

— Oui, mais je n'ai pas réussi à récolter plus d'informations sur tous les autres personnages.

— Rebecca, nous avions décidé de rester à couvert et d'observer, c'est ce que vous avez fait. Maintenant, nous devons en savoir plus. La plaisanterie a assez duré. On a cent soixante-cinq personnes menacées de mort à Oman. On doit choper le ou les salopards qui tirent les ficelles.

— Il n'y a aucun doute là-dessus pour moi.

— Vu que le prince vous apprécie, je pense qu'il faudrait que vous vous approchiez plus de lui. Au moment opportun, vous le questionnerez sur les sujets qui nous intéressent. Est-ce trop vous demander ?

— Non, patron. Je suis une professionnelle. Ce n'est pas parce que je trouve que le prince Abdullah a plein de qualités, et que, ma foi, il est très agréable et cultivé, que je ne dois pas le considérer comme suspect. Ne vous inquiétez pas.

— Je connais vos compétences, Rebecca. N'oubliez pas que l'on a tous nos faiblesses un jour ou l'autre.

— Tout ira bien. Je ferai ce qu'il faut.

— Le plus important c'est de gagner sa confiance. Il sera temps après d'être plus incisive. Je ne vous autoriserai à le faire que quand vos autres compagnons seront en couverture. Je leur demande de partir pour les Émirats. J'aimerais les avoir assez près de Mascate, on ne sait jamais.

— Je croyais qu'ils étaient en vacances forcées en terre d'Israël, si je me souviens de votre dernier mémo.

— C'est exact. Mais l'avion est en cours de finition de peinture. Le réacteur gauche a été totalement remplacé. Nibs va bien, même s'il garde les séquelles d'un traumatisme crânien.

— Ils s'en tirent tous bien. Nibs vient aussi ? Est-ce raisonnable ?

— Nibs restera au QG.

— Dans ce cas, je vous suggère de les faire atterrir à Fujaïrah. Il y a un aéroport, j'ai déjà vérifié. C'est à peine à quarante kilomètres du Miramar Beach Resort Hotel, qui lui-même se trouve à quinze kilomètres de la résidence d'été du prince à Dibba Al Fujaïrah, sur l'océan Indien, là où il se rend souvent.

— OK, je m'en occupe. Pour le moment, continuez. Si vous avez le moindre souci, dites-le. Personne n'est infaillible et tout le monde peut craquer. Dans ce cas, je préfère le savoir et tout faire pour vous soutenir. Nous avons la chance d'avoir dans l'équipe Amanda Johns ; vous avez son numéro. Vous savez qu'elle vous écoutera sans vous juger. Je vous prie de ne pas attendre d'aller mal. Peut-être que lui parler vous ferait du bien ?

— Vous êtes très gentil, Mark, de prendre soin de moi. Je ne suis pas habituée. J'apprécie beaucoup. Je vous donne ma parole que si j'en ressens le besoin, j'appellerai Amanda. En plus, je l'aime beaucoup, elle ne fait vraiment pas psy !

— Et, pourtant, elle l'est.

— Oui, j'en suis sûre. Mais elle est différente de ce que j'ai observé jusqu'à présent.

— Alors tant mieux. Appelez-la, vous verrez. À tout bientôt, Rebecca.

— À plus tard, Mark, et merci encore. Je suis heureuse d'être un des Faucons.

— Et moi, je suis ravi que vous en soyez un. Au revoir.

Mark raccrocha et songea que c'était bien qu'il ait pu parler à Rebecca. Il ne s'était pas rendu compte de sa solitude à Dubaï, ni du fait qu'elle éprouvait des sentiments pour le prince Abdullah. Le principal pour Mark était qu'ils aient pu en parler et qu'elle ne se sente pas jugée, mais épaulée.

Par ailleurs, il savait que Rebecca et Amanda Johns avaient tissé des liens d'amitié qui dépassaient le cadre pur du travail. Toute l'équipe du Sword avait des relations amicales extra-professionnelles. Mark demanderait à Paul d'appeler Rebecca pour prendre de ses nouvelles, afin qu'elle sente son groupe à ses côtés.

Mark décida de rentrer à la propriété s'occuper des enfants, d'autant plus que, ce soir-là, Anook venait dîner.

Ralf passa une partie de l'après-midi à essayer de se détendre. À son arrivée, il avait troqué son costume pour un maillot de bain. Rien de tel que de nager longtemps pour oublier tout stress, même si la température extérieure était déjà fraîche. Ensuite, il s'installa confortablement dans son salon habillé d'un peignoir bien épais et lut le dernier livre de Clive Cussler. Cela lui changea les idées, malgré tout. Il aimait ces histoires d'espionnage qui se déroulaient dans le milieu de la recherche maritime. Il vécut un après-midi de détente. Vers 18 heures, il se décida à se changer et à rejoindre Mark et les enfants.

Les jumeaux étaient excités qu'Anook vienne dîner. Mark était déjà dans la cuisine pour tout préparer. Il avait décidé de cuisiner un émincé de volaille à la zurichoise. Ce n'était ni long ni difficile à préparer. L'avantage, c'était qu'une fois que ce serait prêt, il n'aurait qu'à le réchauffer. Il cuirait les tagliatelles fraîches au tout dernier moment.

Les deux enfants, après avoir embrassé leur Papinou, retournèrent jouer dans leur chambre. Ralf en profita pour rejoindre Mark dans la cuisine et s'assit sur un siège de bar. Mark cessa de cuisiner deux minutes pour prendre deux verres et servit un vin liquoreux de la région de Carpentras, du muscat de Baumes-de-Venise.

— Goûte-moi ça, Vati. Tu m'en diras des nouvelles. En apéritif et frais, c'est tout simplement excellent. Tu verras, tous tes soucis partiront par magie. – Sourire du fils à son père.

— C'est exactement ce qu'il me faut. Tu m'en as déjà fait goûter, non ?

— Mais oui. Figure-toi que j'en ai trouvé au magasin quand je suis allé faire les courses à Vevey. Je n'en avais encore jamais acheté en dehors de la Provence.

— Hum, cette odeur de fruits et ce goût légèrement sucré. Un pur nectar ! Tu sais Mark, tu as eu une bonne idée, cela me fait vraiment plaisir. Quand vient Anook, au fait ?

— Elle ne va pas tarder. Elle m'a dit qu'elle quittait le CHUV à 18 heures au plus tard. Demain, elle opère très tôt. Et alors Vati, comment s'est passée ta journée ?

— Bof ! pas terrible, je dirais.

— Pourquoi ? Vous avez encore eu des problèmes ?

— On peut présenter les choses comme ça si tu veux.

— Et alors ?

— Eh bien, ce matin tout était assez calme. J'ai contacté différents ministères des Affaires étrangères. Ils étaient tous charmants, et compréhensifs.

— Tu vois, il y a des gens intelligents.

— Oui, mais pas tous. Et puis Zanetta a participé à un Conseil extraordinaire.

— Ah ! Dieu sait...

— Tu n'es pas loin. Imagine-toi que Weber a eu une idée lumineuse !

— Tu m'inquiètes.

— Il a expliqué à ses collègues que le mieux pour les otages était de laisser les autorités omanaises gérer l'affaire et sa police s'en occuper.

— Je n'y crois pas ! Il a dit ça ?

— Eh oui, mon grand.

— Ce genre d'opérations ne fait pas partie de la culture du Sultanat d'Oman, c'est complètement absurde. Et ils ont gobé ça ?

— Oui, tout cru. Ma ministre a voté contre et a refusé de cautionner le choix de ses collègues. On est parti tous les trois du bureau. Elle laissera le beau Weber se débrouiller avec les médias. Que veux-tu que l'on fasse ?

— Rien.

— Elle a refusé de faire du forcing pour les Faucons.

— Elle a pris la bonne décision. Si ses collègues sont assez idiots pour faire confiance à Weber, qu'ils assument ! Je suis surpris que laisser les policiers omanais intervenir n'ait été voté qu'à la majorité simple. Weber a fait une faute politique, à mon avis. Mais c'est son problème. Et qu'as-tu fait cet après-midi ?

— J'ai profité de la propriété, j'ai nagé puis bouquiné. La vie de pacha !

— Je vois.

La sonnette retentit, les interrompant. Il ne fallut pas longtemps pour que les deux adorables diablotins, si calmes jusqu'alors, déboulent des escaliers, ouvrent la porte et envahissent l'espace d'une Anook déjà encombrée d'un gâteau et d'un bouquet de fleurs.

— Bonjour, mes petits loups ! Laissez-moi juste déposer ce que j'ai dans les bras. OK ?

— Oui, répondirent-ils, impatients.

Anook embrassa Mark et Ralf et leur remit le gâteau préféré des enfants – une forêt noire – et le bouquet de roses multicolores qu'elle offrit à Mark.

— Merci, beaucoup, Anook.

— J'ai pensé qu'ici il manquait une touche féminine, alors...

— Ça, c'est bien vrai, enchérit Ralf, avec un sourire radieux.

— C'est la réalité, ma foi, mais je m'en serais passé, voyez-vous.

Un voile de tristesse figea le visage de Mark qui s'était brusquement tendu. La cicatrice restait béante.

— Je suis vraiment désolée, Mark, dit Anook navrée, réalisant soudainement son impair. Je ne voulais vraiment pas te blesser.

Elle lui caressa subrepticement la main en signe d'amitié et de tendresse.

— Ce n'est pas de ta faute, Anook. Je suis devenu très sauvage, je le reconnais, et tu es la seule femme à entrer dans l'antre du grizzly.

Il esquissa un sourire, une larme coulant au coin de son œil.

— Et puis, nous, nous l'aimons, Anook, crurent bon de rajouter les deux espiègles, s'accrochant à la jeune femme.

— Bon, Anook, tu veux un verre de cet excellent muscat ? intervint Ralf, essayant de détendre l'atmosphère pesante.

— Oh oui avec plaisir ! répondit-elle, ravie de l'intervention de Ralf qui lui lança un clin d'œil.

— Alors, je m'en occupe.

Mark retourna préparer le repas, encore secoué par sa réaction de douleur qu'il n'avait pas réussi à contrôler. C'était vrai qu'Anook était la seule femme qui venait chez lui. Depuis la mort de Shannon, il ne vivait que pour ses enfants et il n'y avait aucune place pour une femme dans sa vie.

Anook, c'était autre chose. Elle faisait presque partie de la famille. Mark était ravi que Zoé et Elliott aient trouvé auprès d'elle l'affection maternelle qui leur faisait défaut. Au fond de lui, il appréciait aussi sa présence ; elle apportait cette touche féminine qui manquait dans sa vie et celle de ses enfants. Il s'en voulait de sa réaction, mais l'émotion l'avait submergé.

De son côté, Anook se sentait mal à l'aise et désolée. Jamais elle n'aurait voulu blesser Mark pour qui elle avait beaucoup d'admiration et de tendresse. Elle savait combien il était attaché à sa femme et à quel point son absence lui pesait. Elle lui fit un geste de tendresse sur les épaules en signe d'excuse. Il lui répondit par un sourire gêné.

— Madame est servie, fit Ralf pour égayer l'atmosphère.

— Merci Ralf. – Ils prirent leur verre et trinquèrent. Santé !

— Santé !

Pendant tout ce temps, Anook était accaparée par les deux têtes rousses qui s'agrippaient à elle comme le liseron à un arbre jusqu'à l'étouffer. Ils ne la lâchaient pas. Mark ne dit rien et laissa Anook gérer la situation. Elle saurait leur expliquer à sa façon, avec douceur, si elle se sentait asphyxiée. Ils avaient besoin de ce contact. Tant mieux, se disait Mark. On ne pouvait rêver mieux qu'Anook.

Elle n'avait pas eu d'enfant, à son grand regret. Elle compensait certainement en exerçant une spécialité rare en pédiatrie, la neurochirurgie. Si elle était une technicienne hors pair, elle savait surtout descendre de son piédestal et être accessible aux enfants qui lui rendait bien son affection.

Mark s'était rendu une fois au onzième étage du CHUV avec Zoé et Elliott visiter le département médical que dirigeait Anook. Elle leur avait montré le service. Mark avait été stupéfait de la douceur maternelle avec laquelle Anook s'occupait de ses petits patients.

Les tagliatelles étaient cuites.

— À table ! dit Mark.

Ils s'assirent sur les chaises de bar autour du coin-repas en granite, dans la cuisine américaine tout équipée.

— Hum, ça sent bon, fit Zoé, assise à côté d'Anook.

— J'ai faim, renchérit son frère.

Mark servit tout le monde, puis s'assit à côté de son père, en face d'Anook et des enfants. Il versa un verre de Tourmentin* à Ralf et à Anook. Le silence planait, chacun étant occupé à manger. Une fois le dîner achevé, Anook servit du gâteau dans le salon. Pendant ce temps, Mark avait débarrassé la cuisine, aidé par son père.

Ensuite, comme d'habitude quand elle venait, Anook se déplaça à l'étage, mit les enfants en pyjama, et leur raconta une histoire. Mark et Ralf ne montèrent que pour les embrasser.

**Assemblage de Pinot noir, Humagne rouge, Cornalin et Syrah.*

En fait, ils avaient allumé le téléviseur sur CNN pour suivre les événements. Une certaine fébrilité se sentait sur le tarmac de l'aéroport international de Mascate. Il y avait une agitation militaire. Des groupes armés semblaient se masser non loin de l'avion, au profit de la nuit. Quelque chose se préparait.

22

Ralf était redescendu le premier, pressé de suivre ce qui se passait à la télévision. Il avait allumé l'écran plat du fumoir, comme l'appelait Mark. Il y avait deux fauteuils club anciens et un canapé deux places, que Mark venait d'acheter pour compléter l'ameublement de ce petit salon.

Mark et Anook le rejoignirent peu de temps après. Mark se servit, ainsi qu'à son père, un doigt d'armagnac de leur cuvée habituelle.

– Anook, cela vous dérange-t-il si le vieux fume un cigare, histoire de s'euthanasier ?

Il se mit à rire.

– Non, bien sûr. En échange, j'ouvrirai partiellement la porte-fenêtre, afin d'aérer la pièce et surtout de ne pas vous suivre trop rapidement dans la tombe.

Elle éclata de rire franchement à son tour.

– Mais bien volontiers.

Il saisit un de ses barreaux de chaise habituels et le prépara, puis l'alluma. Il évita de tirer trop fort dessus, sachant qu'Anook et Mark n'aimaient pas du tout la fumée.

Ralf avait le regard fixé sur l'écran bien que, pour le moment, il n'y eût rien de nouveau. Mark, assis dans l'autre fauteuil, regarda Anook qui clignait des yeux.

— Anook, on est là.

Elle ouvrit légèrement les paupières.

— Tu ne veux pas aller te coucher ? Tu me sembles épuisée.

— Oui, je tombe de sommeil. Ce matin, j'étais au bloc à 7 h 30 pour une opération de quatre heures et demain, même heure pour une tumeur d'un petit de six ans. Tu as raison, je vais rentrer chez moi.

— Ce n'est pas une bonne idée. Je préférerais que tu profites de ta chambre ici plutôt que de prendre la route maintenant.

Quand le père d'Anook avait fait les plans de la propriété, Mark lui avait demandé de prévoir une chambre supplémentaire avec salle de bains, douche, baignoire et toilettes, le tout de grandes dimensions, à l'intention de sa fille Anouk.

Il ne fit aucune réflexion à Mark sur le sujet, tant il savait que sa fille venait souvent chez Mark Walpen et qu'elle s'occupait fréquemment des enfants, y compris quand Mark devait s'absenter. Par conséquent, il était content qu'elle soit bien installée à proximité de Zoé et d'Elliott. Sa chambre ensuite était digne d'un cinq-étoiles. Il savait très bien que cela ne signifiait rien concernant la relation de sa fille avec Mark. Son épouse Nicole et lui auraient été ravis d'avoir celui-ci comme beau-fils. Ce n'était pas prévu ainsi, mais ils espéraient secrètement que cette amitié se transformerait un jour en amour de son côté à lui. En effet, ils se doutaient bien que leur fille avait des sentiments pour Mark, même si elle n'en parlait jamais. C'était quelqu'un de très discret et pudique sur sa vie privée.

Anook embrassa Ralf et Mark et monta se coucher. Avec le temps, elle avait laissé dans sa suite une garde-robe de dépannage. Elle pouvait ainsi venir s'occuper des deux diablotins au pied levé, sans s'inquiéter de ses effets personnels.

Pendant ce temps, Mark et Ralf se détendaient en buvant à petite gorgée. Ils sentaient bien en regardant leur écran, que quelque chose se préparait.

Il était 22 h 30, heure européenne, quand le commentateur américain annonça deviner une grande agitation autour de l'avion. Mais à l'écran, personne ne voyait ce qui se passait.

À minuit et demi, le bandeau rouge habituel se mit à défiler. « Le chef de l'armée du Sultanat d'Oman a donné l'ordre à ses troupes d'intervenir pour libérer les otages. »

— Ça, c'était évident depuis tout à l'heure, dit Mark.

— Ouais, ça sent le roussi. Je crains le pire. Pourvu que je me sois trompé depuis le début, Mark.

— Je suis d'accord avec toi.

— Que le temps passe lentement ! s'exclama Ralf, les jambes s'agitant nerveusement. On devrait avoir des nouvelles, ça m'énerve d'être au fond de mon fauteuil.

— On sera bientôt fixé.

À minuit trente-deux, heure suisse, soit 3 h 32 à Oman, des coups de feu retentirent dans le silence de la nuit. Des lueurs scintillèrent. Une dizaine de minutes passèrent. Tout à coup, le bruit assourdissant d'une explosion se propagea. Mark et Ralf remarquèrent une boule de feu à l'avant de l'avion. Ralf blêmit de terreur.

— Mon Dieu, quelle catastrophe, réussit-il à susurrer tant sa gorge, était nouée.

— Inouï.

Le commentateur confirma que l'avant de l'Airbus avait été soufflé par une explosion. C'était la panique sur le tarmac. Des troupes militaires s'agglutinaient autour des restes de l'avion. Les premières ambulances essayaient de s'approcher, ce qui n'était pas une mince affaire. C'était la confusion totale.

— J'ai l'impression de visionner un film catastrophe de bas étage, dit Ralf, la gorge serrée.

— Y a un peu de ça.

— Le pire, c'est d'être là, assis, à ne rien pouvoir faire et regarder cette horreur comme un voyeur.

— Tu dis ça parce que tu te sens impliqué.

— Tu as raison. Je suis concerné. Je casserais volontiers la gueule à Weber.

— Je viendrai t'aider. – Sourire de Mark essayant de détendre l'ambiance.

Quelques minutes plus tard, Ralf appela Pierre de Weck qui dormait comme une souche. Il ne savait rien du tout. Il avait juste regardé le journal de 19 h 30 à la Télévision suisse romande. On n'y disait rien de particulier, sauf qu'il y avait beaucoup de militaires sur le tarmac.

Il téléphona à sa ministre qui était réveillée et regardait les nouvelles sur CNN et la télévision suisse allemande en alternance. Cette dernière venait de lancer un flash spécial d'informations. Simona Zanetta était horrifiée. Elle avait cherché à contacter le gouvernement du sultanat. Il était impossible de joindre qui que ce soit, ce qui ne l'étonnait qu'à moitié. Elle en saurait certainement plus ultérieurement, espérait-elle.

Elle était abasourdie de voir que ce qu'elle craignait le plus venait d'arriver sous ses yeux. Elle aurait préféré avoir eu tort. Dieu seul savait combien il y aurait de morts et de blessés. Pour le moment, elle ne pouvait rien faire, Ralf non plus. Ils resteraient en contact toute la nuit si nécessaire. Autant rester chacun chez soi, confortablement installés, pour ce qui serait sûrement une nuit blanche. Ils se rencontreraient le lendemain au palais fédéral. Ralf raccrocha.

— Et alors, Vati, qu'est-ce qu'ils disent ?

— Que veux-tu qu'ils expriment ? On savait tous que cela finirait comme cela, c'était cousu de fil blanc. Ce que l'on n'imaginait pas, c'est qu'ils attaqueraient dès cette nuit.

— Je n'aimerais pas être à la place de Weber dans les prochains jours.

— C'est le cadet de mes soucis, Mark. La moindre des choses est qu'il assume. Fais confiance à Zanetta, elle lui rendra la monnaie de sa pièce ; elle choisira le meilleur moment, mais il recevra le boomerang tôt ou tard. Tu verras, ça va faire très mal.

Les heures s'égrenèrent ainsi. Mark se levait de temps en temps tirer un expresso, afin de garder les yeux ouverts. Les nouvelles n'évoluaient guère. Mark et Ralf échangeaient leurs opinions sur tout ce qui se passait, sur la philosophie qui sous-tendait ou pas une intervention à l'étranger. Jusqu'où un pays pouvait-il aller pour protéger ses intérêts et ses ressortissants ?

Pour Mark, tant que les dirigeants feraient de la politique politicienne racoleuse, au lieu d'expliquer à leur population leurs décisions, si difficiles soient-elles, ils courraient tout droit vers des échecs cuisants. C'était exactement ce qui se passait en ce moment même avec le détournement d'avion. La position de Weber était plus dictée par une stratégie partisane, populiste et électoraliste que politique, au sens noble du terme. Il ne faudrait pas s'étonner des répercussions.

Ce fut vers 5 h 35 que le général Mustapha Ahmed, chef d'état-major des armées omanaises, apparut à l'écran pour une déclaration de presse : « Mesdames, messieurs, pour mettre fin à la prise d'otages de l'avion Swiss Airlines, les troupes d'élite du Sultanat d'Oman ont engagé une intervention à 3 h 32. Je peux dire à présent que ce fut un succès pour nos militaires. Une explosion a malheureusement endommagé l'avion et tué plusieurs passagers. Nous ne connaissons pour le moment ni la cause ni le nombre exact des victimes. Peut-être une dizaine, tout au plus. Nous le saurons quand tous les prisonniers auront été évacués de l'aéroport, ce qui est en cours. La majorité des otages a été libérée, ce qui était notre objectif. Ce sera tout pour le moment. »

— Un succès ! Il se fiche du monde, celui-là ! vociféra Ralf fatigué et excédé. Quand on a des morts dans une intervention, ce n'est pas un succès.

— À chacun sa vision, Vati. Pour lui, sauver la moitié des otages, c'est une réussite, et pas pour toi ou moi. Je n'ai pas assez d'informations sur ce qui s'est réellement passé dans l'avion pendant l'assaut pour dire si c'est un succès ou pas, compte tenu des circonstances. Il faut attendre de pouvoir examiner les faits avec le recul nécessaire. Je ne sais, en l'état, si nos hommes et femmes auraient fait mieux.

— Comment arrives-tu à garder tout le temps ce sang-froid ?

— Mes émotions, je les réserve pour plus tard. Je me suis fait une règle de ne jamais étudier une conjoncture émotionnellement. N'oublie pas que je suis spécialiste de stratégie et de situation de crise. Si tu veux être efficace dans ce genre de circonstance, tu ne peux te laisser happer par l'émotion. Tu dois prendre du recul. Après la crise, il sera temps d'exprimer mes sentiments.

— Je ne peux pas faire ça. En tant qu'ambassadeur, j'ai dû en avaler des couleuvres. Et je suis souvent resté zen, comme on dit maintenant. Mais je suis un homme de chair et mon sang bout dans ces cas-là.

— Vati, si je veux être efficace, faire les bons choix, je dois absolument garder une distance avec les événements. Regarde donc les pompiers, les services d'urgence et j'en passe. Tu crois qu'ils ne ressentent pas les choses comme toi ? Ils savent que, pour sauver des vies, il faut prendre la bonne décision et rester le plus lucide et calme possible. Lors d'une catastrophe, tu ne peux pas t'attarder avec un blessé qui va de toute façon mourir dans les minutes qui suivent. Tu te concentres sur ceux qu'il faut sauver et surtout qui sont secourables. Cela n'empêche pas de soulager la douleur des premiers et d'avoir de la compassion pour eux, mais pas dans l'action.

— Excuse-moi, Mark, je ne voulais pas te blesser.

— Tu ne m'as pas touché du tout, j'ai simplement souhaité « remettre l'église au milieu du village ». Je me méfie des politiques ayant de trop bonnes intentions qui prennent les mauvaises décisions par émotion. Dans ce cas, je préfère quelqu'un de plus abrupt, voire froid, comme tu dis, mais qui sait trancher. Tu es tout de même bien placé avec les guignols du Conseil fédéral pour me comprendre, non ? Combien d'entre eux sont des hommes ou des femmes d'État ?

— Pas beaucoup, hélas !

— En parlant de Weber, il flatte la population et il se dit près d'elle. Regarde ce qu'il vient de faire. Donc, quoi qu'il advienne, je suis, et je resterai un stratège. Je ne vais pas casser la figure de tous les Arabes et musulmans parce qu'une poignée d'illuminés a froidement assassiné ma femme et ma fille. Cela ne les fera pas revenir. Et la haine ne résout rien. Par contre, les salauds qui sont derrière tout cela, il faudra qu'ils soient jugés un jour.

— En fait, tu as raison. Ce matin, je m'égare.

— Ce n'est pas grave, tu es fatigué, c'est tout. Allons boire un expresso !

23

Rebecca se concentra sur la surveillance du prince Abdullah. Elle décida de passer une partie de sa journée aux écuries où elle avait un accès libre. Elle se doutait qu'elle le croiserait. Elle saurait tôt ou tard si ce joli minois cachait un terroriste, ce qui serait pour Rebecca le comble de l'horreur. Elle avait cependant vécu assez de choses ignobles dans sa vie pour s'attendre à tout d'un être humain.

Rebecca en profitait pour s'amuser avec les chevaux, Samouraï en particulier. Il s'approchait d'elle dès qu'elle pénétrait dans l'enclos qui lui était réservé.

Sachant que la croissance d'un poulain et son éducation passent par la discipline de groupe, le prince voulait que Samouraï reste avec trois ou quatre autres jeunes chevaux. Il serait assez tôt, dans six mois environ, de le séparer et de l'entraîner. Un bon cheval de course est aussi un animal bien dans sa tête et cet apprentissage était primordial.

Rebecca se retrouva entourée d'un hongre, de deux pouliches et de Samouraï. C'était à celui qui s'approprierait les caresses de la soigneuse amatrice. Elle adorait ça. Elle caressait Samouraï quand on lui adressa la parole dans son dos.

— Eh bien, Mademoiselle ! On ne veut pas laisser ce poulain à son propriétaire ?

Le prince Abdullah éclata de rire, de l'avoir fait sursauter.

— Non, pas du tout. Je l'aime beaucoup et j'en profite tant que je le peux encore, répliqua-t-elle, retrouvant sa contenance.

— Vous avez bien raison. Moi-même, je ne me lasse pas de le regarder. Je viens une ou deux fois par jour. Il est tellement beau et attachant. J'ai hâte de voir ce qu'il fera en course.

— Moi aussi. Je suivrai ses résultats sur Internet avec intérêt.

— Dites-moi, Aïcha, quand devez-vous rentrer en Normandie ?

— Dans quelques jours. Je suis maintenant en vacances, alors je désire en tirer parti.

— Vous restez à Dubaï ?

— Non, je vais au bord de la mer. Je souhaite profiter de la plage et du soleil. J'ai bénéficié d'une offre promotionnelle intéressante dans un hôtel.

— Où ça, si ce n'est pas indiscret ?

— À Fujaïrah.

— C'est drôle.

Il souriait d'un air ravi.

— Pourquoi ?

Elle faisait celle qui en ignorait la raison.

— Figurez-vous que j'ai une villa en bord de mer, à Dibba Al Fujaïrah, à une soixantaine de kilomètres au nord.

— Ce qui est encore plus drôle, c'est qu'en fait, je serai plus au nord de Fujaïrah, je vais au Miramar Al Aqah Beach Resort. On m'a dit que l'ambiance était agréable avec accès à l'océan Indien. À Dubaï, il y a trop de constructions sur la mer, ce que je trouve dommage.

— C'est l'œuvre de mon frère à qui le gigantisme va comme un gant, malheureusement. Ma maison est à seulement quinze kilomètres d'Al Aqah Beach. Il m'arrive souvent de m'y promener avec mes chevaux.

— Avec ceux-là ? fit-elle en désignant les équidés de course à plusieurs millions.

— Non, ils ne sont pas faits pour ça. Si vous le souhaitez, je vous les montrerai avant votre départ. Quand rejoignez-vous Al Aqah ?

— En début d'après-midi. J'ai réservé un transfert.

— Alors, si vous en avez envie, je vous inviterai à ma villa. Vous adorerez la beauté du paysage. Je vous donne mon numéro de téléphone mobile. Appelez-moi quand vous voulez, cela me fera plaisir.

— Mais, vous êtes à Dubaï.

— J'y suis souvent depuis l'arrivée de Samouraï et la vôtre. Normalement, je fuis Dubaï le plus souvent possible, je préfère le calme de Dibba.

— Alors, ce sera avec plaisir.

— J'attends votre coup de téléphone, dit-il, souriant avec malice.

Il partit aussitôt avec son Range Rover, ravi qu'elle ait accepté sa proposition.

Rebecca resta encore avec Samouraï et ses compagnons, très heureuse de la tournure que prenait finalement sa relation avec le prince. Elle avait réussi la première étape du plan établi avec Mark. Maintenant il fallait passer à la deuxième.

Après l'annonce de la catastrophe, Mark avait envoyé par texto une convocation urgente aux membres du Sword pour 8 h 30 en salle de réunion, ou par visioconférence pour ceux qui ne pouvaient faire autrement.

À son réveil, il partit en jogging chercher des viennoiseries chez son pâtissier habituel. Les enfants dormaient encore. Il avait perçu du bruit du côté de la chambre d'Anook. Cela ne l'étonna guère vu son programme de travail de la journée. Il s'absenta une dizaine de minutes.

À son retour, Mark trouva son père déjà douché, mais encore en peignoir. Il avait décidé qu'il s'habillerait après avoir mangé et donc s'affairait à finir de mettre la table. Il avait déjà enclenché la machine à café pour Anook et Mark. Il fit bouillir de l'eau pour son thé, dont Mark avait toujours quelques sachets de réserve dans le placard.

Anook avait déjà pris sa douche et lavé ses cheveux bruns aux reflets auburn, coupés au carré sur les épaules. Elle s'était maquillée légèrement pour mettre en valeur ses yeux marron foncé, presque noirs. Une odeur de parfum féminin flottait dans l'atmosphère de la maison bien qu'Anook ne forçât pas sur la quantité. Habillée d'un jeans et d'un chemisier bleu clair, elle descendit les escaliers pour rejoindre Mark et Ralf qui s'affairaient.

Mark, sentant les effluves, ne put que se retourner et, voyant Anook lui sourire, il se fit la remarque qu'elle était une très jolie femme, à la silhouette élancée et svelte. « C'est une image fort agréable », se dit-il, charmé, et il reprit son activité.

— Mark, veux-tu que je réveille les enfants avant que je parte ?

— Tu ne préfères pas prendre tranquillement ton déjeuner ?

— L'un n'empêche pas l'autre.

— Alors, fait comme tu le sens.

Elle remonta les escaliers, caressa doucement le visage de Zoé, puis celui d'Elliott. Ils ne mirent pas longtemps à réaliser que c'était Anook. Cinq minutes plus tard, tous trois descendirent au rez-de-chaussée. Les enfants n'étaient pas très réveillés.

Ils se mirent tous les cinq à table. Mark avait déjà pressé les oranges et préparé le chocolat chaud pour les jumeaux. Ralf servit les cafés et son thé.

— Hum, tu sais, Mark, ton jus, c'est un pur plaisir. Je ne m'en fais jamais quand je suis à mon appartement. Je bois un jus d'orange le week-end et c'est du tout fait.

— C'est un luxe que je m'offre. J'ai remarqué que j'étais en meilleure forme depuis que j'en prépare et les enfants n'ont presque jamais de rhumes l'hiver. Donc c'est tout bénéfice !

— Nous aussi on aime ça, dit Zoé. Si t'habitais avec nous, t'en aurais tous les jours.

Un silence s'installa. Anook rougit, gênée de la sortie de Zoé. Mark resta concentré sur son jus comme s'il n'avait rien entendu. Anook engloutit rapidement une brioche au beurre, puis but d'un trait ou presque son expresso.

— Bon, Mark, si ça ne t'ennuie pas, j'y vais. Ce matin, je n'arrive pas à m'occuper des petits.

— D'abord, on n'est pas petit ! dit Elliott. Et puis on veut que tu restes avec nous.

— Ouais, Elliott a raison ! renchérit Zoé.

— Vas-y, Anook, il y a un enfant qui t'attend et il ne faut pas que tu sois trop stressée.

— Ne t'inquiète pas, Mark, je suis à l'heure. Dans un quart d'heure, je serai à l'hôpital. Le temps de mettre ma tenue de bloc et je pourrai me préparer tranquillement pour l'intervention.

Les jumeaux commençaient à geindre et à manifester leur mauvaise humeur. Mark, qui haussait rarement le ton, le fit, trouvant qu'ils jouaient un peu trop aux enfants gâtés :

— Écoutez, les petits loups, maintenant ça suffit. Vous, allez vous essuyer la bouche, faire un bec* à Anook et la laisser partir. Elle a une opération ultra délicate à faire ce matin pour sauver un enfant de votre âge, alors maintenant, cela suffit ! Est-ce que je suis clair ?

La voix de stentor était cassante et sans appel. Les choses rentrèrent d'elles-mêmes dans l'ordre. Ils obéirent à leur père, embrassèrent affectueusement Anook et la laissèrent s'en aller, non sans faire la tête. La jeune femme étreignit Ralf et Mark, et tous les membres de la famille Walpen la regardèrent monter dans son nouveau bolide, la Fiat Cinquecento Abarth rouge vif. Elle la trouvait très rigolote. Elle avait revendu sa BMW coupée qu'elle avait rapportée des États-Unis. Étant la plupart du temps seule, ou avec les jumeaux, la mini-voiture suffisait largement. Par-dessus le marché, elle était très pratique pour se garer et consommait moins d'essence, ce qui lui convenait parfaitement.

Anook partie, Mark envoya les enfants dans leurs salles de bains respectives prendre leur douche et s'habiller. Il fallait maintenant accélérer s'ils ne voulaient pas être en retard. Il fit de même. Son père, après avoir partiellement rangé la cuisine, rentra chez lui se préparer également.

---

* *Expression suisse romande signifiant embrasser.*

24

Mark et Ralf, après avoir déposé Zoé et Elliott à l'école, arrivèrent au bureau sous le coup de 8 heures. Wendy les salua et leur apporta aussitôt un expresso et un ristretto. À ce moment-là, la ligne directe de Mark sonna.

— Walpen.

— Bonjour, Mark ! C'est Rebecca. Je vous dérange ?

— Non, pas du tout. J'allais boire mon café avec Ralf avant la réunion d'urgence du Sword.

— C'est pour cela que j'appelle. Je souhaite savoir si vous aviez besoin de moi. J'ai reçu votre texto tout à l'heure.

— Votre participation sera précieuse. Je vous laisserai vous brancher pour la visioconférence sécurisée. Je préviendrai Sven. Vous vouliez me parler de quelque chose en particulier ?

— Oui.

— Je vous écoute, Rebecca.

— En quelques mots, j'ai fait exactement comme nous avions décidé concernant le prince. Il a mordu à l'hameçon quand je lui ai dit que je partais en vacances pour une semaine à Al Aqah.

— C'est parfait.

— C'est même mieux. Il m'a confirmé qu'il a une villa à Dibba Al Fujaïrah. Dans la foulée, il m'a donné son numéro de téléphone mobile et m'a invitée un de ces prochains jours. Il me laisse l'appeler quand je le souhaite.

— On ne pouvait rêver mieux. Vous ne bougez pas. Je veux que les Faucons soient là en couverture quand vous l'entreprendrez, si je puis dire. On ne jouera pas avec votre sécurité. On ne sait pas à quoi s'attendre. Ils ne tarderont pas, puisqu'ils vont participer au meeting de ce matin et vous rejoindront aussitôt après. On en reparle tout à l'heure.

— D'accord. Je suis arrivée au Miramar Al Aqah Beach Resort hier dans l'après-midi. Vous remercierez Wendy. C'est un hôtel vraiment agréable.

— Parfait. Je vais vous laisser. À tout de suite, Rebecca.

— À tout de suite.

La réunion débuta à l'heure précise. Ralf devait vite repartir à Berne où sa ministre l'attendait. Tous les membres n'étaient pas présents. Amanda, Rebecca et Alexia étaient reliées par visioconférence.

— Bonjour à tous. Je vais résumer la situation à Oman : après l'assaut des forces armées locales, il y a eu une explosion. On sait qu'il y a des morts et certainement des blessés, mais on ignore combien. Cette nuit, les autorités du sultanat étaient injoignables. Je pense que Ralf en apprendra plus quand il arrivera à Berne tout à l'heure.

Ralf opina de la tête en signe de confirmation.

— Mais pourquoi le Conseil fédéral n'a-t-il pas envoyé les Faucons ? C'est complètement dingue cette histoire ! s'exclama Alexia Pictet, agacée.

— Pour une raison très simple : une majorité de conseillers a voté contre votre proposition soutenue par la présidente et cheffe de votre serviteur, répondit Ralf.

— Mais ils sont tombés sur la tête, ma parole ! Pour des dissensions, ils ont laissé des femmes, des enfants exploser. Où va-t-on ?

— On a déjà eu cette conversation, Ralf et moi, hier. Je n'aurais pas envoyé les Faucons sans vous en parler, et surtout sans le soutien total du Conseil fédéral. Ce n'était pas le cas.

— Ce n'est pas contre vous que je disais ça, précisa Alexia se calmant, mais contre ceux qui nous gouvernent en principe.

— Ahurissant ! compléta Amanda. Heureusement que vous n'avez pas envoyé nos Faucons avec ce panier de crabes. Merci bien !

Amanda Johns, la psychologue, était professeure de psychologie appliquée, spécialiste des situations de crise, dans les universités de Genève, Lausanne et Toronto. Sa mère était neuchâteloise et son père, un chirurgien cardiaque de Toronto. Ses compétences en matière de gestion de conjonctures délicates étaient complémentaires des qualifications du Sword. Elle était aussi responsable de la cellule de crise de l'aéroport de Genève. Elle apportait ainsi son analyse psychologique sur les situations explosives. Elle décryptait le comportement humain dans certaines circonstances de stress, comme la confrontation avec des preneurs d'otages ou des terroristes. Connaître le profil psychologique des protagonistes évitait de commettre des erreurs irréparables. Sa nature calme apportait beaucoup de sérénité au sein du Sword et tempérait les ardeurs de ceux qui avaient des tempéraments de feu comme Deepak ou Alexia Pictet.

— Merci pour nous, dit Paul, histoire de sourire.

— C'est absurde, mais c'est comme ça. Pour le moment, on ne peut rien faire de plus à notre niveau. Je finirai sur le sujet, pour vous rappeler que Ralf a fait son possible avec sa ministre pour que ce soient les Faucons qui soient mandatés. Mais ce fut peine perdue.

— Je suis vraiment désolé, dit Ralf.

La nuit blanche aidant, les larmes lui montaient aux yeux.

— Revenons-en à Dubaï. Comme vous le savez, les dernières investigations pointent du doigt le prince Abdullah, bien que Rebecca n'ait rien détecté. Sans remettre en doute son jugement, on a décidé qu'il fallait nous assurer de qui est réellement cet homme. Rebecca a donc accepté de l'approcher de plus près, ce qui a fonctionné, puisqu'il souhaite la recevoir dans sa villa au bord de l'océan Indien.

— Vous ne la laissez pas aller toute seule ! répondirent instantanément les cinq autres Faucons présents.

Rebecca se mit à rire de la spontanéité de ses compagnons.

— Vous voyez, Rebecca. Si ce n'est pas de l'amour, ça !

— On dirait qu'ils m'aiment bien. – Petit rire.

— Pour vous rassurer, on en a discuté juste avant la réunion. Je lui ai donné mon accord, à la seule condition que ses chaperons soient là. Je vois que vous êtes déjà prêts, messieurs. Donc Ulli, Vincent, Deepak, Bradley et Tom, vous partez en vacances rejoindre votre camarade.

— Et les deux autres ? questionna Deepak.

— Ça, c'est notre secret. On vous le dira quand on en saura plus. En attendant, Paul et Nibs restent ici. Vous serez suffisamment nombreux pour protéger Rebecca. Par ailleurs, Nibs est maintenu en convalescence et doit subir encore des examens approfondis à la clinique. Y a-t-il d'autres questions ?

— A-t-on des informations sur Michel Aubert et son lien avec Dubaï ? demanda Lotfi.

— Pas plus que ce que mentionnait le courriel que je vous ai envoyé. De mon point de vue, il est de mèche avec quelqu'un qui tire les ficelles. C'est cette personne qu'il nous faut découvrir si on veut mettre un terme à cette série noire.

25

Ralf arriva vers 10 h 30 au palais fédéral. Par politesse, il avait prévenu Simona Zanetta et Pierre de Weck qu'il serait là plus tard que d'habitude. Il se rendit aussitôt dans le bureau de sa ministre dont la porte était grande ouverte, à son intention.

— Ah ! Voilà Ralf, enfin. Ce n'est pas trop tôt !

— Je suis désolé, madame.

— Un peu d'humour, monsieur le directeur de la Task Force, on en aura bien besoin, non ? – Elle lui sourit.

— Ça, c'est sûr. Excusez-moi, j'ai marché à fond. À ma décharge, je n'ai pas dormi. Tout comme vous, d'ailleurs.

— La nuit fut courte, en effet.

— Est-ce que vous avez du nouveau ?

— En quelque sorte. À mon arrivée, j'ai appelé mon alter ego à Mascate. Il n'a pas été capable de me faire un bilan chiffré précis. Il y aurait dans les quinze morts, selon lui, et autant de blessés. Quant à nous dire la nationalité des victimes, c'est impossible. Par ailleurs, je n'ai pas pu en apprendre plus sur ce qui s'est passé exactement. Pour obtenir des éléments permettant de remonter jusqu'aux auteurs de ce carnage, il nous faudra attendre.

— En effet, ce n'est pas vraiment encourageant, ça, dès le matin.

— Non, Ralf. C'est pour cela que je souhaite me rendre à Mascate, essayer d'en savoir plus et visiter les blessés. C'est mon devoir de présidente.

— En effet. Avez-vous de la place pour moi dans l'avion ?

— Je ne partirai pas sans vous, mon cher Ralf. Pendant que je ferai bonne figure et visiterai les blessés, vous, vous cuisinerez les militaires omanais, histoire d'en savoir plus. Vous pourrez ainsi en informer le Sword et l'aider à retrouver ces assassins.

— C'est parfait. Sachez que les Faucons partent ce jour pour l'Émirat de Fujaïrah qui se situe à moins d'une heure d'avion de Mascate. Si vous en aviez besoin, n'hésitez pas à me demander, ou contactez Mark.

— Merci de l'information. Je n'oublierai pas. Bon, maintenant, je retourne en conseil à nouveau.

— Vous pourriez m'emmener dans votre sacoche. J'aimerais tellement voir la tête de Weber.

— Vous savez très bien, Ralf, que les souris sont interdites au Conseil. Je vous raconterai, mais motus et bouche cousue.

Elle se mit à rire franchement.

— Merci. – Sourire de Ralf. Bon courage madame.

— Merci, Ralf, à tout à l'heure.

Ralf s'installa dans son bureau. Il n'avait pas grand-chose à faire pour le moment. Il ne pouvait rien organiser tant qu'il n'aurait pas plus d'informations sur le déroulement des événements. Tout se bousculerait au dernier moment. Sa journée était loin d'être terminée.

Il déjeuna avec son ami Pierre qui n'avait pas plus fière allure que lui. Après l'appel de Ralf, il était resté rivé devant sa télévision jusqu'à son départ pour le palais fédéral. Ils profitèrent de ce moment de calme pour parler de tout et de rien. Si Pierre avait beaucoup à faire pour préparer le G20, il attendait avec curiosité le retour de sa patronne.

Les deux compères s'amusaient à imaginer toutes les conjectures possibles et surtout à imiter la tête de leur conseiller fédéral préféré. Dans toute leur carrière, ils avaient toujours entretenu des relations respectueuses et courtoises avec tout ministre. C'était tout à fait normal. Dans le cas de Weber, malgré leur bonne volonté, ils n'arrivaient plus à garder le silence, en tout cas entre eux.

Ce ne fut qu'en milieu d'après-midi que Ralf entendit Simona Zanetta dans le couloir. Ne sachant trop comment le conseil s'était déroulé ni dans quelle humeur elle en revenait, il préféra attendre que ce soit elle qui décide quand elle voudrait lui parler.

Ralf avait eu le nez fin. Ce ne fut qu'une vingtaine de minutes plus tard que la ministre l'appela.

— Ralf, vous voulez bien venir s'il vous plaît ? On a des choses à planifier.

— Oui, Madame, j'arrive tout de suite.

Il prit son agenda, son bloc-notes et ses lunettes et se rendit aussitôt dans le bureau, deux portes plus loin.

— Entrez, Ralf, et fermez que nous soyons tranquilles.

— Pierre ne vient pas ?

— Il préfère se concentrer sur le G20. Je lui en ferai un résumé plus tard. Vous êtes en première ligne concernant les attentats et le détournement d'avion.

— Je suis à votre entière disposition. Vous avez fait long. Est-ce que les escarmouches ont recommencé ?

— Je crois que l'on peut le dire ainsi. Il ne pouvait en être autrement après tout ce qui s'est passé ces quarante-huit dernières heures. Par ailleurs, quand on me cherche, on me trouve.

— Et alors ? J'imagine qu'avec le conseiller Weber l'ambiance était glaciale.

— J'aurais dit l'inverse. J'avais beau être très calme en y allant, il ne m'a pas fallu longtemps pour me réveiller et m'échauffer. Weber, tout sourire, s'est dit soulagé que la prise d'otages fût terminée. Et « finalement, tout est bien qui finit bien », selon ses propres mots.

— Il a dit ça ? Je n'y crois pas.

— Si ! Il était très satisfait. Selon lui, les morts et les blessés ne sont que des dommages collatéraux. « Au moins, c'est fini », a-t-il encore affirmé. À ce moment-là, je suis rentrée dans une colère noire. On nous annonce une quinzaine de morts, mais il y en a peut-être vingt, voire trente. Et les blessés graves, combien y en a-t-il ? En fait, on ne sait rien, sauf qu'il y a eu une explosion et qu'il y a des victimes ; voilà qui est sûr, au moins.

— Si je comprends bien, tant que l'on ne sera pas allé là-bas, on ne sera informé de pas grand-chose.

— Je crois bien. J'ai appelé ce matin notre consul général à Mascate. Je me suis permis de le faire à votre place sachant que vous-même étiez pris ailleurs.

— Vous avez très bien fait. Et qu'a-t-il dit ?

— Il a cherché à avoir des informations et il y a de la part des autorités omanaises un *black-out* complet. On va exiger d'en savoir plus.

— Et quand partons-nous ?

— Dans la soirée, je vous préciserai l'heure exacte quand le service des transports aériens de la Confédération, le STAC, me l'aura confirmée. À ce sujet, je ne vous ai pas tout raconté.

— Dieu sait quoi encore !

— Quand j'ai annoncé qu'en tant que présidente, je me devais d'aller auprès des familles des victimes et de me renseigner sur ce qui s'était passé, personne ne l'a contesté puisque cela fait partie de mes prérogatives. Mais l'ami Weber considérait qu'en tant que ministre de la Défense, il devait m'accompagner pour parler avec son homologue à Mascate. Il a fallu que je bataille dur pour lui faire admettre que ce n'était pas sa place. J'en ai profité pour lui rappeler qu'il avait assez à faire concernant la sécurité du G20 pour ne pas aller perdre son temps à Oman. Aucun de mes collègues ne l'a soutenu, cette fois.

— Ouf ! Je ne me voyais pas aller à Oman avec lui en face de moi. Il y aurait eu un meurtre.

Il sourit.

— C'est bien pour cela que j'ai refusé ! – Rire de la ministre. Pendant que j'y étais, je lui ai dit ses quatre vérités. Je lui ai rappelé que pour moi, un mort, c'était déjà une catastrophe, car cela en serait une si c'était un membre de ma famille. Et s'il n'avait pas été aussi bête, on aurait envoyé des professionnels et il est certain qu'il y aurait eu moins de dégâts. Il a commencé à vouloir m'expliquer que je ne savais pas de quoi je parlais. Là, je me suis mise en colère. Sentant que plus personne ne le soutenait, il s'est rapidement tu. Je n'ai pas encore fini de m'occuper de lui. Par ailleurs, je vous prie de prévenir le service de presse du palais que la présidente sera auprès des victimes demain matin.

— Je m'en occupe immédiatement.

Une heure plus tard, Simona Zanetta appelait Ralf pour lui indiquer que le vol avait été confirmé par le STAC et que le Falcon 900 EX Easy décollerait de l'aéroport de Berne-Belp à 22 heures. Cela leur permettrait d'arriver en début de journée à Mascate et de ne pas perdre de temps. Elle lui conseilla de rentrer à Lutry se préparer, et d'être sur le tarmac à 21 h 45 au plus tard.

Ralf rangea proprement son bureau et rentra chez lui. Arrivé à la maison, il alla se changer et décida de nager afin de se relaxer. C'est alors que Mark déboula avec les deux petites fripouilles qui, voyant leur Papinou dans l'eau, s'apprêtèrent à le rejoindre.

— Mais... Vous deux, vous restez là, dit Mark avec autorité et les retenant. Il fait trop froid dehors pour des enfants.

— Oui, mais Papinou, lui, il est dans la piscine.

— De toute façon, je sors, j'ai assez nagé. Et votre papa a raison, il fait froid, même pour un Papinou.

— Vous voyez ! Vous pourrez lui faire des câlins quand il sera dans la maison.

— Mark, je vais chez moi m'habiller et je reviens vous voir.

— À tout de suite. Allez, les petits, à l'intérieur !

Les enfants montèrent leurs cartables dans leur chambre et redescendirent attendant leur grand-père. Celui-ci avait fait vite et arrivait déjà habillé en tenue sport chic. Les enfants l'embrassèrent.

— Alors, Vati, que fais-tu là ?

— Je suis venu préparer mes affaires. Je décolle ce soir avec la présidente. Je suis arrivé une demi-heure avant vous et j'ai pensé que quelques brasses me feraient du bien. Bon, maintenant je vais préparer ma valise pour deux ou trois jours, je ne sais pas vraiment.

— À quelle heure pars-tu ?

— Je prends ma voiture, je gagnerai du temps. C'est plus facile et je peux me garer sur les places réservées au bord du tarmac. J'ai prévu de partir à 20 h au plus tard.

— Dans ce cas, va t'occuper de tes bagages et viens manger des pâtes vers 18 h 30. J'ai du pesto fait maison, ce seront des spaghettis au menu.

— C'est parfait, j'aurai quelque chose de bon dans l'estomac avant de partir. Merci.

Ralf se présenta avec sa *pilote case* contenant tous ses documents confidentiels importants et son sac de voyage de type housse à costumes. Il était très élégant avec un complet en laine fine beige, parfaitement adapté au climat qu'il affronterait le lendemain en atterrissant à Oman.

— Monsieur l'Ambassadeur, je vous sers un verre de vin rouge ?

— Comme je conduis, je ne vais boire qu'un petit ballon de rouge. Je prendrai volontiers une goutte, maintenant, en apéritif, le temps que tes pâtes soient al dente. Je finirai mon verre à table.

— OK, on y va.

Dix minutes plus tard, les spaghettis étaient cuits. Mark mélangea le *pesto* fait pendant l'été avec Ralf, et servit le tout avec du parmesan coupé en copeaux. Tout le monde se mit à manger.

Une fois le dîner achevé, Ralf vérifia encore qu'il avait bien toutes ses affaires. Il se lava les dents et prit sa Jaguar pour rejoindre la capitale. Dans quelques heures, il serait au soleil dans des circonstances peu enviables, mais c'était son devoir.

Rebecca, sachant que son équipe de soutien et de renfort arriverait dans quelques heures, se décida à joindre le prince Abdullah. Elle composa le numéro de téléphone mobile qu'il lui avait donné.

— Allô !

— Bonjour, Prince ! C'est Aïcha, je vous ennuie ?

— Bonsoir, Aïcha ! Non, vous ne me dérangez jamais. Comment allez-vous ? Êtes-vous bien au Miramar ?

— Je me sens très bien et je suis confortablement installée. L'hôtel n'est qu'à moitié plein et j'ai obtenu une chambre qui donne directement sur l'océan Indien. C'est vraiment formidable. Le soir, je peux admirer le soleil se coucher depuis mon balcon. Je ne pensais pas que cet émirat était si différent de Dubaï.

— Tant mieux. Avez-vous déjà profité de nager dans l'océan ?

— Oui, cet après-midi. J'avais essayé ce matin, mais l'eau était encore trop froide pour moi. Alors, j'ai préféré la piscine. J'ai réessayé sous le coup des 3, 4 heures, et c'était parfait.

— Chez nous, la température baisse beaucoup la nuit et remonte dans la journée. Moi, j'aime nager dans la mer fraîche le matin et me délasser quand elle est chaude le soir. Vous ne regrettez pas d'être venue jusqu'à Fujaïrah ?

— Oh ! Non. Ici, tout est merveilleux, je me sens vraiment en vacances.

— C'est parfait. Avez-vous pensé à ma proposition ?

— Oui, en effet. Et je suis d'accord.

— C'est fantastique. Est-ce que demain soir ne serait pas trop tôt ?

— Non, ça ira très bien.

— Je viendrai vous chercher au Miramar à 19 heures.

— Je serai prête à la réception.

— Alors, à demain, Aïcha.

— À demain.

Rebecca, connue sous le nom d'Aïcha, la palefrenière à Dubaï, raccrocha. Elle envoya un texto à tous les membres du Sword et partit dîner à la terrasse du restaurant principal de son hôtel.

L'Alouette 3 du Sword Group avait décollé de l'aérodrome de la Blécherette sur les hauts de Lausanne. Grégoire amenait Deepak, Tom et Bradley à l'aéroport de Genève.

Une demi-heure plus tard, ils se posèrent à côté du Challenger 604 de la compagnie. Le temps de débarquer les trois Faucons et tout leur barda, Greg repartit aussitôt à sa base. Il ne participait pas à l'opération pour le moment, à son grand regret. Cela se justifiait pleinement.

Les voyant arriver, Vincent, aux manettes, lança les moteurs et les fit tourner au ralenti le temps de charger les combattants. Ces derniers n'avaient pas besoin de vérifier les armements cachés dans les isolations de la carlingue. L'avion n'était rangé dans sa zone de parcage de Genève qu'une fois contrôlé et opérationnel. C'était la même chose concernant son entretien. Ulli n'attendait jamais le dernier moment. Il anticipait tout dans le but de pouvoir décoller à n'importe quelle heure du jour et de la nuit.

Ce fut à 19 h 55 exactement que Vincent reçut l'accord pour se mettre en bout de piste. Dix minutes plus tard, il poussait à fond ses deux réacteurs General Electric et décolla en direction de Fujaïrah.

26

Le Falcon de la Confédération helvétique fit son approche de l'aéroport international de Mascate et se posa à 7 h 50, heure locale. Les aiguilleurs indiquèrent au commandant de bord, un colonel de l'armée de l'air suisse, de rejoindre l'aire réservée aux hôtes de marque. Il suivit leurs ordres et arrêta ses trois réacteurs Honeywell.

Le service de transport de la Confédération venait de changer d'appareil pour le gouvernement. Le Falcon 50 utilisé jusque-là avait fait son temps. Il fut revendu après trente années de bons et loyaux services. L'armée de l'air française, réorganisant sa flotte, avait mis en vente plusieurs Falcon 900 EX Easy d'occasion. La Suisse décida d'en acquérir un n'ayant que cinq années d'utilisation. Il était dans un excellent état mécanique et avait une carlingue presque neuve. Il fallut seulement le réaménager intérieurement selon sa nouvelle affectation et apposer la croix suisse sur l'empennage. À présent, il était équipé de larges sièges en cuir dans lesquels on pouvait dormir. Une douche avait été installée, ce qui permit à la présidente et à ses conseillers de se changer et d'être prêts pour entamer une journée diplomatique marathon.

Une fois les cales disposées sous les roues de l'appareil, le steward ouvrit la porte. Un rayon de soleil envahit aussitôt l'habitacle, l'aveuglant momentanément.

Pendant la procédure de stationnement de l'avion présidentiel, une file de Mercedes noires se positionna sur le côté gauche de l'aéronef. Quand Simona Zanetta se présenta en haut de la passerelle, tous les occupants sortirent des véhicules.

La présidente de la Confédération fut accueillie par le prince Khalifa, frère du sultan Rashad Bin Mohamed Al Saïd, ministre de la Défense du sultanat d'Oman ainsi que par le prince Hamad son propre fils et héritier désigné du sultan, ce dernier n'ayant pas eu d'enfant. Le prince Hamad assurait en même temps les fonctions de ministre des Affaires étrangères.

— Madame la Présidente, soyez la bienvenue, dit le prince Hamad. Veuillez excuser mon oncle, le sultan Rashad, qui est encore dans le sud d'Oman. Il sera bientôt de retour.

— Votre Excellence, je vous remercie. J'aimerais maintenant aller au plus vite auprès des blessés. Je souhaiterais surtout que quelqu'un me précise ce qui s'est passé.

Elle essayait de rester le plus aimable possible, mais sa colère transparaissait malgré tout. Son ton était tendu.

— Madame la Présidente, nous ne souhaitions pas vous transmettre des informations inexactes. Nous avons attendu que vous soyez ici pour mieux vous renseigner. Si nous vous avons froissée, veuillez accepter nos excuses, dit le prince Hamad dans un anglais parfait. Le général Mustapha Ahmed, ici présent – il désigna un militaire à sa droite – se fera un plaisir de vous apporter toutes les explications que vous réclamerez. En attendant, nous allons vous mener à l'Al Bustan Palace où vous pourrez vous installer et vous rafraîchir. Ensuite, nous nous entretiendrons tous ensemble.

La présidente Zanetta n'était pas ravie du programme imposé par ses hôtes. Cependant, elle savait, de par sa propre expérience et les confirmations de Pierre de Weck et Ralf Walpen, que le Moyen-Orient avait ses règles et son rythme. Aller contre était contre-productif. Cela risquait de froisser ses interlocuteurs, et ils ne changeraient rien de ce qu'ils avaient prévu. Elle se laissa porter par cette douce chaleur locale. Elle accompagna ses hôtes princiers dans une parfaite bonne humeur, suivie de Ralf, mais aussi de Pierre qui, au dernier moment, avait accepté d'être à ses côtés. Ainsi était-ce un trio de choc qui s'était déplacé jusqu'à Oman.

Après un trajet assez long, les limousines arrivèrent enfin devant un somptueux bâtiment octogonal que Ralf connaissait bien : le palace Al Bustan. À l'origine, cet édifice avait été construit à la demande du sultan, en 1995, pour y recevoir ses invités.

C'était ainsi que tous les chefs d'État conviés y avaient dormi. Depuis quelques années, le sultan avait confié la gestion du palace à la chaîne d'hôtels britanniques Intercontinental. Néanmoins, le dernier étage restait réservé aux hôtes du royaume, avec trois suites princières de quatre cents mètres carrés chacune. Pour couronner le tout, le palace était niché dans une crique, au bord d'une plage d'un kilomètre, à moins de dix kilomètres au nord de la capitale. C'était magique.

Les deux princes servirent de guides à la délégation et en menèrent chaque membre à la suite qui lui avait été attribuée. Ils avaient chacun la leur. Ils les laissèrent se rafraîchir et leur fixèrent rendez-vous une demi-heure plus tard à la réception pour les conduire à la salle de réunion. Leurs bagages étaient déjà déposés dans leurs appartements.

Une fois prêts, ils se retrouvèrent devant les ascenseurs et rejoignirent leurs hôtes qui les guidèrent jusqu'à la salle de banquet donnant sur le jardin garni de palmiers et d'une fontaine. Un buffet somptueux les attendait avec une dizaine de serviteurs se tenant à leur disposition pour cuire omelette, pancake, et cætera. La salle était décorée à l'orientale avec des lustres en cristal et de l'or un peu partout. C'était un véritable palais des mille et une nuits.

— Madame la Présidente, c'est un honneur pour nous de vous recevoir dans notre pays, même si ce sont des circonstances dramatiques qui nous valent votre visite, déclara le prince Hamad. Je pense qu'un moment de détente sera le bienvenu. Ensuite, le général Ahmed vous expliquera le détournement d'avion et son dénouement avec la libération des otages. Puis nous visiterons les blessés.

— Vos Excellences, nous vous remercions de votre accueil et nous en sommes très touchés, même si nos pensées vont, en premier lieu, aux victimes.

Suivant les princes, la présidente, son secrétaire d'État et son directeur de la Task Force se servirent et s'assirent autour de la table. Au début, l'atmosphère semblait quelque peu protocolaire. Puis, grâce au prince Hamad qui y mit du sien, les conversations s'animèrent dans la bonne humeur.

Trois quarts d'heure plus tard, les princes invitèrent leurs convives à renter dans la salle climatisée, à l'abri d'oreilles indiscrètes. Une grande table se trouvait au centre, entourée de fauteuils en cuir beige très moelleux. Le prince Hamad, qui avait déjà acquis une certaine assurance et endossé son rôle de futur sultan, prit la parole :

— Madame la Présidente, permettez-moi de vous présenter, au nom de mon pays, nos sincères condoléances. Nous sommes profondément émus et bouleversés par ce qui s'est passé sur notre territoire. Oman est un pays pacifique et pas un refuge pour le terrorisme. Celui-ci n'est pas pour nous la voie que les peuples arabes doivent suivre pour se faire entendre. Je vais laisser la parole au général Mustapha Ahmed qui a supervisé toute l'affaire depuis que l'Airbus s'est posé sur notre sol.

Le général ne parlant qu'arabe, les princes avaient prévu un traducteur. Sur insistance de la présidente, il fut décidé que ce serait le directeur de la Task Force qui assurerait la traduction.

— Madame la Présidente, je vous présente à mon tour mes condoléances. Je vais reprendre l'historique de ce détournement. Il y a soixante-douze heures, un Airbus A330-400 de Swiss International Airlines décollait de l'aéroport de Dubaï vers 11 h 30. Vingt minutes plus tard, la tour de contrôle perdit le contact avec l'avion qui changea de trajectoire. Il prit la direction du sud et, une heure plus tard, demanda l'autorisation d'atterrir. Nous ne pouvions pas refuser, même si nous espérions que ce ne serait qu'une escale technique avant que l'avion ne reparte. Son Excellence a envoyé un émissaire discuter avec les preneurs d'otages depuis la tour de contrôle. Ceux-ci ont refusé de repartir tant que leurs revendications ne seraient pas satisfaites. C'est alors qu'un marathon de négociations commença sous la direction du prince Hamad. Plusieurs négociateurs se sont relayés. Nous avons fait livrer des plateaux-repas, de l'eau : nous avons déplacé l'avion dans une aire de stationnement plus discrète. La nuit tombante, nous avons distribué des couvertures pour que les otages passent la nuit le mieux possible. La journée suivante s'est poursuivie de la même manière, les preneurs d'otages refusant de libérer qui que ce soit. Les conditions de vie des otages n'étant pas des meilleures, et sachant que vous ne céderiez pas, mon gouvernement a décidé de mettre un terme à cette situation et m'a demandé de préparer l'assaut. J'ai donc élaboré un plan et organisé nos troupes d'élite, qui ont pris place autour de l'avion à la faveur de la nuit. C'est à 3 h 32 que l'assaut a été donné. Pendant l'intervention, mes troupes ont abattu deux terroristes et en ont blessé deux autres. Malheureusement, durant l'attaque, le pilote a été atteint et le copilote est décédé. Pendant que nous faisions le décompte, et alors que l'assaut était terminé, une explosion a retenti et déchiré la partie avant de l'avion.

— Est-ce que maintenant vous êtes en mesure de me donner le bilan humain exact, ainsi que le nom et la nationalité des victimes ?

Le ton de la présidente était sec.

— Nous avons recensé dix-huit otages décédés et vingt blessés, dont six très gravement. De notre côté, nous avons quatre soldats morts et six blessés.

— Si je comprends votre réponse, Général, intervint Ralf, vous ne connaissez toujours pas la nationalité des victimes ?

— Malheureusement, non, pas encore.

— Où se trouvent les otages vivants ? demanda Pierre.

— Pour le moment, nous les avons mis à l'abri des médias. Ils sont tous regroupés à l'hôtel Hyatt, gardé par l'armée. Des médecins et des psychologues parlant anglais sont à leur disposition. Nous attendions votre arrivée pour les laisser retourner chez eux.

— Concernant l'explosion, Général, questionna Simona Zanetta, c'est dû à une balle perdue ?

— Nous n'avons pas l'explication pour le moment. Nous pensons qu'il y avait une charge explosive dans l'avion. Quelqu'un a certainement déclenché l'explosion depuis l'extérieur après l'assaut, en représailles contre mes troupes.

— Permettez-moi de préciser que cela a atteint en premier lieu les anciens captifs, répliqua Ralf, agacé par la réponse du général.

— D'après mes hommes, avant l'explosion, il y avait deux preneurs d'otages à l'avant et trois à l'arrière.

— J'ai une question. Pourquoi avoir donné l'assaut ? Aucune menace supplémentaire ne planait sur eux. Pourquoi n'avez-vous pas continué à négocier comme on fait toujours dans ces cas-là ? interrogea Ralf.

— Je vais laisser le prince Khalifa répondre.

Le général se montrait prudent.

— J'ai pris moi-même la décision. Après plus de vingt-quatre heures de prise d'otages, nous étions conscients que la situation était bloquée de votre fait. Il n'était pas question pour nous que cela dure plus longtemps et que la réputation de notre état soit entachée.

— Votre Excellence, cela fait deux fois que vous sous-entendez que mon pays est responsable de la prise d'otages et du nombre de victimes. Je vais être très claire. Si on n'avait pas laissé monter ces personnages à Dubaï, ni vous ni nous n'aurions été dans cette situation. Deviez-vous donner l'assaut ? Je me pose la question : pourquoi ne pas avoir demandé un soutien pour une intervention ? dit la présidente.

— Madame la Présidente, concernant l'embarquement des pirates de l'air à Dubaï, je partage votre remarque. Au sujet de l'assaut, je me permettrais de rappeler que le Sultanat d'Oman est un état souverain. Nous sommes à même de décider ce qui nous paraît le plus adapté sur notre propre sol et nous avons les moyens de gérer ce genre de situation. Nous n'avions donc besoin d'aucune aide.

La présidente Zanetta réalisa que le cours des choses lui échappait et que ses interlocuteurs n'étaient en aucun cas disposés à discuter sur le fond. Elle mit un terme à ses questions afin d'éviter un incident diplomatique qui ne simplifierait pas la situation pour les victimes. Il valait mieux garder des relations courtoises avec les Omanais, surtout si on voulait que les Faucons puissent enquêter sur place ultérieurement. Elle décida, à contrecœur, d'adopter un profil bas. Ce n'était qu'un recul stratégique.

27

Le Challenger 604 atterrit à Fujaïrah International Airport sur le coup des 5 h 45. Ulli était aux commandes. Il amena son bimoteur en bout de piste, puis s'immobilisa sur l'aire réservée aux avions privés. Les autorités de Fujaïrah avaient été averties qu'un jet sanitaire en provenance de Genève se poserait de bonne heure, une évacuation étant envisagée dans les prochains jours.

L'émirat de Fujaïrah était le seul des sept Émirats arabes unis donnant sur l'océan Indien. Ayant une faible réserve de pétrole et de gaz, son économie reposait essentiellement sur la pêche et l'agriculture. Depuis quelques années, il développait progressivement son tourisme.

Une fois les réacteurs protégés du sable par des bâches, les Faucons quittèrent le tarmac pour rejoindre l'aérogare. Ils n'avaient pris dans leur armurerie volante que leurs pistolets personnels ainsi que leurs pistolets-mitrailleurs MP5 qu'ils préféraient avoir à portée de main. Il n'y eut aucun contrôle de sécurité par rayon X. Les passagers transitant par le terminal privé de l'aéroport en étaient dispensés.

Ils s'adressèrent au loueur de voitures pour prendre possession d'un Cadillac Escalade V8 et d'un Chevrolet Tahoe V8 réservés par Wendy. Tous deux étaient des véhicules 4x4 de grande taille et extrêmement puissants puisqu'ils développaient 374 chevaux. Ils partageaient le même châssis. C'étaient les deux engins préférés des Faucons. D'ailleurs à Lutry, ils utilisaient des Escalades Blindés comme moyens de transport de fonction.

Une fois les dernières formalités remplies, ils se dirigèrent vers le nord. Ils arrivèrent au Miramar Al Aqah Beach Resort et réveillèrent aussitôt leur amie Rebecca, à leur façon.

— Allô !

— Bonjour, madame ! Service d'étage.

— Quoi ? Vous avez vu l'heure ? Que voulez-vous ?

— On a cinq rigolos à la réception qui hurlent votre nom et nous ne savons pas ce que nous devons faire.

— Je t'ai reconnu, Deep ! J'arrive.

— À tout de suite, ma belle.

Les cinq s'assirent dans des canapés dans le hall et attendirent. Rebecca arriva en trombe et sauta dans les bras de Deepak, puis embrassa les autres. Elle était ravie et soulagée de retrouver ses frères d'armes. Elle réalisa combien ils lui avaient manqué.

Une fois l'émotion passée, il fut décidé que les nouveaux arrivants iraient déposer leurs bagages dans leur chambre. Après une douche, ils se rejoindraient non loin de la piscine pour prendre le petit déjeuner.

Quelques minutes plus tard, ils se retrouvèrent sous de grandes toiles tendues faisant fonction de salle à manger extérieure, où le buffet était dressé. Chacun se servit.

— Alors, Rebecca, comment vas-tu ? demanda Ulli avec son air débonnaire de gros ours.

— Je vais bien, merci. Mieux, depuis que vous êtes arrivés. Cela me fait tant plaisir de vous savoir à mes côtés.

— Pour bronzer, tu n'avais pas besoin de nous ! – Rire bien sûr de Deepak.

— Tu as raison, Deep, mais ces derniers temps, j'étais assez maussade, alors votre venue me fait du bien.

— Si on a bien compris ton texto, tu vas dîner dans la propriété du prince Abdullah à Dibba, c'est juste ? demanda Bradley.

— Oui. Comme je savais que vous arriviez aujourd'hui, je l'ai appelé hier et il m'a invitée pour ce soir. Je ne souhaitais pas perdre plus de temps.

— Tu as bien fait, dit Tom.

— Autant battre le fer quand il est chaud, rajouta Deepak.

— Vous m'avez trouvé une robe ?

— Mark a demandé à la professeure Kammermann d'aller t'en acheter une. Elle n'en pas trouvé qui soit à la fois simple, jolie, et à ta taille. Comme tu as presque la même silhouette qu'elle, elle nous a remis une des siennes en lin noir. Elle est dans ma chambre, dit Vincent. Je te la donnerai tout à l'heure.

— C'est parfait. Pour ce soir, comment vous êtes-vous organisés ?

— Mark m'a remis le commandement de l'opération, dit Bradley. Nous nous répartirons en deux équipes avec deux véhicules. Tom et Deepak d'un côté avec l'Escalade. Ulli et moi, avec le Tahoe.

— Mais Ulli n'est pas un Faucon ! s'exclama vivement Rebecca. Ne croyez-vous pas prendre des risques ?

— Si, mais Ulli a décidé de nous accompagner et c'est un grand garçon maintenant. – Sourire de Bradley.

— Ça c'est vrai ! surenchérit Ulli en riant. Bradley me donnera un MP5, cela me rappellera mon arme de service de l'armée suisse. C'est gentil à toi de t'inquiéter pour moi, mais je ne me vois pas rester à la piscine à vous attendre. En cas de grabuge, je peux certainement m'occuper de quelques assaillants, même si je ne suis plus si jeune, ni aussi expérimenté que vous.

— Ce n'est pas ce que je voulais dire, Ulli. Je ne souhaitais pas te froisser.

— Tu ne m'as pas vexé, il m'en faudrait beaucoup plus. Je viens juste en renfort au cas où ?

— Pour nous, il n'y a aucun problème, intervint Bradley. Ulli et moi on se postera à l'entrée de la villa. Tom et Deepak se placeront du côté de la plage. Par ailleurs, nous porterons tous nos micro-oreillettes miniaturisées, comme d'habitude. Comme notre visibilité sur toi et le prince sera limitée, on aura un code d'alerte. Si dans la conversation, tu glisses la phrase suivante : « I hope that the blackhawks will be back soon* » cela voudra dire que tu as besoin de nous et l'on interviendra. Ça marche pour toi ?

— Pourquoi ne prends-tu pas Vincent avec toi ?

— Ulli viendra avec moi et Vincent sera notre coordonnateur ici. Il assurera un contact permanent avec le Sword Group qui restera en alerte pendant toute l'opération. Ce n'est qu'une répartition des tâches pour mieux te couvrir.

— Merci, les gars, c'est gentil, dit finalement Rebecca.

— Tu sais Reb, on est une équipe, Faucons ou pas, ajouta Deepak. Moi j'ai entièrement confiance en Ulli et Vincent.

— Oui, tu as raison.

— N'oublie pas que tu seras sans arme et sans gilet pare-balles. On prend donc de gros risques en te laissant dans l'inconnu. Je n'aime pas ça du tout, mais on n'a pas le choix. Alors n'attends pas des plombes avant de nous appeler au secours et ne joue pas à l'héroïne, s'il te plaît.

— D'accord, j'ai compris !

Elle capitula.

**J'espère que les Faucons reviendront bientôt.*

— Après notre déjeuner, on ira tous dans la chambre de Vincent pour une visioconférence. Mark souhaite nous briefer avant ce soir. Alors, je vous laisse tranquillement finir.

— Enfin ! Moi, je meurs d'envie de manger une deuxième omelette ! dit Deepak.

— Tu n'es pas énorme, mais tu dévores comme quinze, toi, compléta Tom.

Tous pouffèrent de rire. Le petit déjeuner se poursuivit ainsi dans la bonne humeur. Ils avaient tous besoin de se détendre avant de se reconcentrer sur l'intervention du soir. Ils se donnèrent rendez-vous à 11 heures précises dans la chambre de Vincent.

Ce dernier avait placé son PC portable dans la partie bureau. Tous les autres arrivèrent presque en même temps, soit cinq minutes avant l'heure de la conférence et s'assirent derrière Vincent sur le lit. Celui-ci, ayant déjà allumé son ordinateur, enclencha le logiciel de visioconférence sécurisé. À 11 heures tapantes, Mark apparut sur l'écran.

— Bonjour, tout le monde ! Alors c'est bien d'être en vacances ? Vous êtes ravissants en tenue de plage.

Ils étaient tous habillés de T-shirts et de bermudas plus ou moins bariolés, pieds nus dans des tongs ou des sandalettes. Mark, comme à son habitude, portait un costume et une chemise élégante, col ouvert.

— Il fait plus chaud ici qu'à Lutry patron, répliqua Deepak. On préfère. – Il sourit.

— Je comprends. Je voulais que l'on discute de derniers détails avant ce soir. En l'absence de Paul et pendant que vous serez aux Émirats, c'est Bradley qui dirigera la protection de Rebecca. Y a-t-il des objections ?

Personne ne répondit. Bradley Sheridan était un Australien originaire du Queensland âgé de quarante-quatre ans. Il avait fait une grande partie de sa carrière militaire au sein des SASR, Special Air Service Regiment, l'unité d'élite des forces spéciales australiennes. Il avait participé à plusieurs engagements armés dans le monde entier. Son escadron était basé à Perth à l'ouest de l'Australie. Il était encore en poste et revenait d'Afghanistan quand Mark lui proposa de rejoindre les Faucons. Après un moment de réflexion, il décida de s'installer en Suisse, d'autant plus que, comme pour ses autres collègues, Mark lui avait laissé la possibilité de rester une partie du temps dans son pays d'origine et de continuer à s'entraîner avec ses anciens coreligionnaires, ceci avec l'aval de sa hiérarchie.

— Si on est tous d'accord, allons de l'avant. L'objectif de ce soir, c'est que Rebecca sorte de sa réserve pour questionner plus profondément le prince. Il nous faut savoir si ce personnage est ce qu'il paraît être, ou si c'est une crapule. Pendant que Rebecca sera avec lui, et même après, je veux que vous la surveilliez en permanence. On ne prend aucun risque.

— On a préparé le dispositif de ce soir. Par contre, on n'a pas encore réfléchi à la sécurité de Rebecca à l'hôtel, sauf que sa chambre est entre la mienne et celle de Tom. Ma proposition serait qu'on laisse les portes des jonctions entre les six constamment ouvertes. Comme cela, on peut tous se rejoindre par l'intérieur en cas de pépin.

— En effet, Brad, votre proposition est bonne. Vous devez être en alerte et avoir votre arme de poing à disposition pendant votre sommeil. Vous verrouillez les portes extérieures avec tous les systèmes.

— Ça me va comme ça, dit Rebecca.

— Comment faites-vous, pour ce soir ?

Bradley expliqua à Mark, ce dont ils avaient discuté au petit déjeuner.

— Ça ne vous ennuie pas qu'Ulli complète les Faucons ? s'enquit Rebecca toujours sceptique vis-à-vis de ce choix.

— Pas du tout. Quatre en renfort, c'est mieux que trois ! Enfin, si Ulli est volontaire, je n'ai rien à redire. Avoir un coordonnateur entre vous et nous me paraît une excellente idée. Je vois très bien Vincent dans ce rôle. Le plus important, c'est que vous soyez tous d'accord et convaincus du dispositif.

— Si vous le voyez comme ça, pour moi, c'est bon. Je ne voulais pas que l'on mette Ulli en danger.

— On est tous d'accord ? demanda Mark.

— Oui, répondirent les autres.

— Ceux qui protègent Rebecca, vous porterez vos nouveaux gilets pare-balles avec la cagoule, OK ?

— On n'en avait pas encore parlé, patron, répondit Bradley. Vous avez raison.

— Je laisse ma place à quelqu'un qui veut vous adresser deux mots, dit Mark.

— Salut, à tous ! – Paul apparut à l'écran. Vous êtes ravissants avec vos nouveaux uniformes. On dirait les troupes d'élite des Bahamas. – Pouffements de rire de Lutry et à Al Aqah. Blague à part, je souscris à tout ce que j'ai entendu. J'ai encore une question. Brad, du point de vue des pistolets et autres, qu'as-tu prévu ?

— Salut, chef. On a tous notre arme de poing personnelle munie de chargeurs de rechange et un MP5K. Qu'en penses-tu ?

— J'aurais fait la même chose. Je me demande s'il n'est pas plus prudent d'avoir plus de matériel avec vous. Comme vous avez deux véhicules, vous pouvez prendre tout ce que vous voulez. Perso, j'emporterai des MP5 de rechange avec des munitions en nombre. Je ne me gênerais pas pour emmener des bombes lacrymogènes et autres matériels.

Après l'intervention en Libye, Mark avait organisé une réunion avec les Faucons pour décider quel serait l'armement que ces derniers utiliseraient. La discussion concernant les pistolets fut rapide. Il était évident que leur choix était individuel. Certains choisirent d'en essayer plusieurs, dont des modèles plus récents que ceux qu'ils utilisaient jusqu'alors.

Par contre, pour le pistolet-mitrailleur, tous étaient en faveur du Heckler Und Koch MP5, sauf Rebecca qui montrait une préférence pour l'Uzi. Après avoir essayé le MP5 et le MP5K (K pour Kurz c'est-à-dire « court »), elle reconnut la supériorité de l'arme, tant du point de vue de la précision que de la puissance. Elle comprit, alors, pourquoi autant de forces spéciales en étaient pourvues. Bien que conçu en 1966, il demeurait le leader incontesté des pistolets-mitrailleurs. Les Faucons optèrent pour la dernière version.

Enfin, Mark eut l'idée de contacter la société RUAG, propriété de la Confédération, qui fabriquait de nombreux armements, dont des munitions. Elle accepta de livrer des balles sans aucun signe distinctif et d'effectuer certaines modifications qui augmentèrent la précision et la puissance des munitions au plus grand plaisir des Faucons.

Ils eurent ainsi à disposition tout un panel de projectiles, des balles Full Metal Jacket très dures et perçantes, des balles expansives qui se déforment au contact de la cible, ne lui laissant aucune chance de survie, des balles silencieuses et encore bien d'autres. En fin de compte, RUAG fabriqua des balles sur mesure pour les Faucons.

— Tu n'y vas pas de main morte, réagit Tom.

— Je pars du principe que la maison du prince est peut-être un nid de terroristes, bourrée d'armes et de combattants. Personne n'en sait rien. Vous n'êtes que cinq, Rebecca incluse, vous devez être armés jusqu'aux dents.

— Je suis d'accord avec Paul. Ne prenez pas de risques. Je préfère que vous soyez surarmés plutôt que l'inverse, ajouta Mark, revenu à l'écran.

— Vous y allez fort ! s'exclama Rebecca qui semblait choquée.

— Rebecca, je comprends votre sentiment à l'égard du prince. Imaginez un instant que nous nous trompions sur Abdullah, ou tout simplement qu'il soit manipulé ou menacé de chantage par des terroristes. Je ne peux vous laisser y aller comme vous êtes maintenant, en vacanciers, les mains dans les poches.

— OK patron, on passera cet après-midi à l'armurerie volante, répliqua Deepak, ayant compris qu'il était inutile d'insister, d'autant plus qu'il avait parfaitement raison.

— Vincent, nous serons tous à Lutry en alerte ; c'est donc vous qui piloterez – si je puis dire cela à un pilote de chasse – l'opération avec nous. Vous activerez les systèmes de géolocalisation de tous les membres sur le terrain. Je veux les voir du moment où ils partiront de l'hôtel Miramar et les observer en permanence en écran partagé, continua Mark.

— Oui, patron, c'était prévu comme ça.

— Si Bradley est le chef du commando, vous avez la responsabilité de l'opération et c'est vous qui prendrez les décisions opérationnelles stratégiques et tactiques avec nous. Est-ce que nous sommes tous bien d'accord ? Y a-t-il des questions ?

— Non !

— Alors, retournons à nos affaires.

— Au revoir, patron.

28

La rencontre dura. La présidente, Ralf et Pierre se demandaient ce qu'ils pouvaient bien en apprendre, vu le résumé lamentable du général Mustapha Ahmed. Ne pouvant rien faire d'autre, ils prirent leur mal en patience. Se fâcher n'aurait rien apporté.

Le téléphone mobile du prince Khalifa retentit. Faisant signe à ses hôtes, il se tourna vers le fond de la pièce et parla à voix basse. Sa conversation dura peu de temps. Il revint vers la table de conférence et prit la parole.

— Pardonnez mon impolitesse, il fallait que je réponde. J'ai une bonne nouvelle pour vous. Le sultan, mon frère, vient d'arriver à Mascate. Pendant les événements, il était dans son palais de Salalah, dans le sud du pays d'où nous sommes originaires. Il nous attend au Mascate Private Hospital.

— En effet, c'est une excellente nouvelle. Nous pourrons visiter nos concitoyens et les autres victimes, dit la présidente, soulagée.

— Oui, bien sûr. C'est pour cela que mon frère est revenu.

— Alors, allons-y, dit-elle en ramassant son sac à main, suivie de Ralf et Pierre.

Ils remontèrent à l'étage supérieur. Les Mercedes 600 attendaient devant l'hôtel, pendant que les chauffeurs s'étaient réfugiés dans le hall. Apercevant les princes, ils coururent vers leurs voitures.

Chaque prince monta dans son véhicule et la délégation suisse dans le troisième, drapeau suisse piqué sur l'aile avant droite. Ils étaient suivis par plusieurs autres véhicules de type Escalade Guard ainsi que par les gardes du corps.

La présidente allait ouvrir la bouche, quand Ralf lui fit signe d'un doigt sur la sienne. Elle se rétracta aussitôt. Il avait assez d'expérience pour savoir que les murs avaient des oreilles. Rien ne prouvait que le chauffeur ne parlât pas merveilleusement allemand ou français. Ralf ne s'exprimait que quand il était sûr de son environnement. Sa pire expérience de diplomate avait été les deux années passées à Damas, du temps du président Hafez el-Assad. Il savait que sa voiture et sa chambre d'hôtel étaient surveillées par les services secrets syriens, la direction des renseignements généraux, appelés communément le Moukhabarat.

Trente minutes plus tard, le cortège officiel s'arrêta devant un bâtiment ultra-moderne. Les passagers s'engouffrèrent aussitôt dans l'hôpital.

Les moyen-orientaux bénissaient les Américains d'avoir inventé la climatisation. Bien qu'ils soient originaires de pays chauds, ils détestaient la chaleur et ne restaient que dans des endroits n'excédant pas les vingt degrés.

Le sultan Rashad Bin Mohamed Al Saïd se tenait debout dans le hall. Il était de grande taille, silhouette élancée, et portait une barbe grisonnante. Il avait une élégance altière. À peine entré, il s'approcha de Simona Zanetta et la salua chaleureusement.

— Madame la Présidente. Soyez la bienvenue et acceptez mes excuses de n'avoir pu vous accueillir personnellement à l'aéroport. Je savais que le prince héritier Hamad et mon frère, le prince Khalifa, vous recevraient parfaitement. L'âge venant, je me retire des affaires et je laisse mon successeur prendre sa place.

— Votre Altesse, je vous comprends très bien et vous remercie de nous avoir fait recevoir aussi bien par les princes Hamad et Khalifa.

— Je suis venu pour vous accompagner au chevet des blessés. Je vous propose que nous nous entretenions d'abord quelques minutes dans un endroit tranquille. Ensuite, nous irons auprès des victimes.

— Avec plaisir, répondit Simona Zanetta.

Les deux délégations se rendirent au bout d'une aile du bâtiment où se trouvait un salon réservé à la famille royale. Le sultan et la présidente s'assirent dans des fauteuils côte à côte, leurs conseillers respectifs à leurs côtés.

— Madame la Présidente, je pense que le prince héritier et le général vous ont expliqué ce qui s'est passé la nuit d'il y a un peu plus de vingt-quatre heures. Avez-vous eu toutes les réponses que vous espériez ?

— Votre Altesse, nous avons suivi avec intérêt les explications données ce matin à notre arrivée, ce que nous avons grandement apprécié, dit la conseillère fédérale dans un langage diplomatique qu'elle avait vite appris, se dit Ralf. Cependant, nous serions ravis d'avoir des précisions.

— Eh bien, allez-y, on vous répondra en toute transparence, nous n'avons rien à cacher. Nous sommes un pays pacifique et l'ami de toutes les démocraties du monde, et en premier lieu de la Suisse qui m'a si bien accueilli tout récemment quand mon cœur faisait des siennes.

— J'ai suivi cela de loin. Je n'ai été élue que quelque temps plus tard. Nous sommes heureux de vous compter parmi nos amis. En fait, nous aimerions savoir s'il n'aurait pas été possible d'attendre avant de donner l'assaut.

— Je me suis posé la question. On peut toujours patienter, mais à quel prix pour les otages ? Les conditions de vie dans un avion, qui plus est dans un pays chaud comme le nôtre, ne sont pas des plus agréables. Par ailleurs, nous savons tous que ce genre de groupuscule ne recule devant rien et, tôt ou tard, la vie des otages aurait été en danger.

— Je l'entends bien, Votre Altesse. Ne trouvez-vous pas dommage que l'assaut se solde par autant de victimes ? N'aurait-il pas été opportun que d'autres troupes d'élite se joignent aux vôtres ? Si je puis me permettre, sans vous offenser.

— Vous ne m'offusquez pas du tout, madame la présidente. Si nous sommes seuls à l'abri des regards extérieurs, c'est pour nous exprimer franchement. J'en ai parlé aux Émirats qui ont décliné l'invitation, de même pour les Américains. Par ailleurs, la Suisse n'ayant pas de force d'action extérieure, nous n'avons pas pris la peine de vous demander. Avons-nous eu tort ?

Il la regardait avec un léger sourire entendu.

— Vu sous cet angle, non, car nous n'avons pas la structure fédérale adaptée et nous n'aurions pu vous répondre positivement.

Elle ne pouvait s'exprimer sur l'existence des Faucons.

— Vous voyez, chère madame, que nos choix étaient des plus limités.

— Oui, Votre Altesse, je le reconnais.

— Je suis conscient que nous sommes un pays qui n'est pas habitué à ce genre d'incident, et pourvu que cela reste ainsi, *Inch Allah* ! Je pense que mon successeur a fait ce qu'il pouvait.

— Votre Altesse, j'apprécie votre franchise. – Le sultan exprima un léger sourire de reconnaissance. Si vous permettez, j'aimerais encore quelques éclaircissements. Quand pensez-vous avoir les identités des victimes ?

Comment allez-vous procéder pour déterminer les causes de l'explosion ?

— Pour ce qui est des survivants, je crois que nous fournirons la liste dans la journée. N'est-ce pas, Général ?

Il tourna la tête vers le général Ahmed.

— Oui, Votre Altesse, ce sera fait après votre visite, nos équipes travaillent dessus, répondit le militaire, plus réservé en présence du monarque.

— Pour ce qui est des victimes décédées, les restes ont tous été rassemblés au mieux et déposés dans une chapelle ardente ici ou à la morgue. Nous aurions besoin de l'expertise de vos médecins légistes, connus dans le monde entier pour être intervenus au Kosovo, par exemple. Si vous acceptiez de nous assister, ce serait avec plaisir.

— Bien entendu. Nous enverrons dès ce soir une équipe. Le directeur de la Task Force, monsieur l'ambassadeur Ralf Walpen va s'en occuper.

— J'ai le plaisir de le connaître.

— Je suis votre humble serviteur, votre Altesse, répondit Ralf, tout sourire. Je m'occupe de cela aussitôt votre entrevue achevée.

— Concernant l'enquête policière sur l'explosion, si vous avez des suggestions, nous sommes ouverts à celles-ci.

— Votre Altesse, est-ce qu'une équipe d'enquêteurs spécialistes de la sécurité intérieure suisse vous serait utile ?

Le sultan tourna le visage vers les deux princes qui clignèrent des yeux.

— Votre soutien en la matière sera apprécié à sa juste valeur. En quoi puis-je encore vous être utile ? demanda le sultan.

— Je dois dire que vous m'avez comblée, j'ai toutes les réponses que je souhaitais.

— Vous m'en voyez ravi, madame la présidente. Dans ce cas, je vous propose de faire une pause d'un quart d'heure pendant laquelle nos collaborateurs vont s'occuper de ce qui a été décidé et nous, nous pourrons parler seuls à seuls en buvant quelque chose de désaltérant.

— Avec plaisir, Votre Altesse.

— Après notre visite, je suggère que nous fassions ensemble une courte intervention à la presse dans le hall de l'hôpital. Qu'en pensez-vous ?

— C'est parfait.

Tous se levèrent. Ralf s'approcha de Simona Zanetta. Il salua chaleureusement le sultan qu'il connaissait très bien. Les deux hommes fins intellectuels s'appréciaient beaucoup. Mais les temps avaient changé à Oman, comme partout. Le sultan Rashad, vieillissant et ayant quelques soucis de santé, avait décidé de transmettre au plus tôt le pouvoir à son neveu afin d'éviter une vacance institutionnelle et des luttes intestines. Son successeur désigné avait une conception de la démocratie et du gouvernement très différente de la sienne. Il devait s'y faire.

— Votre Altesse, mes hommages.

— Voyons Ralf, entre nous, vous savez que vous devez m'appeler Rashad. – Clin d'œil de complicité.

— Oui, Votre Altesse, euh, Rashad. Me permettez-vous de vous emprunter madame la présidente une minute ?

— Faites, mais rendez-la-moi. – Sourire du sultan.

Ralf attira Simona Zanetta dans un coin, Pierre les suivit.

— Que dois-je faire exactement ? Je voudrais vos instructions précises.

— Pour ce qui est des médecins légistes, voyez avec ma collègue de l'intérieur Ursula Hildebrand, avec qui j'ai d'excellentes relations. Même chose pour les enquêteurs. Je serais d'avis que la PJF enquête.

— J'appelle de suite. Ne faudrait-il pas que l'on ait quelqu'un du Sword sur place ?

— Si bien sûr, c'est nécessaire qu'ils en sachent plus pour intervenir après. Faites en sorte qu'un assistant accompagne les médecins, si vous voyez ce que je veux dire. – Sourire malicieux de la conseillère fédérale.

— Vous n'avez pas besoin de me faire un dessin, répondit Ralf en souriant. Je vous rends à Son Altesse.

Elle rejoignit le sultan qui lui tendit un verre de thé à la menthe. Ils s'éloignèrent, suivis des gardes du corps.

Ralf s'en alla dans le couloir. Le premier qu'il appela fut Mark. Il lui résuma les décisions prises et lui demanda son avis. Ce dernier approuvait l'idée que quelqu'un du Sword se rende à Mascate. La version d'un assistant de médecine légale agissant en toute liberté lui convenait parfaitement. Il demanda à Ralf d'arranger le coup avec le département de l'Intérieur et de le tenir informé. Il enverrait aussitôt Paul en mission. Il garderait Nibs au QG.

Ensuite, Ralf appela directement la conseillère Hildebrand. Il ne lui fallut pas longtemps pour décider qu'Emil Meyer et ses collaborateurs, ainsi que les équipes de médecine légale de Berne et Genève, partiraient dans la soirée depuis Zurich par Qatar Airways. Ils seraient tous là le lendemain matin vers 6 heures. Paul faisant partie de la cellule médicale, elle s'occuperait de son intégration avec le patron des médecins légistes de Genève.

Ralf était ravi que cela se soit très bien passé et surtout aussi vite. C'était la preuve qu'avec des gens intelligents et professionnels tout allait mieux. Il revint vers le salon. Sa patronne était toujours à l'extérieur avec le sultan. De loin, il sentait que la relation entre les deux protagonistes était excellente.

Il faut dire que le sultan Rashad était quelqu'un d'exceptionnel. Il avait compris que son pays, très ancré dans la culture arabo-musulmane, avait une certaine inertie. Au lieu de forcer l'allure du développement de son royaume, il réforma celui-ci en douceur. Il faisait en sorte de former les élites omanaises depuis bientôt quarante ans. C'était ainsi que le sultanat était une terre d'accueil ouverte à l'étranger tout en demeurant très attachée à sa culture. De même, les réformes politiques se firent au rythme nécessaire et le pouvoir devint de plus en plus parlementaire. Le sultan désirait s'inscrire dans la durée.

Le sultan et la présidente, tout sourire, revinrent dans le salon et le groupe se déplaça vers les étages où se trouvaient les victimes. Ils commencèrent la visite par le service de réanimation. Il y avait aussi bien les six passagers que les six soldats omanais, tous grièvement blessés. Les deux chefs d'État discutèrent avec le responsable de service d'origine britannique et son bras droit omanais. Ils estimaient que le diagnostic vital était engagé pour quatre personnes au moins, dont trois passagers. Ils souffraient de multiples blessures dues aux morceaux de métal éparpillés après l'explosion.

Ils repartirent pour rejoindre l'étage inférieur où se trouvaient les autres blessés qui bénéficiaient de chambres individuelles ou doubles, selon leurs propres demandes. Ils visitèrent tous les blessés, ayant un mot de réconfort pour chacun.

Cette visite dura plus de quatre heures au total. La présidente et le sultan ne comptèrent pas leur temps. Ils rejoignirent le hall de réception où une forêt de micros les attendait. Aussitôt, les journalistes se levèrent, ils devaient bien être une quarantaine. La présidente et le sultan se positionnèrent côte à côte, face aux micros et aux caméras. Le sultan d'un geste de la main invita la présidente à prendre la parole.

— Mesdames, messieurs, au nom du peuple suisse, je tiens ici à remercier le peuple, le gouvernement omanais, et tout particulièrement, Son Altesse le sultan Rashad, ainsi que les princes Khalifa et Hamad, pour l'efficacité avec laquelle ils se sont occupé des victimes du détournement d'avion. Nous sommes conscients que, compte tenu des circonstances, ils ont fait le mieux qui était possible. Nous avons visité tous les blessés et je peux vous assurer qu'ils bénéficient des meilleurs soins. Le Mascate Private Hospital ayant nombre de médecins occidentaux et omanais de valeur, on ne pouvait espérer mieux.

— Mesdames, messieurs, c'est un honneur que Madame la Présidente nous fait de venir à Oman. Nous la remercions chaleureusement. Nous avons sollicité l'aide de la Suisse pour nous apporter son expertise en médecine légale afin d'identifier les victimes décédées. Par ailleurs, une équipe d'enquêteurs spécialisés nous sera envoyée. Nous en sommes très reconnaissants. Ce sera tout.

Les journalistes posèrent des questions, mais le sultan et Simona Zanetta tournaient déjà les talons. Ils ne souhaitaient pas en dire plus pour le moment et considéraient que le point presse était largement suffisant. Ils prirent la direction d'un couloir pour rejoindre une sortie dérobée où les forces de sécurité les protégeraient.

29

Deepak et Ulli se rendirent à l'aéroport de Fujaïrah avec des sacs marins. Une fois à bord du Challenger 604, ils ouvrirent les panneaux le long de la carlingue. Deepak saisit les différentes armes. Il en profita pour les vérifier une seconde fois.

Ils avaient pris l'habitude de contrôler souvent leurs armes. Ils avaient vu trop de compagnons mourir parce que leurs armes ne fonctionnaient pas normalement. C'était pourtant facile d'éviter de tels incidents.

Trois quarts d'heure plus tard, Ulli ferma la porte du Challenger et aida Deepak à charger les cabas à bord de l'Escalade. Ils reprirent la route du Miramar Al Aqah Beach Resort. Ils se garèrent juste à côté du Tahoe dont ils avaient les clés et mirent un des deux sacs dans son coffre. Le parc étant gardé cela ne craignait rien, d'autant plus que les véhicules étaient dotés d'alarmes. Ils retrouvèrent les autres qui étaient encore à la piscine.

— Salut, les homards !

— Salut, Deep ! Qu'est-ce que tu attends pour te changer et nous rejoindre ? répondit Rebecca.

— OK, on y va, à tout de suite.

— On a encore une heure avant de se préparer, précisa Bradley.

Ulli et Deepak partirent mettre leur caleçon de bain et rejoignirent leurs compagnons. Ils savaient tous que la récréation serait bientôt finie. Se prendre au sérieux ne faisait pas partie de leur philosophie. Ils étaient extrêmement concentrés lors des missions. Jamais quand c'était inutile.

Une heure plus tard, ils allèrent se changer et se retrouvèrent dans la chambre de Vincent, transformée en QG.

— On se met en situation. Rebecca, peux-tu activer ton *Spyphone** afin que je puisse suivre tout ce qui sera dit même si ton téléphone est éteint ?

— C'est fait. Je l'ai fermé en même temps.

— OK. Maintenant, nous devons enclencher vos balises de secours implantées. Si vous appuyez dessus, on le saura aussitôt et on vous sortira de là.

À la création définitive des Faucons, Mark avait insisté sur la sécurité des combattants. Il fut décidé d'implanter, à chacun, un système électronique miniaturisé de balise ressemblant à des broches utilisées en orthopédie. Elle permettait aux Faucons d'enclencher manuellement un signal d'alarme en cas de difficulté. Le QG de Lutry pouvait les suivre par satellite.

— Tom et Deep, vous partez tout de suite vous poster du côté de la plage en contrebas de la propriété du prince, dit Bradley. Vous prendrez le Cadillac Escalade. Faites gaffe à bien le planquer avant de vous positionner, il n'est pas spécialement discret.

— OK, on y va. À tout à l'heure. On met nos micro-oreillettes maintenant.

— J'enclenche le système centralisé d'écoute. Allez-y, dit Vincent.

**Logiciel espion de téléphone mobile.*

— Nous, nous nous postons non loin de l'entrée principale de l'hôtel et nous attendons. Ulli, au boulot ! fit Bradley.

— OK chef !

Ulli suivit Bradley, d'un pas lent imitant l'ours.

— Vérification des systèmes. Deep, tu m'entends ?

— 5 sur 5.

— Tom ?

— 5 sur 5.

— Vincent ?

— 5 sur 5.

— Faites le même contrôle entre vous. Ensuite, Vincent, tu vérifies que le *Spyphone* de Reb fonctionne, c'est le plus important.

— Oui, ne t'inquiète pas ! Bon, à nous, Rebecca. Comment ça va ?

— Tout va bien. C'est une mission comme une autre. Les gars sont là en couverture, je pars tranquille.

N'oublie pas, en cas de doute, prononce le code d'urgence. N'attends pas, cela ne vaut pas la peine. De toute façon, je vais suivre tout ce qui sera dit. Si j'ai le sentiment qu'il y a quelque chose de dangereux dans ce que j'entends, je demanderai aux Faucons de t'extraire sans aucune discussion.

— C'est bon. Mais ne va pas trop vite non plus.

— Non. À part ça, tout est en ordre. Ta robe te flatte super bien, ainsi que ton maquillage ultra discret. Pour moi, c'est OK. Sven vient d'activer ton émetteur d'urgence. Tu peux y aller. Quand tu descends, raconte-moi quelque chose. Je vérifierai le *Spyphone* une ultime fois.

— Ça marche. À tout à l'heure.

Rebecca fit le dernier test, qui se révéla concluant, et attendit dans le hall. Le dispositif était en place. Vincent appela Lutry et confirma le début de l'intervention.

À 18 h 55, un Range Rover arriva et se stationna devant l'entrée principale de l'hôtel. Un homme grand, habillé d'une *Gandourah* beige satinée et d'un *keffieh* de la même couleur, maintenu par un *agal* noir, sortit du véhicule côté conducteur. Il se dirigea vers le hall de la réception où il trouva Aïcha assise dans un canapé en cuir.

— Bonsoir, Aïcha ! Vous êtes sublime. Votre robe noire vous va à ravir.

— Merci, Prince, dit Aïcha.

Elle était ravie qu'aucun Faucon ne soit dans les parages pour la voir rougir comme une collégienne. « Ils me chambreraient pendant des semaines », se dit-elle intérieurement.

— Veuillez me suivre jusqu'à ma demeure de Dibba, dit-il en lui tendant la main.

— Avec plaisir.

Une fois Aïcha arrivée au véhicule, le prince ouvrit la portière côté passager. Elle monta à bord. Il rejoignit sa place et démarra.

— C'est parti, le Range Rover gris roule pour Dibba avec Aïcha. Tout le monde à son poste, dit Bradley. – Ulli était au volant. Tu roules le plus loin possible du Range Rover. Il ne faut pas attirer leur attention sur nous. De toute façon, nous savons où il se rend. C'est très facile pour nous.

— OK.

Les véhicules suivirent la route côtière en direction du détroit d'Ormuz, bordée côté droit par l'océan Indien et côté gauche par les montagnes abruptes du Hajar.

Une demi-heure plus tard, aux abords d'une grande propriété entourée de murs, le Range Rover se présenta devant un portail avec interphone et caméras haute définition. Le conducteur parla et la grille s'ouvrit aussitôt, donnant une idée de l'intérieur de la demeure aux deux passagers de la voiture de derrière.

Bradley demanda à Ulli de ralentir devant le portail et de rouler au pas afin qu'il puisse scruter l'agencement. Il y avait de nombreuses pelouses parsemées de palmiers. Au fond, vers la plage, une villa s'étendait sur quelques centaines de mètres carrés de plain-pied. Il ne put rien voir de plus. Ulli accéléra pour se positionner un peu plus loin sur le bas-côté de la route.

Le prince avait garé son véhicule devant la maison. Aïcha à ses côtés, il entra dans la villa ou un majordome habillé dans le style moyen-oriental les accueillit. Ils se rendirent dans le jardin donnant sur la plage. Une haie d'arbustes touffue laissait juste un passage pour y accéder. Des lampadaires se dressaient pour éclairer cette partie. Ils supportaient surtout des caméras haute définition et à infrarouges surveillant l'accès à la propriété par la mer. Le prince privilégiait une certaine liberté de passage, sans sacrifier pour autant sa sécurité.

Deepak et Tom s'étaient cachés non loin de la haie. Ils avaient effectué tous les repérages nécessaires en jouant les promeneurs le long de la mer. La propriété était invisible depuis la plage, tant elle était insérée dans un écrin de verdure.

Habillés de *Gandourahs* permettant de cacher le mini MP5K et un *keffieh* sur la tête, la barbe des derniers jours pas rasée et leurs peaux des plus foncées, Tom et Deepak passaient aisément pour des natifs des Émirats en promenade.

Ils s'étaient positionnés, assis dans le sable, en retrait de la haie et des caméras. Leurs micro-oreillettes en place, ils attendaient patiemment la fin de la soirée en espérant ne pas avoir à intervenir. Ils restaient prêts à bondir au moindre signe de Rebecca.

Tom Woods était un Afro-américain âgé de quarante-quatre ans, originaire de La Nouvelle Orléans. Il avait fait toute sa carrière au sein des fameux Navy SEALs et plus particulièrement au Navy SEAL Team 6, le nec plus ultra en matière d'action clandestine. Il avait suivi de nombreux stages à « *la ferme* », le centre d'entraînement de la CIA au camp Peary de Williamsburg en Virginie. Étant basé à Dam Neck, il lui était facile de rejoindre les équipes d'action clandestine de la CIA, éloignées que de quelques kilomètres. Son nom ayant été suggéré à Mark qui, lors d'un voyage à Boston, avait fait le détour jusqu'en Virginie pour lui proposer un poste qu'il accepta. Tout comme Bradley, il rejoignit les quatre Faucons de la première heure, après l'action en Libye.

Le prince Abdullah, suivi d'Aïcha, s'installa dans le jardin sur une terrasse abritée du vent et du soleil par un pavillon sous lequel un mobilier en teck était disposé. Le kiosque était suffisamment grand pour être divisé en deux parties distinctes : d'un côté se trouvait un salon avec des fauteuils et de gros coussins et, de l'autre, une salle à manger avec une table ronde entourée d'autres sièges.

Ils s'assirent chacun dans une chaise longue. Le majordome vint, présentant un plateau en cuivre martelé avec plusieurs bouteilles d'apéritif et des verres.

— Madame, que puis-je vous offrir ? Désirez-vous du champagne, du whisky, des jus de fruits, un cocktail fait maison ? Ordonnez, je m'exécuterai, dit-il avec sourire et gentillesse.

— D'habitude, je prends un cocktail de fruits avec plaisir. Exceptionnellement, je me laisserais volontiers tenter par une coupe de champagne, si cela ne gêne pas Votre Altesse.

— Ma chère Aïcha, bien que je sois musulman, je m'autorise, très occasionnellement, à boire un verre d'alcool. Je dois reconnaître qu'une coupe de champagne bien frais, sous ce kiosque, face à l'océan et avec vous, serait magique. Ali, sers-nous-en une, s'il te plaît.

Le majordome posa son plateau et saisit la bouteille de champagne qu'il avait déjà mise sur son plateau sur recommandation de son maître. C'était un Roederer rosé brut millésimé. Ali le servit dans des coupes larges permettant de humer les saveurs qui se dégageaient du nectar, tout en buvant. Il en tendit une à Aïcha, puis une autre au prince Abdullah, reprit son plateau très chargé et disparut, laissant son maître à son intimité.

Le prince se redressa, sa coupe à la main, et la tendit en direction d'Aïcha.

— À votre beauté et à cette merveilleuse soirée !

— À cette extraordinaire soirée !

Ils trinquèrent et burent une délicate gorgée.

— Hum, ce champagne est vraiment excellent, je n'en ai jamais goûté de si bon. Il a des notes prononcées de fruits rouges.

— Merci, Aïcha. Je dois dire que c'est mon préféré. Quand j'ai fait mes études en Europe, il m'est arrivé d'être invité à des soirées ou des cocktails. J'ai pu goûter de nombreux champagnes. C'est le seul qui flatte autant mon palais.

— Je comprends, il a des saveurs inimaginables. Vous avez étudié longtemps en Europe ?

— J'ai dû rester près de sept ans à l'université. Pendant les vacances, je revenais le plus vite possible ici. Ma terre me manquait trop. C'était un passage obligé. Un prince se doit d'aller dans les plus grandes universités. Je n'avais pas le choix.

— Vous avez étudié à Londres ?

— Non. J'ai suivi les cours en sciences politiques à l'université d'Oxford. Après mon diplôme, je suis parti pour Paris passer mon doctorat en histoire contemporaine du monde arabe à la Sorbonne.

— Je vois que j'ai affaire à un intellectuel. Ce qui n'est pas du tout mon cas.

— Intellectuel est un bien grand mot. En tant que membre de la famille régnante, il me fallait faire des études au cas où je devrais régner, ce qui était très peu probable. J'ai donc suivi une formation de sciences politiques, ce que font bon nombre de princes héritiers. Puis, m'intéressant à mes racines et à ma culture, j'en ai profité pour parfaire mes connaissances et Paris était idéal pour cela. Et vous Aïcha ?

— Oh ! Moi, c'est beaucoup plus simple.

Elle raconta la légende préparée avec Mark et le professeur Kammoun.

— Je suis d'origine marocaine. Mon père a émigré avant ma naissance et nous avons vécu dans la banlieue parisienne. L'école ne me plaisait guère. À seize ans, j'ai décidé de trouver quelque chose qui m'éloigne de cette zone pauvre et qui soit au grand air. L'occasion s'est présentée de faire un stage de deux mois, durant l'été, dans une écurie. J'ai accepté. J'ai eu mon diplôme de palefrenière au bout de trois ans. Voilà, c'est tout.

— Nous avons tous notre chemin. Le principal est d'être heureux. De ce que j'ai aperçu depuis votre arrivée, vous aimez les chevaux et inversement.

— Oui, Samouraï en particulier. Quand je repartirai, il va me manquer. Je rêve de le voir courir.

Ils bavardèrent ainsi tout en buvant. De temps en temps, une légère brise soulevait les feuilles d'un palmier et apportait une fraîcheur appréciable. Le soleil s'était déjà bien abaissé et rosissait. Ali vint allumer des torches tout le long du chemin au milieu de la pelouse. Il fit de même avec les photophores sous le kiosque. On voyait les flammes danser.

Ali demanda à son maître s'il pouvait servir le repas. Celui-ci, d'un clin d'œil, lui répondit par l'affirmative. Il s'activa en conséquence.

Pendant ce temps, le dispositif de surveillance de Rebecca restait aux aguets. Vincent prenait de temps en temps des nouvelles de chaque équipe, afin de maintenir l'attention.

— Allô ! Allô, les chameliers ! Ici, Al Aqah, tout va bien ?

— Al Aqah, ici les chameliers ! répondit Deepak. Tout va bien. On est en position sur la plage comme prévu. On est juste en contrebas de Rebecca. On ne la voit pas, mais on est à une cinquantaine de mètres au maximum. On a faim.

— Allô, Les chameliers ! Ici, les touristes, tu passes ton temps à manger Deep. Ça ne sert à rien, tu es tout sec, ce n'est pas comme moi. – Rire d'Ulli. De notre côté, tout est calme, nous aussi on a faim. Mais à part ça, tout va bien. RAS.

— OK, les gars. Je vous paierai à manger quand Sa Seigneurie Aïcha sera de retour. – Rires des cinq. À tout à l'heure. Pensez malgré tout à boire il fait encore assez chaud.

— OK, Al Aqah.

30

Après leur visite au Mascate Private Hospital, la présidente de la Confédération et les deux diplomates regagnèrent leur hôtel. Il fut convenu qu'elle se plierait à l'exercice de la conférence de presse avec les chaînes de télévision nationales dans les trois langues majeures à savoir : l'italien, le suisse allemand et le français.

Une fois ses interviews achevées, la présidente se rendit dans sa chambre. Elle se changea pour une tenue sportive et décontractée dans laquelle elle se sentait à l'aise. Elle rejoignit Pierre et Ralf dans le hall du palace.

— Alors, Ralf, vous avez réservé quel restaurant ? J'ai faim après cette journée chargée. Je suis épuisée.

— Je laisse Ralf vous expliquer ce qu'il a osé faire, dit Pierre en riant.

— Ralf, je veux tout savoir.

— Eh bien, madame la présidente...

— Oh ! Je la sens mal celle-là. - Elle sourit, remarquant la grimace de Ralf. Allez, dites-moi !

— Pierre a raison. J'ai pris la liberté de choisir quelque chose d'original.

— C'est le moins que l'on puisse dire, ajouta Pierre.

— Tu es trop conventionnel, mon vieux. Il faut innover. On attend une navette qui arrive dans cinq à huit minutes. Elle va nous emmener dans une plantation de dattes en plein désert, qui appartient au Palace. Ils y ont reconstitué tout un village bédouin avec des chameaux, des artisans, des tapis et des tentes. Le vrai dîner bédouin. Le restaurant s'appelle le Seblat Al Bustan.

— C'est extra Ralf, on va pouvoir se détendre. Je ne me voyais pas porter un tailleur ce soir après une journée très protocolaire. Merci pour le mot dans ma chambre concernant la tenue. Je me sentirais godiche endimanchée sous une tente de Bédouin. Je suis ravie. Merci. Mon gilet en laine ne sera pas de trop, l'air s'est rafraîchi ce soir, il me semble.

— C'est typique de ces pays. Le jour, il fait extrêmement chaud et la nuit, il fait très vite frais, voire froid.

Alors qu'il achevait sa phrase, un minibus s'arrêta. Ils montèrent, accompagnés de quelques autres hôtes. Le véhicule démarra et roula un quart d'heure. En plein milieu du désert surgit soudainement une oasis avec des palmiers dattiers à perte de vue. Un chemin illuminé menait à un village bédouin. À l'intérieur, il y avait une profusion d'étals. Dans un coin, on faisait des barbecues, dans un autre des salades, du couscous, des brochettes, des fruits de mer, etc.

— Ralf, c'est impressionnant, dit Simona Zanetta, on s'y croirait vraiment.

— Je vous propose que l'on choisisse une table à un endroit qui nous plaît et ensuite on n'a plus qu'à faire le tour et opter pour ce que l'on veut. Dans vingt minutes commence un concert de musique du désert. Il vous faudra exécuter la danse du ventre, madame la présidente, blagua Ralf en riant.

— C'est ça, vous rêvez ! – Elle rit, relâchant la pression. Alors allons-y. J'ai faim.

— Nous aussi.

Ils s'installèrent dans un endroit calme sur un tapis où il y avait des poufs en cuir. Ils y laissèrent leurs pulls et partirent faire leur choix. Une dizaine de minutes plus tard, ils revenaient déjà avec une assiette de diverses entrées. Ils y retourneraient ensuite pour le plat principal.

Les musiciens s'installaient un à un. Une mélopée lancinante se fit entendre et la magie s'empara des lieux. Simona Zanetta était fascinée, comme une enfant. Cela ne déplut pas à Ralf, qui, en choisissant ce restaurant, voulait lui permettre de décompresser après une journée éreintante et riche en émotions. Par ailleurs, il lui avait réservé une surprise.

Ils attendirent que les musiciens fassent une pause pour aller se servir de viandes, de poissons et autres victuailles. Ils retournèrent à leur coin de tapis. Cependant, un Bédouin s'était installé à leur place avec trois autres debout sur les côtés. Les Suisses s'arrêtèrent, surpris que leur table soit occupée. Ralf prit la situation en main et s'exprima en arabe.

— Excusez-moi, vous êtes à notre place. Vous comprenez notre langue, ou vous préférez l'anglais, l'arabe ?

— Je parle assez bien français pour un renard du désert. – Rire. Asseyez-vous Madame la Présidente, dit l'inconnu.

— Madame la Présidente, je vous présente le chef des Bédouins, le sultan Rashad.

Ralf et le sultan se mirent à rire. Ce dernier se leva et embrassa chaleureusement Ralf, à la surprise des autres.

— Alors, vieille canaille, comment vas-tu ?

— Je vais bien. Merci, d'être venu incognito.

— Je n'aime pas vraiment les caméras et je suis heureux de te revoir, mon ami.

— Moi aussi, Rashad.

La présidente s'assit aux côtés du sultan, encore toute à sa surprise. Ralf et le sultan firent de même.

— Ralf, j'ai une question : y a-t-il un épisode du feuilleton qui m'a échappé ? demanda-t-elle, souriant.

— Eh bien, je dirais oui.

— Soyez plus explicite, me voilà en jeans devant Son Altesse, ce qui est des plus gênant.

— Madame, permettez-moi de prendre la défense de mon ami Ralf. J'avais fort envie de le revoir sans que les journaux et les princes en fassent tout un cirque. Aussi lui ai-je suggéré de venir ici. Je connais bien l'endroit puisque l'Al Bustan Palace m'appartient et que c'est moi qui l'ai fait construire. Ne soyez pas gênée, dans un lieu pareil, les tailleurs ne sont pas très adaptés.

Il rit avec malice.

— Non, en effet, je vous le concède. Mais vous vous connaissez depuis longtemps ?

— Une bonne quarantaine d'années, madame. Ralf est un ami très cher. Vous avez beaucoup de chance de l'avoir à vos côtés, c'est un homme rare.

— Je sais, Votre Altesse. Je suis ravie de l'avoir avec moi. Dois-je comprendre que votre visite aujourd'hui et votre acceptation de la venue de nos enquêteurs sont liées à votre amitié ?

— Je répondrais en termes diplomatiques que je ne sors plus beaucoup de mon palais de Salalah. Quand j'ai appris que Ralf vous accompagnait, j'ai aussitôt pris mon avion pour vous rejoindre et me voilà. J'évite les mondanités, aussi suis-je ravi de vous voir, ainsi que mon ami, en toute discrétion. J'espère que vous n'êtes plus fâchée.

— Pour une surprise, c'en est une, en effet. Mais je suis heureuse de vous rencontrer de manière informelle. Ralf ne m'avait rien dit.

— Ne lui en voulez pas, c'est de ma faute. Je désirais que personne ne soit au courant. Comme vous le savez, je reste le sultan. J'ai délégué le pouvoir à mon successeur et il m'est difficile d'intervenir. Concernant vos questions de ce matin, Ralf vous le confirmera, seul, j'aurais pris d'autres dispositions pour un dénouement plus pacifique. Mais les temps changent.

— Je comprends mieux, à présent. Vous ne voulez pas manger quelque chose ? demanda la présidente.

— J'ai déjà dîné, je vous remercie. Je vais juste boire un thé à la menthe et je vous laisserai entre vous.

Ils parlèrent ainsi une bonne demi-heure, puis le sultan se leva et les salua discrètement. Suivi des trois gardes du corps, il repartit.

— Alors Ralf, on fait des cachotteries dans mon dos ? - Rire de la présidente. Vous m'avez foutu une frousse !

— J'en suis désolé. Rashad tenait vraiment à nous voir en toute simplicité.

— Je ne suis pas fâchée, j'ai juste été décontenancée. Maintenant, tout va bien.

— J'ai bien pensé.

— Oui, c'était le meilleur endroit pour se parler à l'abri de curieux et en toute liberté, sans les princes que nous avons rencontrés ce matin. Je vous en remercie, Ralf. Je n'aime pas non plus beaucoup les mondanités. Une rencontre informelle comme celle-ci vaut tout l'or du monde pour échanger.

Il y eut un moment de silence, puis ils profitèrent de la soirée pour parler travail.

— Alors, madame, contente de votre journée ? questionna Pierre.

— Oui, car je pense que nous devions venir aussi bien pour les victimes que pour rencontrer nos homologues omanais. Non, parce que passer quatre heures à visiter des femmes, des enfants, des hommes, dans des états plus ou moins graves, n'est pas une partie de plaisir. Mais c'était mon devoir.

— Oui, il y a plus drôle, dit Ralf. Malgré tout, ils se sont sentis moins seuls et abandonnés. D'autre part, je crois que votre empathie les a consolés.

— Merci, Ralf, c'est gentil à vous.

— C'est ce que je pense.

— Tant mieux.

— Et puis, je dois dire que vous avez réussi à obtenir que nous envoyions du monde pour enquêter.

— Oui, Pierre. Je dois reconnaître que le sultan m'a grandement facilité les choses. C'est un homme profondément bon et intelligent. On s'est tout de suite compris. Il a cette finesse et cette sagesse d'un certain nombre de moyen-orientaux, qui nous fait souvent défaut. Il a du cœur. Regardez la différence avec son frère et son héritier. Ils n'ont pas cette dimension. Il fait partie de ces gens du monde arabe qui savent être à la fois très attachés à leur culture, mais également très ouverts à celle des autres. Je dois dire que visiter les victimes avec lui était quelque chose de spécial. Même si maintenant je suis épuisée.

— Je crois que nous n'avons pas beaucoup dormi ces derniers jours.

— En effet.

— Permettez-moi de vous féliciter d'avoir réussi à faire venir des gens de chez nous ici. Cela nous laissera ainsi introduire un Faucon, dit Ralf.

— Certes, j'ai eu l'idée d'inviter un assistant de médecine légale avec l'équipe médicale mais, Ralf, c'est vous qui me l'avez suggéré. Vous en savez plus à ce sujet ?

— Oui, madame. Quand vous parliez aux journalistes, j'ai appelé Mark. Paul rejoignait le patron de la médecine légale de Genève à l'aéroport de Zurich-Kloten. Les autres Faucons sont en mission non loin d'ici pour en savoir plus sur la maison royale de Dubaï et débusquer celui qui est derrière tout cela.

— Ils ont beaucoup à faire, dit-elle.

— Oui. Je pense que nous devrons réfléchir avec Mark quand cette affaire sera close, à agrandir l'équipe, si nous ne voulons pas nous retrouver un jour dans l'impossibilité de sauver des gens. Nos moyens pourraient être trop limités et cela risquerait de mettre nos membres en danger si les Faucons n'étaient pas assez nombreux.

— C'est sûr que c'est une question qui se posera pour vous, car les Faucons et le Sword sont très sollicités. Malheureusement, ces dernières années les incidents ne cessent de croître.

— Pour en revenir à Paul. Il sera là demain matin avec les spécialistes et j'espère qu'il obtiendra rapidement des informations.

— Souhaitons-le, dit-elle en bâillant. Je crois que je vais rejoindre les bras de Morphée.

— Rassurez-vous, nous aussi !

Ils se levèrent et gagnèrent l'entrée du village bédouin où une navette attendait déjà. Il ne fallut pas longtemps pour qu'elle rejoigne l'Al Bustan Palace. Ils montèrent se coucher.

Ali venait de déposer plusieurs plats sur la table en teck, à côté du coin salon. Une odeur d'épices virevoltait et titillait le nez de Rebecca, alias Aïcha.

— Ces effluves orientaux ne me sont pas inconnus, dit-elle.

— Je pense en effet que vous les connaissez. J'ai demandé à mon cuisinier de nous préparer un repas libanais, cuisine la plus réputée chez nous.

— Je m'en doutais. J'aime beaucoup ça mais, en Normandie, il n'y en a pas beaucoup.

— Alors, tant mieux. Pour commencer, Ali vient de nous amener les mezzé. Ensuite, nous aurons de l'agneau grillé.

— Hum, je me réjouis ; vous ne pouviez pas me faire plus plaisir, Votre Altesse. C'est aussi votre cuisine préférée ?

— J'aime beaucoup la gastronomie libanaise. Mon cuisinier est un as en la matière. Sinon, je me délecte aussi de la cuisine typique des Bédouins. C'est sûrement moins commercial pour les touristes, mais c'est délicieux.

— Quoi par exemple ?

— Mes deux plats préférés sont le matchbous d'agneau, qui est une sorte de ragoût assez épicé et le chameau grillé. Je me fais servir les deux accompagnés d'un riz aux fruits secs avec des amandes.

— Je n'ai jamais mangé de chameau.

— C'est délicieux. Allez, je vous laisse choisir.

Elle en prit un peu de chaque plat, afin de les goûter. Il y avait sept mets froids, tous plus succulents les uns des autres. Le mélange d'épices, en particulier, était tout à fait réussi. Aïcha était ravie. La chaleur était tempérée par un léger courant d'air. Les flammes des photophores illuminaient le jardin et créaient une atmosphère intime et romantique.

Elle ne put s'empêcher de se demander si le prince était bien ce qu'il montrait ou le pire des salopards.

Elle eut une pensée pour ses gardes du corps qui devaient rester concentrés à quelques dizaines de mètres d'elle, prêts à bondir en cas de danger. Maintenant qu'elle connaissait bien ses équipiers et qu'ils avaient effectué nombre de missions ensemble, elle les considérait comme sa famille.

Rien ne pourrait lui arriver s'ils étaient dans les parages. C'était un sentiment qu'elle n'avait jamais eu quand elle faisait partie des forces spéciales de son pays. Elle avait confiance en ses collègues qui étaient des combattants expérimentés, mais le lien n'était pas le même. Avec les Faucons, il y avait un idéal et une amitié profonde qui dépassaient largement le professionnalisme. Ses compagnons restaient néanmoins des combattants auxquels il valait mieux ne pas se frotter.

Ce que Mark avait réussi à créer en constituant son équipe de guerriers était rare. Réunir des professionnels de la guerre clandestine, qui travaillaient en parfaite synergie et en totale harmonie, n'était pas gagné d'avance. D'autant plus que de tels combattants ont toujours des personnalités très fortes. Il n'est pas aisé de les diriger.

Aïcha et le prince mangèrent lentement, profitant des saveurs développées par les mezzé. Ils discutèrent de choses et d'autres. Aïcha joua remarquablement la jeune femme naïve qui s'intéresse à tout et qui veut comprendre.

— Votre Altesse, il y a quelque chose que je ne saisis pas très bien. Pourquoi n'avez-vous pas été désigné prince héritier ? N'êtes-vous pas déçu ?

— Oh ! Vous savez, les choses étaient très simples dès le départ. Mon frère Mohammad est l'aîné. Il avait toutes les chances de succéder à mon père. Il aurait vraiment fallu qu'il soit sot pour ne pas être désigné. Depuis tout petit, Mohammad a été parfaitement conscient de la situation. Il a toujours montré une volonté farouche de devenir le prochain émir, ce qui n'était pas mon cas. Non, je ne suis pas déçu. Les honneurs ne m'intéressent pas et le pouvoir pour le pouvoir, non plus.

— Vous voulez dire que, si on vous avait désigné, vous auriez refusé ?

— Non. Je dis que mon frère aurait tout fait pour être au pouvoir, car c'est ce qu'il désirait. Ce qui m'intéresse, c'est améliorer la vie de mes concitoyens. Je souhaite préparer l'avenir de nos enfants. Le pouvoir n'est pas une fin en soi pour moi comme il en est une pour mon frère. De mon point de vue, régner n'est qu'un moyen de faire avancer les choses.

— Je comprends mieux. Vous ne semblez pas beaucoup aimer votre frère, je me trompe ?

— Je dirais que nous sommes très différents. Nous aurions pu travailler ensemble à moderniser le pays et le préparer pour les défis qui l'attendent. Mais Mohammad ne veut en aucun cas partager le pouvoir, même de loin. Depuis qu'il a été désigné prince héritier, il a tout fait pour m'éloigner du gouvernement. Il ne veut absolument pas que je me mêle en quoi que ce soit de notre pays. Alors, je n'ai pas insisté. Cela n'avait aucun intérêt.

— C'est dommage. En fait, vous auriez pu servir votre pays, même si votre frère restait l'émir héritier.

— Oui, c'est ce que je pensais, mais ce n'est pas son opinion. D'un certain côté, je peux comprendre.

— Pourquoi ?

— Parce que je n'ai jamais caché ma désapprobation des choix politiques de ces dix dernières années. Pour mon frère, je suis un opposant dangereux. Comme je suis son frère cadet et connu par les médias, il ne peut me faire disparaître. Mais cela ne lui déplairait pas.

— Mais pourquoi vous prend-il pour un opposant ?

— Parce que je me suis souvent exprimé concernant le développement actuel de Dubaï. Selon moi, nous nous sommes vendus aux Britanniques et nous y avons perdu notre âme. Par ailleurs, j'ai maintes fois expliqué que développer le gigantisme architectural du type occidental, même légèrement arabisé, n'était pas le bon choix. En faisant cela, je remets en cause la politique de mon frère. C'est vrai.

— Mais pourquoi contestez-vous ainsi les choix de votre frère ? Il faut reconnaître que ces bâtiments sont magnifiques.

— Oui, il y a de jolies créations, mais est-ce vraiment notre culture ? Est-ce que nous devons nous faire connaître par le gigantisme ou par la valeur de notre culture ? Ce que l'on ne dit pas, c'est que cette course à faire toujours mieux que les Occidentaux coûte cher. Pendant ce temps, nous dilapidons nos biens que nous pourrions investir autrement. Qu'en est-il de nos enfants et de leur éducation ? Trouvez-vous normal que la majorité des pilotes d'Emirates ou d'Etihad soit britannique ou d'une nationalité occidentale ? Regardez Jordanian Airlines : la plupart sont jordaniens et la qualité de la compagnie est excellente. Je suis en faveur de former nos enfants afin qu'ils puissent prendre en main nos affaires et ne plus tout donner aux Occidentaux. Les Britanniques, en particulier, ont ici un quasi-monopole. Dubaï est pour eux ce qu'est la meule de gruyère pour les souris.

— Vous ne les aimez pas ?

— Je n'ai aucun problème avec eux. Cependant, la politique de mon frère aboutit au fait que tous les postes de cadres et cadres supérieurs des entreprises de Dubaï sont entre leurs mains. Ce n'est pas normal. On devrait avoir une majorité d'Émiratis à ces postes. Pour cela, il faut les former, ce qui n'est pas fait. Et ce n'est pas en distribuant de l'argent à la population que nous leur préparons l'avenir. Nous devons leur apporter les meilleures éducations et leur assurer des postes dans nos entreprises.

— Je comprends que le prince Mohammad ne vous veuille pas trop près.

— En effet ! lui répondit le prince Abdullah en souriant. Voulez-vous encore quelques mezzés ?

— Oh, non ! Ils sont excellents, mais je n'aurai plus de place pour l'agneau. – Sourire d'Aïcha.

— Oui, je pense comme vous. Ali, peux-tu nous desservir, s'il te plaît ?

— Oui, maître, j'arrive, répondit Ali, au loin.

— En fait, si vous habitez ici ce n'est pas par hasard.

— Non, je préfère être en résidence surveillée, mais par mes propres hommes et pas par ceux de mon frère. – Sourire.

— C'est aussi pourquoi votre écurie n'est pas stationnée à côté de la sienne à l'hippodrome, mais au golf !

— Exactement. J'y conserve ma liberté et mon frère ne peut me reprocher quoi que ce soit.

— Vous avez bien raison. Mais alors, où habitez-vous à Dubaï ? Dans une maison loin de votre frère ?

— En fait, mon père m'a offert un palais dans le quartier de *Sheikh Zayed Road*, à côté du sien et de celui de mon frère. Je n'y vais que quand je dois me rendre à Dubaï pour affaires ou pour les courses, et encore, je l'évite le plus souvent possible. J'aime être ici.

— Il faut dire que votre villa est magnifiquement placée. Moi en tout cas, je préférerais résider ici plutôt qu'à Dubaï.

— Eh bien, ce n'est pas le cas de la princesse Djamilla qui penche pour la vie trépidante à Dubaï.

— Qui est-ce ? questionna Aïcha quelque peu surprise.

— C'est ma femme.

— Vous êtes marié ! s'exclama Aïcha empourprée de colère, voire de rage contenue.

— Oui, depuis longtemps. C'était à Londres. Nos routes se sont éloignées avec le temps. Voilà, il n'y a rien d'autre à dire sur le sujet.

— Je ne voulais pas être indiscrète, pardonnez-moi.

— Ne vous excusez pas, il n'y a rien de grave.

— Mais pourquoi m'inviter moi, une simple palefrenière ?

— Parce que depuis que je vous connais, je passe de merveilleux moments. Vous êtes tout à fait ravissante, élégante, simple, mais intelligente. La sincérité ici est une denrée très rare.

— Vous me flattez, Votre Altesse. – Elle se sentait coupable de devoir mentir.

— J'aime passer des moments avec vous comme ce soir.

Le prince Abdullah semblait sincère. Il avait de la classe et n'avait fait aucun geste déplacé à l'égard d'Aïcha. Elle était sous le charme. Elle se croyait dans un conte des mille et une nuits. C'était un très bel homme, cultivé, très bien éduqué. Il avait tout pour lui. Même s'il était arabe, donc un ennemi potentiel de son pays, elle éprouvait une forte attirance pour lui.

Cependant, elle ne voyait pas comment un prince arabe et une ancienne espionne israélienne pourraient construire un quelconque avenir ensemble. Elle s'en rendit compte et cela lui laissa un arrière-goût amer au fond de la gorge. Ils avaient fini de manger l'agneau.

— Que pensez-vous, Aïcha, d'une promenade au clair de lune, sur la plage ?

— Oh oui, c'est une merveilleuse idée !

— Allô, les chameliers ! Ici, Al Aqah.

— Ici, les chameliers. Parle, Al Aqah.

— Ils vont venir se promener sur la plage.

— OK. On va les suivre de loin sur le monticule près de la route. Les touristes, restez à votre place. En cas de besoin, on vous appelle.

— OK, les chameliers. Les touristes vous attendent.

Le prince et Aïcha se levèrent et prirent la direction de la mer. Ils bifurquèrent juste avant, vers l'angle droit de la haie. Aïcha se demanda bien où il l'amenait. Dans un endroit très ombragé, elle découvrit un abri avec deux chevaux, des pur-sangs anglais.

— Mais que font-ils ici ?

— Ils sont en retraite. Il y a une jument, un hongre et un âne du désert avec de longues oreilles effilées. Les deux chevaux ont fait des courses. Puis, j'ai décidé de les retirer pour bons et loyaux services. Maintenant, ils vivent ici toute l'année. Ils vont tous les matins se promener dans l'eau au bord de la plage. Ils adorent ça.

— Ils sont choux, dit-elle en les caressant. Ils ne souffrent pas trop de la chaleur ?

— Peut-être plus qu'à l'écurie climatisée, mais on fait très attention. Leur coin est très ombragé, il y a souvent du vent. En cas de canicule extrême, on les arrose. Ils aiment rester dans leur cabane à l'ombre. Je les trouve souvent couchés sur le flanc, il sourit.

— Ils sont là en repos ?

— Non, je les monte tous les matins. Ils adorent ça.

— Ils ont l'air très heureux.

— Oui. Avant de rentrer chez vous, il faudra que vous veniez les monter, un matin, tôt, quand le soleil se lève.

— Il faudra que l'on se dépêche, alors. Je vais bientôt repartir.

— Entendu.

Ils quittèrent l'enclos, rejoignirent le passage dans la haie pour atteindre la plage en ouvrant une porte. Ils posèrent leurs chaussures et marchèrent lentement sur le sable. Ils reprirent leur discussion.

Au loin, Aïcha reconnut deux silhouettes arabes se promenant le long de la route. Il y avait un homme immense et costaud et un autre de taille moyenne et mince. Elle rit en son for intérieur tant l'image était drôle. Derrière elle et le prince, un des hommes de celui-ci, en tenue traditionnelle, les suivait à distance. Elle ne s'en inquiéta pas, se doutant bien que le prince devait être protégé partout où il allait, vu son rang.

Après trois quarts d'heure, ils revinrent dans la propriété. Le prince lui proposa un dessert, mais elle n'avait plus faim. Alors, il lui suggéra un thé à la menthe et des pâtisseries, qu'elle accepta avec plaisir.

31

Peu après minuit et quart, le Range Rover du prince Abdullah s'arrêta devant l'entrée du Miramar Beach Resort. Il raccompagna Aïcha jusqu'au hall. Il lui fit un baisemain et repartit.

En sortant, il croisa un Cadillac Escalade suivi de près d'un Chevrolet Tahoe. Tous deux se garèrent côte à côte dans le parc à voitures. Les Faucons déchargèrent les deux gros sacs marins et se rendirent dans le hall, où se trouvaient Rebecca et Vincent. Ce dernier était déjà descendu. Il pensait que Rebecca aurait besoin d'une oreille amie.

— Bon, je vous aime bien les gars. *Uno,* je vais me doucher et *secundo,* j'ai faim. Alors Vincent, t'as intérêt à honorer ta dette, maintenant.

Si Deepak riait, personne n'aurait su dire s'il n'était pas en même temps en colère.

— Il n'a pas tort, enchérit Ulli. Nous ne sommes pas comme Son Altesse Aïcha, on ne nous a pas servi à manger.

— C'est qu'ils seraient jaloux ceux-là, rit-elle.

— Oui, répondirent les cinq hommes.

— Alors Vincent, tu as prévu quelque chose ?

— Allez d'abord vous décrasser. J'ai négocié avec le bar de la plage où la rôtisserie sera encore ouverte. J'ai réservé le restaurant pour nous, avec le feu vert du patron.

— Tu es un amour de collègue, Vince, hurla Deepak qui partait se changer, suivi des trois autres.

Une demi-heure plus tard, ils se retrouvaient au bord de la mer dans le cabanon faisant office de barbecue. Ils pouvaient manger après minuit, heure de fermeture habituelle. Des panneaux indiquaient « soirée privée » devant le bar de la plage. Ils se servirent tous d'entrées, sauf Rebecca bien sûr. Elle paraissait ailleurs. Ses compagnons s'en rendirent compte.

— Alors, Rebecca, raconte-nous ta soirée ? questionna Deepak. C'était bien ?

— C'était merveilleux. Si tu avais vu la villa ! Époustouflante ! Ces pelouses coupées à ras, parsemées de palmiers. Impressionnant ! On était super bien !

— Y en a qui ont de la chance, parce que, nous, nous avons eu faim et nous avons poireauté un certain temps, princesse Aïcha. – Rire un peu tendu de Deepak.

— Je sais que ce n'était pas drôle pour vous, mais on n'avait pas le choix.

— Alors, tu en penses quoi de ton prince ? demanda sérieusement Bradley.

— Je le crois sincère. Je ne l'imagine pas terroriste et, pourtant, j'en ai vu dans ma vie.

— Puis-je me permettre une question désagréable, Rebecca ?

— Oui, bien sûr.

— Est-ce que ton jugement ne pourrait pas être affecté par un sentiment amoureux par exemple ? Ne m'en veux pas de te poser la question qui fâche, mais elle me paraît essentielle.

— Tu ne me choques pas Ulli, je doute aussi. Je vous mentirais à tous si je vous disais que le prince m'est indifférent. Il est beau, il a beaucoup de charme, j'ai passé une merveilleuse soirée romantique. J'accepte que vous mettiez ma parole en doute.

— Loin de moi, cette idée, Rebecca. Je m'interroge, c'est tout.

— Ulli a raison de mettre les pieds dans le plat, intervint Vincent. Grâce à notre *Spyphone*, j'ai suivi toutes les conversations de Rebecca et du prince, sauf sur la plage.

— Ah oui, j'avais le téléphone mobile dans mon sac et je l'ai laissé à côté de ma chaise. Je l'ai oublié pour la promenade à la plage. *Sorry !* elle rougit pensant à son étourderie qui aurait pu être grave.

— Ce n'est pas important, Deepak et Tom te suivaient à vue d'œil. Pour revenir au prince, dans tout ce que j'ai entendu, je pense comme Rebecca. Et moi, je n'ai pas été invité à un festin de cuisine libanaise. – Rire.

— Tu trouves ça drôle, Vincent ? réagit une Rebecca taquinée par ses collègues.

— Pour tout dire, oui !

— Vincent et Rebecca, vous avez appris quelque chose d'intéressant ?

— Je dirais que, politiquement il a des idées très marquées et panarabes. C'est une évidence. De là à en faire un terroriste, j'ai des doutes, mais ce n'est pas impossible. À ce stade, je n'ai aucune preuve du contraire.

— Je suis d'accord avec Vincent. Il est très fier de ses origines. Il pense que les Arabes doivent se prendre en main et s'affirmer avec leurs propres valeurs qui ne sont pas nécessairement celles de l'Occident. Mais cela fait-il de lui un terroriste ? Je ne crois pas.

— Si on enfermait toutes les personnes ayant de fortes opinions, il y en aurait pas mal à mettre en prison, s'exprima Tom. Martin Luther King était un homme de conviction, mais en aucun cas il n'aurait approuvé des attentats. Ce n'est pas un argument, selon moi, pour faire du prince Abdullah automatiquement un terroriste.

— Tu as raison, Tom, dit Bradley. Mais alors a-t-on quelque chose de plus ?

— Il y a un truc qui me trouble, c'est la voiture du prince. Je ne l'ai vu qu'avec son Range Rover, jamais avec un autre véhicule. Or on a vu plusieurs fois une Maybach aller à l'immeuble où se situe la Fondation pour l'éducation et le développement arabe et Dubaï Import/Export LLC. Je trouve ça bizarre. Est-ce qu'il serait assez malin et tordu pour utiliser le Range Rover d'un côté et la Maybach de l'autre ?

— Le prince est quand même le président de cette fondation, non ? demanda Deepak. Il peut conduire la Maybach pour son rôle de prince et le Range Rover pour ses activités privées.

— C'est juste !

— Ce que je voudrais savoir, Rebecca, c'est si tu as vu du personnel armé dans la villa ? questionna Vincent.

— Je pense qu'il y a deux hommes dans la maison, le garde qui était derrière moi et Ali, le majordome. C'est son personnel proche, mais je n'ai remarqué aucune trace d'autres personnes. Il faut ajouter le cuisinier. Ça fait trois !

— Pour toi, il n'y a pas de terroriste potentiel dans la villa ?

— Non, je ne crois pas. Mais attention, je n'ai pas vérifié toute la propriété !

— Si je résume la soirée, on n'a rien. On cerne mieux la personnalité du prince. Savoir s'il présente deux facettes différentes n'est pas évident. Nous ne devons pas oublier qu'il y a des personnes capables d'avoir des comportements complètement opposés selon les circonstances.

— De mon point de vue, il faudrait pousser notre prince dans ses retranchements. On devrait être beaucoup plus percutant, poser des questions précises concernant la Maybach, la Fondation, Dubaï Import/Export LLC, et autres. Sinon on n'avancera jamais. Qu'en pensez-vous ?

Ils firent tous un signe positif de la tête à Bradley. Ils se sentaient désabusés. La soirée ne se soldait guère par un franc succès et une avancée tant espérés. Cela expliquait l'énervement affiché de Deepak qui détestait perdre son temps. Et c'était le sentiment qu'il avait après cette soirée. C'était un coup pour rien !

— Dans ce cas, deux questions se posent. Rebecca, te crois-tu capable de gérer un interrogatoire du prince sans te sentir en porte à faux avec tes sentiments ? A-t-on une autre opportunité pour approcher le prince ?

— Je vais répondre à tes deux questions. Oui, j'éprouve une grande attirance pour le prince. Je suis consciente en même temps, que cela ne nous mènera nulle part. Cela n'ira pas plus loin. Ce sont des moments agréables et je les prends comme tels. Mais étant juive, depuis mon enfance, je sais que mes relations ne seront pas simples avec un Arabe, qui plus est, si c'est un prince. J'ajouterai que je suis une professionnelle, je sais ne pas franchir certaines lignes. Pour ce qui est de l'opportunité, il m'a proposé une balade à cheval demain aux aurores, à 6 heures du matin.

— Tu veux dire dans quatre heures ? demanda Deepak ahuri et pas ravi.

— Non, demain. Dans vingt-quatre heures, si tu préfères.

— Ouf ! On va pouvoir dormir un peu !

— Je pense que je suis la seule à pouvoir l'approcher. Le mieux serait que je lui confirme notre promenade tôt le matin. Je lui poserai toutes les questions qui nous chagrinent et nous serons ainsi fixés une bonne fois pour toutes. On garde le même système de protection, et voilà. Qu'en pensez-vous ?

— Moi je suis d'accord, dit Bradley. Deep et Tom, vous changerez pour de véritables chameaux ce coup-ci et vous resterez au plus près de Reb. Maintenant, allons tous nous coucher. On fera une visioconférence avec le patron cet après-midi, on verra ce qu'il en pense. Allez, bonne nuit à vous.

— Salut Bradley.

Ils étaient tous fatigués, particulièrement ceux qui avaient dû rester concentrés pendant la longue attente. Maintenant, ils retrouvaient leur lit avec bonheur.

32

Il était à peine 7 h 30 quand Simona Zanetta, Pierre de Weck et Ralf Walpen se retrouvèrent au petit déjeuner. Ils dénichèrent un endroit calme. Il n'y avait pas beaucoup de touristes réveillés. Ils se servirent au buffet, puis s'assirent.

— Alors, madame, avez-vous bien dormi ? s'enquit Ralf.

— Extrêmement bien, merci. Et vous ?

— Parfaitement. Je crois que je ne tenais plus sur mes jambes.

— Moi non plus. Tu vois, Ralf, c'est là que l'on s'aperçoit que l'on vieillit ! – Rire de Pierre.

— Ça, tu l'as dit.

— Eh bien moi, ce que j'adore dans ces beaux hôtels, ce sont les pancakes frais ou les gaufres cuites devant vous. À la maison, je n'ai jamais le temps de m'en faire. Et ces pancakes avec du sirop d'érable, hum, vous mettent de bonne humeur pour toute la journée.

— Vous n'êtes plus fâchée contre moi ?

— Mais, Ralf, pas le moins du monde. La vraie diplomatie se fait sur un tapis avec un sultan qui ne souhaite qu'une chose : discuter avec vous. Les meetings guindés sont pour des Webers, pas pour des Zanetta. – Rire à gorge déployée de la présidente.

— C'est ce que je pense aussi, hein, Pierre ? Toi qui n'étais pas convaincu.

— On dira que je suis plus conventionnel que vous deux. Étant donné que nous sommes avec notre présidente, je ne l'aurais pas fait. Comme je suis honnête, je dirais que tu avais raison, ton feeling était juste.

— En plus, c'était vraiment sympathique cette musique, manger sur les tapis... Tout pour se détendre. Protocole ou pas, je me suis amusée comme une folle. On a discuté avec le sultan, que demande le peuple !

Ralf était tout sourire, ravi que son plan ait plu à sa patronne.

— Trêve de plaisanteries. J'ai convoqué notre consul général à 8 heures. Il ne va pas tarder. Je résume ce que l'on doit faire aujourd'hui : on a la réunion protocolaire chez le sultan à 10 h 30. Moi, je pars avant avec Pierre au Mascate Private Hospital. Pendant ce temps, Ralf, vous allez à l'aéroport international. Vous retrouvez nos gens de la PJF et les médecins légistes, ainsi que l'assistant, Paul de Séverac. Fouillez sans égratigner le général qui semble chatouilleux.

— Oui, c'est le moins que l'on puisse dire.

À ce moment-là, arriva un fringuant jeune-homme d'une trentaine d'années, cheveux châtain clair, yeux bleus, qui cherchait quelqu'un du regard. Quand celui-ci s'arrêta sur la présidente, il s'avança.

— Madame la Présidente.

— Bonjour, monsieur le consul, comment allez-vous ?

— Bien, merci.

— Avez-vous mangé quelque chose ? Sinon servez-vous.

— Je vais prendre un café avec plaisir, Madame.

— Ah ! Ces jeunes, ils sont très protocolaires. – Rire de la présidente.

— On l'a tous été, vous savez. Je pense que c'est intimidant de se retrouver avec la présidente de la Confédération sur son lieu de travail quand on est un jeune consul ou ambassadeur.

— Je l'imagine aisément. Alors monsieur le consul, êtes-vous prêts à nous amener au Mascate Private Hospital ?

— Mais... bredouilla le consul à peine assis, une tasse de café à la main. Je croyais que vous deviez vous rendre au palais à 10 h 30.

— Oui, c'est exact. Mais je voudrais aller avec vous visiter les victimes auparavant.

— Mais... Madame, vous m'excuserez, cela ne se fait pas si le sultan ne vous y a pas conviée.

— Ne vous inquiétez pas pour le sultan, le coupa-t-elle. C'est un ami personnel de Monsieur le Directeur Walpen, nous avons eu le plaisir de boire un verre avec lui tard hier soir.

— Alors ça ! dit le jeune diplomate, étonné. Cela ne lui ressemble pas.

— Et pourtant, c'est vrai.

— Pour être honnête, je connais le sultan Rashad depuis plus de quarante ans. Nous étions ensemble, jeunes étudiants à Paris. Depuis, notre amitié a été sans failles. Je le considère comme un frère. C'est pourquoi il a tenu à revenir de Salalah.

— Ah ! Je comprends mieux. Dans ce cas, je viendrai avec plaisir. Votre Mercedes officielle est déjà devant le Palace, Madame.

— Ce n'était pas nécessaire.

— Si. Lors de toute visite du président ou de la présidente, on doit préparer la voiture, donc c'est fait !

— Merci, vous avez merveilleusement bien fait votre travail, dit Simona Zanetta d'un air quelque peu maternel. – Cela la changeait de ces deux vieux crocodiles qu'étaient Pierre et Ralf, se dit-elle. Bon, Ralf, on vous retrouve au palais comme prévu et nous, nous partons avec notre consul général.

— OK, bonne visite.

La présidente monta à bord de la Mercedes S500 arborant le drapeau helvétique, accompagnée de Pierre et du consul général. La grande limousine démarra et prit la route en direction du Mascate Private Hospital.

Quand la présidente arriva dans le hall sous les coups de 8 h 20, un vent de panique souffla. Personne n'attendait de visiteur de marque ce matin-là. Il fallut toute la dextérité de Pierre pour expliquer que ce n'était pas une rencontre officielle. C'était juste une visite de courtoisie aux blessés, comme ferait un membre de la famille d'une victime arrivant de l'étranger.

Rassuré, le personnel reprit ses activités. Simona Zanetta commença sa tournée. Elle put discuter tranquillement avec les blessés et les médecins sur les circonstances du détournement de l'avion Swiss Airlines et de l'explosion. Elle était à l'écoute de la souffrance et des inquiétudes des blessés, ravis de constater que quelqu'un d'important s'intéressait à eux et qu'ils pouvaient parler librement.

La voiture officielle partie Ralf prit un taxi et se rendit à l'aéroport. Dès son arrivée, il demanda si le vol de Zurich avait atterri. On lui confirma qu'il s'était posé deux heures plus tôt. Montrant ses papiers diplomatiques, il pria qu'on le mène auprès des enquêteurs aux alentours de l'avion Swiss.

Il lui fallut attendre quelques minutes et un long coup de téléphone pour que le général Ahmed en personne, l'air bougon, débarque dans le couloir où il faisait les cent pas.

— Alors, monsieur le directeur, vous vous êtes perdu ? questionna le militaire sarcastique, presque désagréable.

— Bonjour, Général ! J'espère que vous allez bien. Pour vous répondre, non, je ne me suis pas égaré. J'ai un sens de l'orientation des plus développés.

Le général se renfrogna un peu plus.

— Que puis-je pour vous ?

— J'aimerais accueillir mes compatriotes qui sont déjà à vos côtés, si je ne m'abuse.

— Oui, ils sont arrivés. Il n'y a pas longtemps. Ils sont en train de se positionner autour de la carlingue. Mais vous...

— Oui, moi... Je voudrais les rejoindre et tout de suite s'il vous plaît.

Il n'avait pas l'intention de se laisser faire.

— La zone est strictement réservée aux enquêteurs et j'ai le regret de ne pouvoir vous permettre d'y pénétrer.

— Cher Général, je ne vois pas en quoi je ne pourrais pas aller sur place parler aux différentes personnes que nous avons envoyées en accord avec le sultan. Je vous l'ai aimablement demandé. Dois-je solliciter mon ami le sultan Rashad afin qu'il vous en intime l'ordre ? Je peux l'appeler sur son téléphone mobile.

Ralf sortit son appareil et commença à chercher le numéro.

— Non, non, laissez tomber. Veuillez m'excuser. Suivez-moi, dit le général radouci, réalisant que cette attitude pourrait lui coûter cher.

Le militaire, suivi de Ralf, parcourut les couloirs de l'aéroport et déboucha sur le tarmac où une voiturette électrique que l'on utilise pour le golf l'attendait. Le général fit signe à Ralf de monter et prit la direction dans laquelle gisait un mastodonte mortellement éventré. Ce fut l'image que se fit le directeur de la Task Force des restes de l'Airbus.

— Maintenant que vous êtes là, je vous laisse. Je ne vous demande qu'une chose : ne marchez sur rien. Vous entendez ? Sur rien du tout, on ne veut perdre aucune preuve à cause de votre entêtement.

— Oui, oui, ne vous inquiétez pas, Général, répondit Ralf avec un sourire charmeur. « Celui-là, il ne m'aime pas vraiment, ou alors c'est l'amour d'un cobra », se dit-il intérieurement. Il s'en remettra. – Il sourit.

Ralf descendit de la voiturette et se mit en quête de ses compatriotes. Il reconnut au loin Emil Mayer qu'il avait rencontré plusieurs fois au Palais fédéral en compagnie de la conseillère fédérale du département de justice et police, madame Hildebrand.

— Bonjour, commandant ! Merci d'avoir fait aussi vite.

— Bonjour, monsieur le directeur ! Madame Hildebrand nous a expliqué que cela pourrait nous faire avancer pour découvrir les auteurs du carnage. Je vous remercie, ainsi que la présidente, d'avoir réussi à nous faire venir. D'après ce que ma cheffe m'a dit, nous n'étions pas vraiment appelés Désiré.

— On peut voir les choses comme cela. Le sultan et la présidente ont décidé cette collaboration. Ne faites pas trop attention au général. Évitez de le provoquer, cela nous arrangerait tous, car il n'est pas vraiment commode, j'en sais quelque chose.

— Vu la chaleur de son accueil – sourire de Meyer – je m'en serais douté. On fera les courbettes nécessaires. Le principal, c'est d'être là et d'enquêter sur le terrain.

— Merci, Meyer, je savais que vous seriez compréhensif, dit Ralf au commandant.

Même si Meyer et lui étaient très différents, ils avaient toujours entretenu de bonnes relations. Le policier semblait au premier abord bourru et cassant. Néanmoins, c'était un homme droit, loyal et sérieux, sur qui on pouvait compter. Ralf appréciait ce genre de personnage. Il s'apprêtait à le quitter pour rejoindre les autres quand il s'arrêta.

– Au fait, Meyer, cela vous ennuie si je vous appelle pour en savoir plus au sujet de ce qui s'est passé, histoire de me tenir informé ?

– Non, non, pas du tout. Je vous demanderai juste de garder les informations pour vous et la présidente, ce qui laissera à madame Hildebrand toute latitude quant à leur divulgation.

– *Banco*, dit-il, tout sourire.

C'était une excellente nouvelle, il pourrait transmettre les derniers états de l'enquête aux Faucons. « Mark sera ravi », se dit-il, tout heureux de son initiative.

Ralf poursuivit sa visite. Les enquêteurs examinaient les débris de la carlingue. Les médecins légistes, habillés de combinaisons blanches, cherchaient des restes humains dans l'habitacle déchiqueté. Il repéra le professeur Sylvain Kappenberger, patron de la médecine légale de Genève, accompagné d'un grand gaillard costaud qui n'était autre que Paul.

– Bonjour, professeur ! Ralf Walpen de la Task Force diplomatique. Je suis désolé de vous avoir demandé de venir à la dernière minute.

– Bonjour, monsieur Walpen ! Vous savez, dans mon métier, on est rarement convié sur le lieu d'un crime avec un carton d'invitation – sourire du médecin réputé pour son sens de l'humour développé.

– En effet. – Sourire de Ralf.

– C'est votre idée ou celle de Madame la Présidente de m'avoir octroyé un chaperon ? demanda Kappenberger en désignant Paul des yeux.

– Eh bien ! Cher professeur, pour être honnête, le fautif, c'est moi. Je vous remercie d'ailleurs d'avoir accepté.

— Oh, vous savez quand ça vient d'en haut, avant de refuser, il faut bien y réfléchir. – Il sourit avec malice. Et puis ce service ne me gênait pas. J'aurai de meilleurs budgets pour l'année prochaine ! – Rire du scientifique.

— On peut voir ça comme cela, en effet. En tous cas, nous vous en sommes reconnaissants.

— Maintenant, assez bavardé. Je dois continuer mon inspection. Au plaisir.

— À bientôt, professeur. Alors Paul, tout s'est bien passé ? Avec votre nouveau patron, ça va ?

— Pour le moment, tout roule. Le professeur est un type intelligent et très drôle, je dois dire. Il ne me pose aucune question. Il a reçu un coup fil le priant de me prendre avec lui et de me laisser faire ce que j'ai à faire dans l'intérêt du pays. Il joue parfaitement le jeu.

— C'est impeccable, Paul. Il faut absolument que l'on sache ce qui s'est passé. De son côté, la présidente fait son enquête en ce moment même, auprès des victimes avec le secrétaire d'État de Weck. Ce soir, on aura peut-être un autre son de cloche. Dès que l'on sait quelque chose d'intéressant, on passe par les canaux habituels.

— Affirmatif ! J'ai tout mon matériel.

— Alors, c'est parfait. Encore deux mots sur le chef de la PJF. C'est un type bien, un peu rigide, ne vous le mettez pas à dos. J'ai convenu avec lui qu'il m'informerait, mais est-ce qu'il me dira tout ? Là est la question.

— Je ferai gaffe. Cette nuit, j'ai déjà vu son œil interrogateur. Il se demande ce que je fous là, mais il ne va pas plus loin. Alors, comme vous dites, je fais profil bas.

— Merci, Paul.

— Ne vous inquiétez pas, Ralf. De toute façon, je serai en contact permanent avec Mark.

— Moi aussi. Je rentre cette nuit.

— Alors, bon voyage, je vais continuer ma balade et ouvrir mes oreilles. Jusqu'à maintenant, j'ai sympathisé avec les gens de Meyer, et sa seconde en particulier. – Sourire de Paul. Parler Suisse allemand a du bon, de temps en temps. – Rire.

— Allez, Paul, à plus !

Sur les coups de 10 h 05, Ralf s'engouffra dans un taxi de l'aéroport et demanda qu'on le conduise au Palais Al Alam, qui était le palais officiel du sultan à Mascate, dans lequel il ne vivait plus. Son prince héritier en avait pris possession. Seules les parties réservées au protocole restaient entièrement au service du sultan régnant.

Le taxi déposa Ralf devant les portes dorées, pile cinq minutes avant la réunion de travail avec le sultan. Il fut aussitôt conduit dans le grand salon, où il trouva sa cheffe et le sultan assis dans des canapés en train de plaisanter de bon cœur, si l'on en croyait les rires que Ralf perçut.

— Ah ! Enfin ! Voilà notre directeur de la Task Force, s'exclama Simona Zanetta en riant.

— Il était temps. Madame la Présidente a raison, monsieur. Sont-ce des manières ? – Franc rire du sultan.

— Votre Altesse, veuillez accepter mes excuses. – Grand sourire de Ralf.

— Allez, Ralf, arrête tes âneries et viens t'asseoir. Alors comme ça, tu as martyrisé le brave général Ahmed.

— Moi ? Jamais ! Il a appelé ?

— Il y a dix minutes. Tu vois, j'ai des oreilles partout.

— Je suis démasqué !

Il souriait.

— La diplomatie helvétique n'est plus ce qu'elle était. – Le sultan lança une œillade vers sa voisine. Revenons à nos affaires. Nous serons rejoints dans trois minutes par mon frère, mon neveu et leurs conseillers, pour cette réunion officielle. Ensuite, le sultan vous conviera à un repas avant de vous laisser retrouver votre pays. Cela vous convient-il ?

— Votre Altesse, pour moi, c'est parfait. De toute façon, il me semble qu'avec mon visiteur du soir, nous nous sommes dit le principal.

Elle le gratifia d'un sourire plein de bienveillance et d'estime.

— Je le pense aussi.

Il adressa un regard de complicité vers son alter ego.

À cet instant, un brouhaha envahit le salon. Les princes entrèrent, vinrent saluer leurs hôtes et prirent place selon un protocole bien huilé. Ralf prit position derrière Pierre, lui-même en retrait de sa conseillère fédérale. La réunion se poursuivit exactement comme le sultan l'avait résumée. À la fin du repas, les deux délégations se saluèrent. Les Suisses regagnèrent les deux voitures officielles et se dirigèrent vers le Falcon de la Confédération.

La présidente salua chaleureusement le consul général qui avait repris quelques couleurs par rapport à son arrivée à l'Al Bustan le matin même. Les trois montèrent à bord. Ils en profitèrent pour se mettre à l'aise. Le pilote, averti par Pierre à leur sortie du palais, avait déposé son plan de vol et un slot lui était réservé une demi-heure plus tard, le temps de tout vérifier. Le Falcon se positionna en bout de piste et s'élança pour environ sept heures de voyage jusqu'à l'aéroport de Berne-Belp.

— Alors, Ralf, comment ça s'est passé ce matin ? Pas trop dur ?

— Vous aviez visé juste. Le cerbère de service ne m'a pas accueilli à bras ouverts.

— C'était sûr, vu déjà comme il nous avait reçus la veille. – Sourire de la présidente.

— J'ai évité un incident diplomatique et, même s'il me surveillait en permanence, j'ai pu faire ce pour quoi j'étais venu.

— Parfait, et alors ?

— J'ai rencontré tout le monde. Meyer a accepté de nous donner les informations qu'il récolterait. J'ai vu le professeur Kappenberger qui est un chic type, très conciliant. Je pense qu'il a bien compris la présence de Paul. Il joue le jeu. Le nouveau patron de Paul lui laisse les mains suffisamment libres – clin d'œil – pour se faire sa propre opinion.

— En voilà de bonnes nouvelles. N'est-ce pas Pierre ?

— Oui, ce voyage aura été fructueux. Heureusement que Weber n'est pas venu, car là on aurait été sacrément coincé.

— Certainement ! – Rire de la conseillère fédérale. En tout cas, vous avez fait du bon travail tous les deux.

— Pardonnez-moi, mais je dirais que c'est surtout Ralf. Moi, j'ai plutôt porté votre sacoche, répliqua Pierre.

— Justement, c'était ça le plus important, Pierre, dit Ralf, dans un rire qu'il communiqua aux deux autres qui avaient bien besoin de décompresser. Et vous, ce matin, c'était comment ?

— Un peu comme vous au départ. Ils étaient très surpris. Je dois dire que le secrétaire d'État a montré tout son savoir-faire et les inquiétudes du personnel de l'hôpital se sont vite apaisées. J'ai pu ainsi faire mon tour.

— Tu vois, vieille branche, tu n'as pas seulement porté la sacoche présidentielle. – Rire.

— Eh oui, je sers encore à quelque chose finalement. – Rire.

— Et alors, avez-vous obtenu des informations sur ce qui s'est passé dans l'avion ?

— Oui, je dois dire que les discussions que j'ai eues ce matin ont été très instructives. Cela aurait été bien que vous soyez là aussi, Ralf. Pierre va vous expliquer tout ça.

— J'essaye de résumer tout ce que nous avons appris.

— Laisse-moi prendre mon bloc note. Selon ce que tu me racontes, il faudra que je sois précis dans mon rapport à Mark pour la suite.

— Vas-y. Je dois déjà commencer par le détournement depuis Dubaï. L'avion a donc décollé en direction du golfe Persique et du Qatar. Puis, l'appareil s'est mis à tourner de cent quatre-vingts degrés vers le sud pour rejoindre finalement Mascate. Il y avait bien cinq terroristes à bord.

— Comment étaient-ils armés ?

— Alors là, c'est plus flou. Certains parlent de couteaux, d'autres de revolvers. Ce qui est sûr, c'est que les pirates de l'air ont annoncé qu'ils feraient exploser l'avion si le pilote n'obéissait pas. Ce qui accrédite la thèse de la bombe et expliquerait l'explosion qui a suivi.

— Tu suggères que la vraie arme des pirates était une charge explosive ?

— Oui. Ils avaient peut-être une lame quelconque pour menacer une ou deux hôtesses mais, pour moi, c'est la menace d'une explosion qui leur a permis de prendre l'Airbus sans difficulté. Enfin, dernière information de taille : ils étaient tous du type arabe ; parlaient arabe entre eux et anglais avec un très fort accent. Le chef était, semble-t-il, barbu avec un *keffieh*, et déterminé. Il apparaissait froid et cassant. Les passagers ont exprimé une réelle crainte à l'égard de ce personnage.

— Oui. D'après les victimes, pendant l'assaut, les soldats omanais ont tiré un peu partout, dirons-nous. Les terroristes aussi. Il y avait donc des blessés chez les militaires, les terroristes et les otages. Quand l'assaut fut terminé et que les forces omanaises faisaient le ménage, une explosion a déchiré la carlingue à l'avant. Ce qui pousse certains à dire que c'était la bombe dont parlaient les pirates de l'air.

— C'est assez logique. Mais bon sang ! On aurait dû trouver une solution pour en savoir plus avant l'assaut et alors faire en sorte de neutraliser les cinq pirates.

— Normalement, cela aurait dû être fait. Pour finir, des témoignages signalent que le barbu se serait échappé subrepticement de l'avion au moment de l'explosion.

— C'est déjà plus clair que le topo du général hier.

— Oui, tout à fait, Ralf. Reconnaissez que mon idée d'y retourner sans chaperon était bonne ! – Sourire malicieux de Simona Zanetta.

— Oui, vous avez fait un excellent travail. Bon, maintenant si vous n'y voyez pas d'inconvénient, je vais tout de suite appeler le QG de Lutry. Il me semble que l'on a avancé à pas de géant par rapport à hier. Il faut maintenant que tous les membres du Sword soient informés. Merci à vous deux.

— Avec plaisir, Ralf.

La conseillère fédérale s'installa confortablement dans son fauteuil, qu'elle bascula. Une couverture sur elle, elle ferma les yeux et s'assoupit presque aussitôt tant elle était épuisée par ce voyage éclair. Pierre fit de même.

Ralf parla longuement avec son fils sur une ligne sécurisée et contrôlée par Sven. Il expliqua à Mark tout ce qu'il venait d'entendre. Il compléta par ce qu'il avait lui-même appris. Il raccrocha et rejoignit ses compagnons de voyage dans un sommeil bien mérité.

33

Après l'appel de son père, Mark, qui avait prévu de faire une visioconférence avec les Faucons d'Al Aqah, estima que Paul devait aussi être informé des derniers déroulements. Ceux-ci le concernaient plus particulièrement. Il convoqua donc tous les Faucons une heure plus tard que programmée.

Paul sentit son téléphone mobile vibrer. Une fois le message lu, il alla voir le professeur Kappenberger. Il l'informa qu'il devait s'absenter. Celui-ci lui répondit par un clin d'œil complice. Paul prit la navette à l'aérogare qui le ramena directement deux kilomètres plus loin, à l'hôtel Golden Tulip Seed. C'était là que logeaient tous les experts envoyés par le gouvernement helvétique. Il y serait tranquille, tous les autres étant encore très occupés sur le tarmac. Il installa son PC crypté et attendit l'heure convenue.

Pendant ce temps, les autres Faucons étaient, comme d'habitude ces derniers jours, à la piscine. Les six téléphones mobiles vibrèrent en même temps. Ce ne fut pas vraiment discret ni apprécié par les vacanciers. Ils décidèrent de monter dans leur chambre une demi-heure plus tard, de se changer et de rejoindre Vincent comme à chaque fois.

Ils étaient tous dans la pièce tenant lieu de PC. Le visage de Mark d'un côté, celui de Paul de l'autre, s'affichèrent sur l'écran de Vincent.

— Bonjour à tous. J'espère que vous allez tous bien, commença Mark. J'ai des informations importantes pour Paul, qui vous intéressent aussi. Je n'oublie pas que vous avez des choses à me raconter concernant votre soirée d'hier soir et la promenade à cheval. Bradley m'a déjà envoyé un courriel.

— Salut à tous, dit Paul.

— Salut, répondirent les six dans la chambre de Vincent. Tu es déjà arrivé à Mascate ?

— Ce matin. Ralf s'est débrouillé pour que je sois envoyé sous couverture afin d'observer la situation de mes propres yeux.

— Et alors ? demanda Mark.

— Ce n'est pas beau à voir. Heureusement, il y a peu de corps sur le tarmac, ils ont été en grande partie ramassés par les Omanais. Pendant toute la journée, les légistes ont recherché les restes de chair humaine encore sur la carlingue avant qu'ils ne se détériorent. Ils auront tout le temps pour s'occuper des cadavres à la morgue ultérieurement.

— Et sinon, quelque chose de particulier ?

— Je ne suis arrivé que ce matin. Il y a un truc qui me frappe : c'est comme si l'Airbus avait été découpé net au chalumeau. On dirait que l'explosif utilisé a cisaillé juste la partie avant de l'appareil, ce qui a certainement évité qu'il y ait plus de victimes.

— Essayez de vous approcher de cette brisure et de l'équipe de la PJF. Ralf leur a demandé de l'informer de leurs avancées, mais vous serez mieux placé pour tout savoir.

— D'autant plus que l'adjointe de Meyer est super sympa.

— Holà chef ! réagirent les cinq autres. C'est quoi ça ?

— Pas d'emballement vous autres. J'ai dit agréable, c'est tout. Et si cela me permet d'en connaître plus, tant mieux. Je pense que si Karola sait quelque chose, elle me le transmettra.

— Karola ! s'écrièrent les autres, très moqueurs. Attention, Paul, on n'est pas loin pour te surveiller.

— Bande de marrants ! Moi, au moins, je bosse. – Rire.

— Avec Karola ? Arrête ton char Paul ! – Rire de Deepak.

— Bon, les enfants, on n'a pas que ça à faire aujourd'hui, reprit Mark, sérieux.

Il résuma ce que Ralf venait de lui raconter depuis le Falcon.

— Alors là, la conseillère fédérale a fait fort ! s'exclama Paul.

— C'est ce que Ralf pense. Malheureusement, on n'a aucun portrait-robot de ce terroriste qui serait le chef. Paul, je vous conseillerais de voir avec le professeur Kappenberger comment vérifier s'il y a un barbu dans les victimes. À défaut, on devra partir de l'hypothèse qu'il s'est échappé comme le pensent les blessés. À partir de là, il nous faudra une solution pour le retrouver.

— OK patron, je vais regarder ça avec Kappenberger et je vous tiens au courant.

— De votre côté, Rebecca et les zèbres d'Al Aqah, si j'ai bien compris, vous ne savez rien de plus.

— Navré, patron, dit Bradley. Comme je vous l'ai écrit, on cerne mieux le personnage. Cependant, nous n'avons pas de réponse précise aux questions que nous nous posons. D'où notre proposition.

— Tu veux parler de la balade à cheval ? s'enquit Paul.

— Exactement. Le prince, qui en pince pour la belle Aïcha, lui a proposé d'aller se promener demain à 6 heures du matin, sur la plage, avec ses deux chevaux. Rebecca a donc l'opportunité de le revoir sans avoir à se justifier.

— En effet, l'occasion fait le larron.

— Maintenant, nous avons une idée de la propriété du prince, de son personnel de maison et de sa sécurité. On considère que le temps est venu de le bousculer avec des questions beaucoup plus directes, tout en assurant les arrières de Rebecca.

— Tu as prévu quoi, Brad ?

— On pensait utiliser le même dispositif. Ulli et moi du côté de la route, Deep et Tom en bédouins sur des chameaux. Avec nos beaux joujoux, bien sûr.

— Je ne suis pas un spécialiste, intervint Mark. Néanmoins, je préférerais avoir Ulli et Bradley mobiles de façon à pouvoir rejoindre les autres. Qu'en pensez-vous, Paul ?

— C'est ce que je me disais. À mon avis, Ulli et Brad, vous devriez, vous aussi, devenir chameliers. Ne vous mettez pas au même endroit que Deepak et Tom, mais dans les parages. S'il y a une surprise, vous serez quatre, plus Rebecca pour qui il faudra prévoir des armes en réserve. En cas de grabuge, vous ne serez pas de trop à cinq.

— Tu vois Brad, toi aussi tu vas puer le chameau ! Ça t'apprendra à toujours faire faire le sale boulot à Tom et à moi. – Éclat de rire de Deepak suivi de tous les autres.

— Tu as gagné, Deep ! dit Bradley en souriant.

— Rebecca, je vous laisse vérifier les éléments importants que l'on veut savoir sur le prince. Vincent, vous, vous resterez à nouveau à Al Aqah comme interface avec Lutry. Je vais convoquer tout le monde. À quelle heure est-ce ?

— Il vient me chercher à l'hôtel à 6 heures, heure des Émirats, soit 3 heures chez vous, patron, répondit Rebecca. Je suis désolée.

— Ne vous inquiétez pas pour nous, c'est notre job. Quelqu'un a-t-il quelque chose à rajouter ?

— Mark, quand votre père rentre-t-il à Lutry ? demanda Ulli.

— Il est dans l'avion présidentiel et sera chez nous vers minuit, une heure du matin. Au fait Paul, avec le général Ahmed, comment cela se passe-t-il ?

— Ça va. Il n'aime pas vraiment les étrangers et se sent dépossédé de son pouvoir et de son territoire. J'ai l'impression qu'il passe son temps à nous épier, mais ce n'est pas grave. Il ne nous empêchera pas de trouver ce que l'on cherche.

— Bon, je laisse nos chameliers s'organiser pour demain...

— En fait, chef, c'est fait, le coupa Deepak. On y est déjà allé tout à l'heure avec Tom. Il y a un troupeau qui se balade du côté sud de Dibba et on s'y retrouve demain à 5 heures et demie. On leur demandera deux chameaux supplémentaires, c'est tout.

— C'est parfait. Alors, on reste connecté avec les mobiles, plus le *Spyphone* pour Rebecca. Ce n'est pas parce que Rebecca n'a vu personne de dangereux il y a vingt-quatre heures que, demain, il n'y aura pas de vilains canards.

— OK, patron, répondirent les six d'Al Aqah. Salut, Paul ! Amuse-toi bien avec Karola, ajouta Deepak.

— C'est malin, le chamelier ! – Rire de Paul.

— Restez tous appliqués. On approche du but, mais je ne veux pas de casse par excès de confiance. Alors, concentrez-vous, s'il vous plaît, intervint Mark avec autorité, reprenant en main son équipe. À demain.

— À plus.

34

5 h 45 du matin, Rebecca, habillée sport, passa par la chambre de Vincent dont le PC était allumé. Sven apparaissait à l'écran pour les dernières vérifications.

— Salut Vince, déjà aux manettes ?

— Eh oui ! C'est le lot des petites mains, tu vois. On ne peut pas tous être la star.

— Arrête de te moquer de moi ! – Elle avait l'air mélancolique. J'ai hâte que tout cela finisse. C'est triste et glauque à la fois.

— Je comprends. Tiens bon, Reb ! Tu peux y aller, on est tous prêts. Lutry est en attente ; les chameliers sont en position, Bradley vient de me le confirmer. C'est Deep qui a ton Barrett M82, un MP5 et ton Bul Cherokee.

— Tu crois vraiment que l'on a besoin du Barrett ?

Cela la rendait mal à l'aise.

— Le patron a dit d'être prêt à tout, alors on prend le Barrett, on ne sait jamais.

Le fusil de précision appelé Barrett, du nom de son inventeur américain, était le fusil des tireurs d'élite de nombreuses forces spéciales dans le monde. Avec son gros diamètre de 12,7 x 99 mm, un excellent tireur pouvait atteindre une cible à deux mille trois cents mètres. C'était le cas de Rebecca, un des deux tireurs d'élite attitrés des Faucons.

— OK, alors j'y vais. J'ai mon téléphone mobile éteint dans la poche de mon jean avec l'application *Spyphone* enclenchée. À tout à l'heure.

— À tout à l'heure, Rebecca. Fais gaffe à toi.

Rebecca ne répondit pas, prise par ses pensées. Elle descendit dans le hall de réception totalement silencieux. Il y avait juste deux membres du personnel de garde. À ce moment précis, elle aperçut le Range Rover V8 du prince qui s'arrêtait. En regardant l'horloge, elle vit qu'il était 6 heures moins 3 minutes. « Pour de la ponctualité, c'en est ! » se dit-elle.

Elle passa les portes et le prince, tout sourire, lui ouvrit sa portière et repartit aussitôt vers le nord.

— Allô, les chameliers 1 et 2 ! Ici Al Aqah. Aïcha et le prince viennent de partir à l'instant. Tenez-vous prêts.

— Ici chamelier 1, on est prêt, répondit Deepak.

— Ici chamelier 2, on est à cent mètres de chamelier 1. On est prêt, dit Bradley.

— OK.

Le Range Rover pénétra dans la propriété du prince. Ils entrèrent aussitôt dans la maison. Ali était déjà réveillé, et attendait les ordres de son maître.

— Aïcha, souhaiteriez-vous un thé ou un café avant de partir ?

— Je boirai volontiers un expresso.

— Ali, fais-nous deux expressos s'il te plaît.

— Oui, Maître.

Il tourna les talons vers la cuisine et revint cinq minutes plus tard, un petit plateau en mains, avec deux expressos fumants ; il servit Aïcha. Puis réapparut le prince Abdullah habillé de ses vêtements d'équitation et de bottes de cuir brun foncé. Ils burent rapidement leur café. Le prince, qui semblait pressé de partir, proposa une bombe d'équitation et une cravache à Aïcha. Il saisit les siens, puis ils traversèrent le jardin donnant sur la plage pour atteindre l'enclos des chevaux.

Deux selles typiques des Émirats avaient déjà été installées sur les deux montures. Elles étaient lourdes et remontaient très haut devant et derrière. Pour le cavalier, elles apportaient un confort extraordinaire.

— À ce que je vois, vous n'avez pas perdu de temps ?

— Ah, non ! J'ai hâte de partir. Lequel désirez-vous monter ? Mac ou Cayenne ? Mac est un hongre de seize ans noir pangaré avec encore aujourd'hui, une certaine fougue. Cayenne est une jument de quinze ans avec une robe gris anthracite, ce qui n'est pas courant chez les PS anglais. Elle est plus facile à manier.

— J'adore la couleur de Cayenne. Si vous êtes d'accord, j'aimerais la monter.

— Je m'en doutais. Alors, allons-y.

Il lui tendit les rênes de Cayenne et, prenant celles de Mac, s'engagea dans le chemin de la plage en passant par la haie. Quelques mètres plus loin, le prince, tenant le cheval d'Aïcha, attendit qu'elle le monte. Puis, il enfourcha le sien. Ils prirent la direction du sud au pas, Aïcha se mettant à son côté droit. Les deux chevaux humaient l'air frais du matin tout en avançant paisiblement, heureux de se promener de bon matin. Le prince était ravi. Le soleil s'était levé depuis peu et l'eau de l'océan Indien était encore froide. Pour lui, c'était le meilleur moment de la journée pour se promener à cheval.

Au loin, un troupeau de chameaux semblait éparpillé sur la plage dans une grande anarchie. Seuls deux petits groupes n'étaient pas très loin d'Aïcha et du prince Abdullah. S'il y avait des chameaux en liberté, d'autres étaient montés par des Bédouins en habits traditionnels.

Après quelques centaines de mètres de chevauchée silencieuse, les deux cavaliers commencèrent à converser.

— Alors, Aïcha, avais-je tort quand je disais que c'est magique ?

— Oh ! Non, Votre Altesse ! c'est merveilleux. Cayenne est vraiment douce.

— Oui, c'est vrai. On s'est assez vite aperçu que la course n'était pas son truc. Alors, j'ai préféré la réformer et je l'ai gardée ici.

— Vous n'avez pas voulu en faire une poulinière ?

— On y a pensé. J'ai assez de juments issues de bonnes lignées et avec des résultats en course pour ne pas prendre Cayenne comme poulinière. Le matin, je pars avec Mac et je reviens avec Cayenne, l'autre attaché à ma selle. Cela me convient ainsi.

— Je vous comprends très bien.

Ils s'interrompirent quelques instants, profitant du moment. Ce fut Aïcha qui reprit.

— Votre Altesse, que pensez-vous du détournement de l'avion Swiss Airlines ?

— Quand j'ai appris cela, j'ai été très attristé. J'ai aussitôt appelé le sultan Rashad que je connais personnellement et que j'apprécie beaucoup.

— À votre avis, pourquoi a-t-on fait ça ?

— Je crois qu'une frange très marginale de musulmans se nourrit de la haine de l'Occident. C'est comme si s'attaquer aux Occidentaux leur donnait l'impression d'exister, et par là même leur permettait d'oublier leurs propres manquements.

— Que voulez-vous dire par cela ?

— Simplement que perpétrer des attentats ne résout rien pour la cause arabe ou musulmane, bien au contraire. Cela cristallise inutilement les antagonismes avec l'Occident. Au lieu de mettre toute leur énergie dans des actions destructrices, les instigateurs de ces actes de terreur devraient l'utiliser pour le développement du monde arabo-musulman. Je ne peux pas nier que l'Occident a commis de nombreuses erreurs et que le monde arabo-musulman a l'impression que les choses vont à sens unique contre lui. Certains sont à présent amers et frustrés. Mais poser des bombes ne changera rien, sauf peut-être apporter un sentiment de fierté, bien dérisoire !

— Orgueil mal placé quand même, non ?

— Oui, mais cela fait aussi partie de notre culture. Réagir est une façon d'exister. Si vous regardez ce qui se passe du côté de la bande de Gaza, les quelques roquettes Katioucha envoyées sur Israël sont insignifiantes, comparées à la puissance de feu israélienne. Mais cela procède du sentiment que, même si c'est ridicule, le faire c'est exister.

— Oui, mais ils touchent quand même des femmes et des enfants de temps en temps.

— Je n'ai pas affirmé que j'approuvais, répondit-il, sentant une certaine tension dans le ton d'Aïcha. Je dis que je comprends. Ce n'est pas identique. De toute façon, je pense que ce que vous autres appelez « islamisme » est une mauvaise réponse à de bonnes questions. Que fait-on afin que le peuple palestinien ait un état sur sa propre terre ? Que fait l'Occident pour que les pays arabes aient une place juste dans le concert des nations ? Ce sont des questions qui me paraissent légitimes. Depuis une cinquantaine d'années il y a, à notre égard, deux poids deux mesures, et cela a créé de l'amertume que certains s'empressent d'utiliser à leur propre compte.

— Que voulez-vous dire par là ?

— J'affirme que certains régimes autocratiques de la région, qui demandent aux puissances occidentales de les protéger, contre une agression iranienne par exemple, financent en contrepartie des groupuscules terroristes censés défendre le monde arabo-musulman. Ces monarchies totalitaires utilisent le terrorisme comme moyen d'imposer leur suprématie régionale. Cela concerne tous les royaumes du golfe. Elles feraient mieux de réformer leurs propres gouvernements, comme le fait le sultan d'Oman.

— Vous pouvez m'expliquer ?

— Rashad a hérité du pouvoir de son père comme tous les monarques de la région. C'est, dirais-je, le résultat d'une culture tribale, ou clanique, comme vous voudrez. Par contre, à la différence d'autres monarchies, le sultan n'a eu de cesse, ces quarante dernières années, de moderniser son pays tant économiquement que politiquement, et cela sans à-coups. Ce n'est certainement pas le royaume le plus riche, mais il se développe sans cesse et sans rupture dans la société. Politiquement, le sultan a modifié la constitution de façon à ce que, quand il abdiquera pour son neveu, le sultanat soit une monarchie parlementaire arabe.

— Mais les autres pays ont aussi des parlements, non ?

— Oui, mais ils sont fantoches. En fait, les familles royales ont tous les pouvoirs.

— À Dubaï aussi ?

— Bien sûr. Quand j'ai parlé à mon frère d'assouplir la monarchie, il n'a pas apprécié du tout. Le Parlement sert de décorum à une autocratie, un point c'est tout. Quelques-uns accaparent les richesses de tous.

— Pardonnez-moi, Votre Altesse, mais vous ne semblez pas à plaindre !

— C'est vrai. Mais je me suis contenté de ce que l'on m'a offert.

— Je ne comprends pas ?

— Mon père m'a donné un capital important comme avance sur héritage. Cela me permet d'être totalement indépendant de l'émir régnant et de l'émir désigné. Je gère cette fortune depuis dix années, mais je ne touche plus rien de l'Émirat. Tandis que la richesse de mon frère se confond totalement avec celle de l'Émirat et ne cesse d'augmenter, même si les revenus de celui-ci stagnent ou diminuent. Cherchez l'erreur !

— C'est plus clair.

— Je fais fructifier mon pécule. J'en utilise une partie conséquente pour la fondation que je préside.

— Qui est ?

— La FEDA, Fondation pour l'éducation et le développement arabe.

— Et qu'y faites-vous, à cette organisation ?

— On met en place des programmes de scolarisation. On octroie des bourses d'études universitaires, et cætera.

— Et vous ?

— Je me contente de superviser les choses en tant que président. Il y a des salariés chargés de la gestion de tous les jours. La princesse Djamilla y participe aussi.

— Ah bon !

— Oui, elle s'y intéresse et est plus souvent à Dubaï que moi. Elle en est la vice-présidente.

— Et Dubaï Import/Export LLC, ça vous dit quelque chose ?

— Non, pas du tout. Mais Aïcha, pourquoi toutes ces questions ? Me cacheriez-vous quelque chose ? demanda-t-il avec son regard perçant et interrogateur. Vous ne seriez pas venue m'espionner, par hasard ? Qui êtes-vous ? Un agent de la CIA ?

— Votre Altesse, je vais tout vous dire.

— Allô ! Allô, les chameliers ! Ici, Al Aqah. Préparez-vous à tout. Rebecca est entrée dans le vif du sujet. C'est chaud !

— OK, Al Aqah. On est en position, répondirent chameliers 1 et 2 se rapprochant lentement des deux chevaux.

— Je comprends que vous soyez surpris par mes questions, je vais donc tout vous expliquer.

— J'attends vos explications, le ton du prince se tendit considérablement.

— Eh bien ! Voilà ! Je n'appartiens pas à la CIA comme vous le soupçonnez. Je collabore à une organisation internationale indépendante de tout gouvernement. Nous enquêtons sur la série d'attentats qui a secoué l'Europe depuis quelques semaines. Cela concerne aussi le détournement d'avion.

— Et vous me surveillez, moi ?

— Nous vérifions toutes les hypothèses. Vous faites partie de l'équation.

— Vous êtes consciente que je pourrais vous faire arrêter sur-le-champ.

— Oui, mais ce n'est pas votre intérêt.

— Et pourquoi ça ?

— Soit vous êtes un des leurs, et vous ne survivrez pas à cette journée. Je ne suis pas venue seule, il y a des tireurs d'élite. Soit vous êtes qui vous prétendez, et vous nous aiderez à démasquer ces gens.

— Vous êtes directe, Aïcha. Ou dois-je vous appeler autrement ?

Il était désarçonné par la situation.

— Aïcha ira très bien.

— Mais pourquoi chercher ici ?

— Simplement parce que tout nous mène à Dubaï et à la famille régnante depuis le début. Les détonateurs utilisés à Rome et à Paris proviennent d'une entreprise suisse qui fournit une société qui s'appelle Dubaï Import/Export LLC. Cette dernière approvisionne l'Émirat en matériels de guerre. Les bureaux de cette compagnie sont dans le même immeuble que ceux de votre fondation. Nous sommes inquiets. Nous nous posons des questions sur la famille régnante.

— Mais je ne sais rien de tout ça, répondit le prince perturbé par les propos tenus par Aïcha.

— Je suis ici pour le découvrir, Votre Altesse. Si vous n'avez rien à voir avec ces assassins alors, au nom de votre idéal, aidez-nous.

— Qui, nous ?

— Je ne vous le dirai jamais. Faites-moi confiance, c'est tout. Il y a, à Dubaï, quelque chose qui ne tourne pas rond. Quelqu'un, ou quelques-uns soutiennent des groupes affiliés de près ou de loin à Al-Qaida.

— Incroyable !

— Hélas, c'est vrai. En plus, pour ne rien vous cacher, ce qui nous a amenés jusqu'à vous c'est que votre Maybach a été vue plusieurs fois à la FEDA.

— C'est normal, puisque c'est mon véhicule.

— Oui, mais Votre Altesse ne conduit que le Range Rover.

— La Maybach reste au palais de Dubaï. C'est la voiture officielle de l'Émirat. N'importe qui de ma maison pourrait l'utiliser.

— Je n'ai pas encore fini. On pense qu'il y a un lien entre les attentats, la FEDA et Dubaï Import/Export LLC. Je suis désolée de vous avoir choqué, mais j'espère qu'à présent vous me comprenez un peu mieux.

— Oui ! murmura-t-il d'une voix plus faible, comme assommé par ce qu'il venait d'entendre. Son visage s'était fermé.

— Votre Altesse ?

— Oui, oui, je réfléchissais. Excusez-moi, je commence à m'inquiéter. J'ai une faveur à vous demander.

— Je vous écoute.

— Laissez-moi vingt-quatre heures, que je vérifie quelque chose. Je vous donne ma parole que je vous dirai tout ce que j'apprendrai. Ce n'est pas moi qui suis derrière tout ça. Je souhaite procéder à mes propres vérifications. Acceptez-vous ?

— D'accord, mais pas plus de vingt-quatre heures.

— Comptez sur moi. – Son visage reprit quelques couleurs même si de la colère s'y lisait. Dans ce cas, faisons la course pour rentrer.

— D'accord.

Ils firent demi-tour et lancèrent leurs montures au galop. Quatre chameaux se mirent en tête de ne pas se faire trop distancer. Ils prirent à leur compte le défi lancé par le prince.

— Ici les chameliers. Les deux chevaux sont au galop et chameliers 1 et 2 sont derrière.

— Ici, Al Aqah. OK. Je vous ai en visuel ! C'est original, dans le genre !

L'image était des plus amusantes. Les deux pur-sangs nés pour la course prirent l'avantage. Cependant, les chameaux s'en sortirent plutôt bien. Pour les Faucons, l'objectif était de garder le contact avec Rebecca.

Arrivé à la hauteur de la propriété du prince, celui-ci beau joueur ralentit pour que ce soit Aïcha qui gagne leur course. Ils rentrèrent par le passage taillé dans la haie. Un homme du prince prit les rênes des deux chevaux quand leurs cavaliers eurent mis pied à terre et s'en occupa.

Aïcha et le prince Abdullah montèrent jusqu'au kiosque où Ali avait servi un copieux petit déjeuner. Le prince avait retrouvé le sourire, même si celui-ci restait crispé et qu'il paraissait quelque peu ténébreux. Quelque chose le préoccupait. Aïcha ne dit rien, estimant en avoir assez fait pour aujourd'hui.

— Maître, j'ai préparé la table comme vous me l'aviez demandé.

— Merci, Ali, tu as bien fait. J'ai une faim de loup, et vous Aïcha ?

— Oui, moi aussi.

— Alors, je vous laisse vous servir.

— Merci. J'ai une question.

— Allez-y, j'écoute.

— Vous m'en voulez pour tout à l'heure ?

— Je répondrai : « oui et non ». Oui, car vous n'avez pas été franche avec moi. Non, parce que maintenant je comprends mieux ce qui vous a poussé à vous comporter ainsi.

— Ne vous connaissant que depuis quelques jours, pouvais-je faire autrement ?

— Hélas, pas du tout. Je croyais simplement que vous m'aimiez bien.

— Votre Altesse, c'est le cas. J'apprécie beaucoup nos moments passés ensemble. Cependant, il n'est pas question de laisser les coupables dans la nature. L'expérience nous demandait de vous compter parmi les suspects tant que l'on n'avait pas la preuve du contraire.

— Vous l'aurez dans une journée et une nuit, je tiendrai ma promesse.

— Je sais. Bon appétit.

Elle lui sourit.

— Merci.

Ils dévorèrent leur petit déjeuner. Le prince resta silencieux la majorité du temps. Aïcha, consciente que quelque chose le rongeait depuis leur discussion houleuse, respecta ce silence.

Après le repas, le prince la raccompagna au Miramar Beach Resort avec une certaine hâte. À présent, elle sentait qu'il était pressé de régler certaines affaires pour tenir la promesse qu'il lui avait faite.

Aïcha salua le prince qui repartit aussitôt. Elle se rendit dans le hall, où Vincent était déjà arrivé. Il se doutait que pour Rebecca la matinée n'avait pas été facile. Quand elle le vit, elle se blottit dans ses bras et fondit en larmes. Vincent comprenant garda le silence. Cinq minutes plus tard, elle se retira. Il lui tendit un mouchoir qu'elle saisit et lui sourit.

— Merci, Vince.

— Normal. C'était difficile ce matin. Tu n'es pas faite de pierre, heureusement pour nous ! On t'a beaucoup demandé.

— C'est mon job.

— Peut-être, mais ici, ce n'est pas l'armée. Nous sommes des êtres humains et ce que tu devais exécuter, était émotionnellement parlant difficile. Accepte-le.

— Je sais. Merci, Vincent. Tu es gentil.

— On va attendre que les chameliers reviennent.

35

L'avion se posa à minuit trente après un vol calme d'environ sept heures trente.

Chacun reprit son véhicule. Simona Zanetta, ayant un appartement dans la vieille ville de Berne, s'y rendit directement avec sa voiture officielle qui l'avait attendue à l'aéroport. Pierre et Ralf, conscients de leur état de fatigue, décidèrent d'aller au Bellevue Palace où le gouvernement avait en permanence des chambres réservées. Ralf en avait confirmé la demande pendant le vol.

Une fois les voitures garées sous le Palace, les deux diplomates ne demandèrent pas leur reste. Ils prirent rapidement leur clé de chambre, pressés de se doucher et de dormir du sommeil du juste.

La nuit avait été courte et Mark l'avait passée au bureau en liaison avec Vincent à l'Al Aqah Miramar Beach Resort. Il avait laissé les jumeaux dormir seuls dans la villa. Mark avait branché les talkies-walkies qu'il utilisait quand ils étaient bébés afin de surveiller que tout allait bien.

Au moindre souci, il serait au courant. Les enfants étant assez grands maintenant, il leur avait expliqué qu'il resterait une partie de la nuit au bureau. Il comptait sur Zoé, qui était plus mature que son frère, pour l'appeler sur son téléphone mobile en cas de nécessité. Ce ne fut pas le cas.

Quand il revint à 7 heures pour les réveiller, ils dormaient tous les deux à poings fermés, dans le lit de Zoé. Mark ne put réprimer un sourire de tendresse envers ses deux amours blottis l'un contre l'autre, inséparables.

Comme tous les jours depuis bientôt quatre ans, Mark s'occupa des enfants, les emmena à l'école pour 8 heures et repartit pour son bureau de Lutry.

Wendy voyant son patron revenir lui prépara aussitôt son café. Elle aussi avait les traits tirés. Elle avait refusé de rentrer chez elle et était restée toute la nuit avec les experts du Sword. Elle était toujours disposée à leur apporter quelque chose ou à leur rendre service. Bien qu'officiellement elle n'ait pas fait partie intégrante du *Board* à ses débuts, elle s'était imposée à tous par sa gentillesse et sa disponibilité. À présent, personne n'aurait imaginé qu'elle ne soit pas avec tous les membres du Sword.

Sous les coups de 8 heures et demie, Mark reçut un appel de son père. Celui-ci l'informait qu'il prenait une journée de congé pour suivre les événements depuis la maison. Il arriverait au Sword Group une heure plus tard. Cela tombait bien puisque Bradley avait envoyé un texto pour signaler que Rebecca serait certainement de retour vers 13 heures, soit 10 heures, heure suisse. Il décala donc à 11 heures la réunion du Sword prévue initialement pour 10 heures.

Quand Ralf arriva, il se rendit directement dans la salle de conférences transformée en centre des opérations depuis que les Faucons étaient en mission.

Sven, avec l'autorisation de Mark, avait installé trois grands écrans pour les visioconférences. À cela s'en ajoutait un autre, dédié aux données informatiques mises en commun. Enfin, chacun utilisait son propre PC portable connecté au système. On se serait cru dans n'importe quelle salle de crise des meilleurs services de renseignements de la planète. Le statut privé du Sword lui permettait d'avoir les fonds pour tous ces équipements et Mark ne se montrait pas avare.

Ralf expliqua de vive voix ce qu'il avait raconté à son fils. Les autres écoutaient attentivement faisant travailler leurs cellules grises à toute vitesse. Quand le directeur de la Task Force en eut fini, ce fut Alexia qui, comme à son habitude, posa la première question.

— Si j'ai bien tout compris des témoignages des victimes, il y aurait un cinquième homme dans la nature.

— Oui.

Alexia Pictet était, à trente-huit ans, une professeure de géostratégie et de politique internationale renommée.

Mark trouvait enrichissant pour son équipe d'avoir un regard féminin sur la question. Par ailleurs, il appréciait beaucoup son caractère malicieux et incisif. Elle avait une énergie absolument incroyable et n'avait peur de rien. Elle allait toujours droit au but.

— Pourquoi attendre d'avoir de ses nouvelles ? D'autant plus que Paul ne l'a pas encore trouvé parmi les victimes.

— Pouvez-vous préciser votre pensée Alexia ? demanda Mark.

— Eh bien, voilà : le barbu qui était à la tête du commando des pirates de l'air est visiblement quelqu'un d'important dans la hiérarchie de l'ALA. Comme par hasard, il détourne un avion depuis Dubaï, ville d'où nous pensons que tout part. Intéressant, non ? Grâce à Ralf et à la présidente, on a une nouvelle piste pour nous amener à la tête pensante de tous ces attentats. Si nous demandions à Sven d'aller chercher dans les banques de données de nos alliés, les hommes qui correspondraient à notre gaillard. On aura un nom et un visage.

— Ah ! Ouais, je pige ! s'exclama Sven dans son langage habituel. Tu voudrais que je te fasse un panel de barbus en liberté, connus comme très dangereux et responsables d'attentats ces dernières années.

— Exactement.

— Et lorsqu'on a ces photographies, on les montre aux victimes, continua Ralf.

— Vous m'avez comprise, compléta Alexia.

— Ouah ! Bien joué ! Alexia, Lotfi et Sven, au boulot ! On est pressé. Toi, Ralf, préviens ton consul à Mascate qu'il soit prêt à recevoir le dossier de la part du Sword et d'aller dare-dare au Mascate Private Hospital.

— Oui, chef, répondit Ralf, tout sourire, ravi que le travail accompli à Mascate ait permis de faire avancer les choses de manière significative.

— Pour ce qui est de la CIA, je vais appeler Cyrus Cooper, le directeur adjoint, que je connais personnellement pour avoir suivi le même MBA que lui à Harvard. Il pourra certainement compléter la liste des suspects.

— OK, répondit Alexia, d'autant plus qu'il est 3 h 45 en Virginie. Je préfère que ce soit vous qui le réveilliez. – Rire.

— Allez, au boulot !

Il ne fallut que quarante minutes à toute l'équipe pour dresser une liste des plus dangereux activistes islamistes connus. Ils étaient au nombre de sept. Bien sûr, il y avait d'autres candidats qui ne regroupaient pas la totalité des critères retenus. Sven et Alexia remirent un dossier complet à Mark où figuraient les noms, les sept visages, ainsi que le pedigree de chacun. Ralf s'empressa de l'envoyer à Mascate.

Dix minutes plus tard, le consul général appela le responsable de la Task Force.

— Monsieur le Directeur Walpen, j'ai l'identification demandée.

— Déjà ? Comment avez-vous fait ?

— Dès votre appel, je suis parti à l'hôpital avec mon PC portable pour gagner du temps. J'ai obtenu un accès Internet. Quand votre courriel est arrivé avec le dossier, je l'ai téléchargé et, aussitôt, je suis monté dans les étages montrer les photos aux blessés. C'était simple comme bonjour.

— En tout cas, je vous félicite, jeune homme, pour votre efficacité. Et alors ?

— C'est le sept. Je n'en dirai pas plus, je ne pense pas que mon téléphone portable soit aussi sécurisé que le vôtre, monsieur.

— C'est fort probable. Je vous laisse, je dois y aller. Encore merci pour votre performance.

— N'hésitez pas à me demander autre chose. À bientôt, monsieur.

— Merci.

Décidément, ce jeune diplomate était ambitieux. Il se révélait intelligent et débrouillard. Ralf se revoyait quand il était dans la fleur de l'âge. Il sourit. Une fois sorti de ses pensées, il s'adressa au Sword. Tous se tournèrent vers lui.

— Résultat des courses : notre vainqueur est monsieur Ali Abou Bakri. Il est syrien. Il se balade librement un peu partout dans le monde arabe sous diverses identités. Il a un palmarès de premier plan et figure sur la liste noire de la CIA. On pense qu'il est derrière de nombreux attentats. C'est un pur et dur. Avec lui, les otages ne reviennent jamais vivants.

— Eh bien, nous avons gagné le gros lot ! s'exprima Alexia.

— Ah ! ça, c'est sûr, renchérit le professeur Kammoun. On le connaît mal. On sait qu'il est extrêmement dangereux. Il a commencé ses classes, il y a déjà plus de vingt ans chez le brave Foudaff. Ensuite, il s'est perfectionné en

Afghanistan. C'est un fou furieux très intelligent. Jusqu'à maintenant, aucun service n'a réussi à mettre la main dessus. Il change d'aspect physique comme de chemise. C'est un vrai caméléon.

Lotfi Kammoun, avec Ralf Walpen, faisait l'équilibre face aux jeunes du SICB. La chance pour Mark fut que la loi française exigeait que le directeur adjoint de l'Institut du monde arabe parte à la retraite à ses soixante ans précis. Aussitôt, le groupe Sword avait proposé un contrat de travail au professeur, qui l'accepta volontiers. Il voulait se rendre utile pour une meilleure compréhension du monde arabo-musulman. Par ailleurs, connaissant Ralf Walpen depuis longtemps, il savait que son savoir serait utilisé à bon escient. Il avait conseillé Mark pendant l'action de Libye. Sa connaissance approfondie de la culture arabo-musulmane, son érudition et son flegme méditerranéen étaient des atouts appréciés pour le conseil du Sword.

— Donc, si cet Ali Abou Bakri se réclame de l'armée de libération arabe, c'est qu'il en est le maillon principal. Si on le suit à la trace, on devrait l'attraper et découvrir s'il a des complices ou s'il est celui que l'on cherche depuis le début, résuma Mark.

— Il est certainement l'un des personnages majeurs de l'organisation. Mais si l'on tient compte de toutes les ramifications existant entre la SMS et la FEDA, cela nécessite une structure et des moyens considérables. Je doute qu'un terroriste comme Ali Abou Bakri soit à même de monter de telles opérations à lui seul. Je ne serais pas surprise de découvrir qu'un membre du gouvernement ou de la famille royale de Dubaï est celui que l'on cherche, dit Alexia.

— J'abonde dans le sens de la professeure Pictet, compléta Lotfi Kammoun en souriant. Je ne crois pas qu'Ali Abou Bakri puisse diriger seul une telle organisation. Je le vois parfaitement dans l'exécution des projets. Il faut une tête pensante, plus politique.

— Je crois que nous sommes tous d'accord. Ce personnage est la clé de tout. Il faut qu'on le retrouve. Je suis d'avis que l'on concentre nos recherches sur Dubaï. C'est sûrement là qu'il cherchera du soutien.

— Tu as raison, Mark. Mais comment penses-tu faire ? Tous nos Faucons sont occupés.

— En effet. Tu vas nous aider.

— Ah, bon !

Le vieux diplomate eut une mine surprise.

— Pour le moment, on n'a pas besoin d'utiliser la force. On veut simplement déterminer où se trouve le nid de notre terroriste. Il suffit que l'on ait des gens avec son portrait-robot à des endroits stratégiques. On leur demande d'observer. S'ils le voient, ils nous appellent aussitôt.

— Et tu veux que je te dégotte des gens, c'est ça Mark ?

— Exactement. Je suis sûr qu'il y a de jeunes attachés au consulat général de Suisse à Dubaï qui se feront un plaisir de suivre les ordres du directeur de la Task Force.

— En effet, je pense que c'est assez simple. Je m'en occupe tout de suite. Où veux-tu du monde ?

— Je me concentrerais sur le World Trade Center et l'aéroport de Dubaï, intervint Alexia avec sa fougue habituelle.

— Je suis d'accord, ajouta Mark.

— Moi aussi, renchérit Lotfi Kammoun.

— OK, on fait comme ça.

— Dans cinq minutes, on a notre visioconférence, rappela Mark.

— T'inquiète... Je serai là, répondit son père en souriant.

La ruche en profita pour faire une pause bien méritée avant de revenir en salle de réunion pour la visioconférence.

36

Le prince Abdullah avait déposé Aïcha au Miramar Beach Resort vers midi et quart. Il semblait préoccupé et pressé, tout en restant aimable.

Les chameliers arrivèrent dix minutes plus tard avec leurs deux gros véhicules. Ils trouvèrent Rebecca et Vincent dans le hall. Elle n'avait pas son visage rayonnant habituel. Ils devinèrent pourquoi.

— Je ne veux pas être désagréable mais, vous puez le camélidé, tu ne crois pas Reb ? demanda Vincent en rigolant.

— Je suis désolée, les gars, mais Vince a raison.

Elle ébaucha un sourire.

— Alors, si c'est comme ça, je pars me doucher, rétorqua le combattant d'origine indienne.

— Attends, Deepak, j'ai un truc à vous dire. On a une visioconférence à 14 heures. Je vous propose d'aller vite vous laver et on se retrouve à la piscine. À 13 heures, on mange au barbecue et on monte pour la visioconférence. Vous êtes d'accord ?

Ils répondirent tous par un signe de la tête et partirent vite se doucher. Il ne leur fallut pas longtemps pour arriver à la piscine en tenue de plage. Ils s'amusèrent ainsi.

Ils mangèrent au cabanon près des bassins, en maillot de bain et T-shirt. La révolte des chameliers avait commencé dans l'eau et c'était la fête à Rebecca et à Vincent, considérés par les autres comme des planqués, pour la plaisanterie bien entendu. Il faut dire qu'ils ne s'étaient pas gênés pour dire à quel point la piscine sentait le chameau. Les plaisanteries continuèrent ainsi pendant le repas et ce fut à qui allait chambrer l'autre. Chacun en prit pour son grade. Peu à peu, dans la bonne humeur, Rebecca retrouvait le sourire auprès de ses compagnons, qui, ayant pour certains plus ou moins la cinquantaine, s'amusaient comme des adolescents.

Ils se rejoignirent dans la chambre de Vincent juste à temps pour la visioconférence. Ils n'avaient pas vu le temps passer. Vincent alluma son PC et aperçut aussitôt Mark sur son écran, il était pile 14 heures.

— Bonjour, les vacanciers ! Vous avez de belles couleurs et vos costumes vous vont à ravir ! s'exclama Mark en riant de tout cœur ; bientôt imité par tous les gars du Sword. On ne peut pas en dire autant.

— Écoutez, patron, si vous voulez, la prochaine fois, je vous laisse ma place de chamelier, répliqua Deepak qui fit rire tout le monde par son aplomb.

— Je trouve que vous faites cela mieux que je ne le ferais. – Rire de Mark. Alors comment allez-vous tous et Rebecca en particulier ?

— Je me sens bien, patron. Ce fut difficile et tendu, mais tout est OK. Je suis sûre que le prince Abdullah n'a rien à voir avec tout ça. Il a une idée derrière la tête. Il m'a demandé vingt-quatre heures pour vérifier certaines choses et il me contactera.

— Eh bien, on avance enfin ! s'exclama Alexia.

— Tout tourne autour de Dubaï ? questionna Mark.

— Oui, indubitablement, répondit Vincent. Il pense à quelque chose ou à quelqu'un. Et cela se passe à Dubaï. Qu'en dis-tu, Reb ?

— Je suis d'accord avec Vince. Et vous, vous avez quelque chose de nouveau ?

— C'est le moins que l'on puisse dire, intervint à son tour Ralf.

— Bonjour, Ralf ! firent les Faucons d'Al Aqah. Vous allez bien ?

— Oui, merci. Je me sens fatigué, mais j'ai l'impression que nous approchons du but. Figurez-vous que grâce à Alexia et Sven, on a identifié le sale type barbu qui aurait déclenché la bombe.

— Non !

— Eh oui ! reprit Mark. Je corrige ce que Ralf vient de dire. Certes, Alexia et Sven ont été en pointe sur ce coup. Cependant, sans les autres, comme le consul général de Mascate et certaines victimes de l'explosion, on n'en serait pas là. Il s'agit d'Ali Abou Bakri. Vous aurez sa fiche signalétique sur vos téléphones mobiles d'ici peu. Sven s'occupe de vous envoyer le document.

— Mais c'est génial ! s'exclama à son tour Bradley. Et Paul alors ?

— On vient de le prévenir. Il reprend le premier avion pour Genève. Je pense qu'il sera ici dans la nuit.

— On fait comment maintenant, patron ? interrogea Bradley.

— On n'a pas eu le temps d'en débattre avec le QG de Lutry, vu que l'info vient de nous parvenir. Mon opinion est la suivante : on sait que tout gravite autour de Dubaï. On a des attachés d'ambassade qui surveillent les allées et venues des endroits où notre client pourrait aller. Ils nous préviendront dès qu'ils auront quelque chose. Je laisserais Rebecca et Bradley à Al Aqah, au cas où le prince avait besoin de parler à Aïcha. On ne sait jamais. Les quatre autres, en fin de journée vous partez sur Dubaï, prêts à intervenir quand nos espions amateurs nous avertiront. Y a-t-il des objections ?

— Est-ce nécessaire que Brad et moi, nous restions ici ?

— On ne sait jamais, il sera toujours temps pour vous de re-joindre vos compagnons. Alexia, Lotfi, votre opinion ?

— Moi, je pense qu'en effet il est encore trop tôt pour mettre tous nos œufs dans le même panier. Autant vous garder en réserve à Al Aqah. On ne sait jamais, si le prince nous préparait une surprise...

— Je suis d'accord, dit Lotfi.

— On fait comme prévu. Ulli et les autres Faucons, vous nous prévenez quand vous serez en position à Dubaï. Détendez-vous encore avec vos collègues et partez plus tard. Ici, nous préparerons votre arrivée et les différents éléments pour votre voyage. Wendy s'en occupe immédiatement.

— D'accord, patron, répondit Ulli. À ce soir.

— À bientôt.

Une fois la communication interrompue, les Faucons mirent au point leur planning.

— Je suis d'avis qu'on reste encore un certain temps à la piscine et au soleil. Ensuite, on abandonne Brad et Reb pour rejoindre Dubaï.

— On part à quelle heure ? demanda Deepak.

— Je dirais 17 heures au plus tard, répondit Ulli. J'attends les informations du QG de Lutry pour déposer mon plan de vol. À mon avis, on recevra ça d'ici une heure. On devrait obtenir un slot pour 18 heures à l'aéroport de Fujaïrah. Qu'en penses-tu, Vince ?

— J'aurai dit la même chose. Alors, allons-y.

Les Faucons profitèrent de ce qui sembla être leur dernier jour de vacances pour se reposer et jouir de l'océan Indien. Ils firent un long trajet à la nage, sans Ulli qui n'avait ni l'envie ni le physique adéquats.

À 17 heures, le Cadillac Escalade conduit par Tom partit du Miramar Beach Resort avec Vincent, Deepak et Ulli à son bord. À peine une demi-heure plus tard, ils arrivèrent à l'aéroport. Ils remirent l'Escalade au loueur de voitures et rejoignirent le Challenger 604 sur sa place de parc. Pendant qu'Ulli et Vincent s'occupèrent de leur préparation de vol, Deepak et Tom retirèrent les bâches protégeant les deux réacteurs.

Aussitôt, Ulli mit les deux engins en route et les fit tourner, le temps de se chauffer et d'effectuer les derniers contrôles. Ils reçurent le feu vert pour décoller dix minutes plus tôt que prévu. Ulli gagna rapidement le bout de piste et lança son bimoteur à toute vitesse. Ils décollèrent pour rejoindre l'aéroport de Sharjah à moins de vingt kilomètres au nord de Dubaï. Il était beaucoup plus discret et peu fréquenté.

Trente-cinq minutes plus tard, le Challenger se posa et se parqua. Wendy avait réservé un Tahoe au seul loueur de voitures de l'aéroport. La troupe prit la direction de Dubaï centre-ville. Le QG avait décidé de les loger au Novotel du World Trade Center. C'était dans les environs de l'immeuble où se situaient les bureaux de la FEDA et de Dubaï Import/Export LLC.

Arrivés assez facilement malgré une circulation importante, ils prirent possession de leurs chambres et se donnèrent rendez-vous une demi-heure plus tard pour dîner en ville.

Wendy leur avait réservé une table à Dubaï Creek, une partie de l'ancien port de Dubaï remontant à l'intérieur des terres. Le *Board Walk* était connu pour ses trois terrasses en teck avec de nombreuses bougies qui éclairent tout le restaurant.

Après le départ des autres, Bradley et Rebecca avaient chaussé leurs baskets de jogging et avaient couru une bonne heure le long de la plage, afin d'évacuer le stress accumulé.

Après une agréable baignade dans l'océan Indien dont l'eau était chaude, ils étaient partis se changer dans leurs chambres avant d'aller dîner tous les deux. Cela leur faisait drôle de ne plus avoir les autres avec eux. Les fous rires de Deepak manquaient et ils se sentaient seuls. Ils avaient l'impression que l'hôtel était vide. Ils mangèrent rapidement et décidèrent d'aller se coucher.

Pendant que ceux-là dormaient, les autres profitaient du lieu où ils étaient, émerveillés par son charme. Ils pensaient à leurs deux camarades restés à Fujaïrah. Ils espéraient arriver rapidement au bout de cette course-poursuite épuisante.

Ils rentrèrent à l'hôtel peu après 22 heures, eux aussi fatigués. Ils souhaitaient ménager leurs forces pour le dernier round. Ils décidèrent que Tom les appellerait aussitôt qu'il aurait reçu des informations de Rebecca, comme convenu avant leur départ d'Al Aqah.

Bradley et Rebecca avaient choisi de se retrouver pour le petit déjeuner à la même table que celle qu'ils réservaient quand ils étaient tous ensemble. Ils étaient plus reposés que la veille, même s'ils ressentaient une certaine mélancolie. Était-ce le départ des autres, le contrecoup de ces derniers jours, l'impression de n'avoir rien à faire ? « Et si c'était tout simplement tout cela à la fois ? », se demanda Bradley. Il fut brutalement sorti de sa torpeur par un puissant vibrato sur la table. C'était le téléphone de Rebecca. Elle prit l'appareil et s'éloigna.

L'appel ne dura pas aussi longtemps que Bradley se l'était imaginé. Trois minutes plus tard, Rebecca se rassit en face de lui. Il attendit qu'elle s'exprime.

— C'était le prince.

— Et alors ?

— Il m'a dit que l'on devrait aller jeter un coup d'œil ce soir à l'immeuble de *Sheikh Zayed Road* à sa fondation et à Dubaï Import/Export LLC entre 18 et 19 heures.

— Il était comment ?

— Gentil comme d'habitude, un peu distant. Je crois que les choses sont difficiles pour tout le monde en ce moment. Il m'a dit qu'il voulait me revoir pour une dernière balade avec Mac et Cayenne.

— Alors, tu vois, il n'est pas fâché.

— Non ! Mais cela ne nous mènera à rien, de toute façon.

— Rebecca, ne te fais pas des plans à l'avance ! Prends les choses comme elles viennent. Tu l'apprécies, vous aimez faire des activités ensemble, faites-les. Vis, ici et maintenant. Saisis tous les moments heureux quand ils se présentent.

— Ouais, tu as sûrement raison, on verra en temps utile.

— Bon, maintenant il faut téléphoner à Mark. Tu t'en occupes ? Moi je vais me resservir.

Rebecca prit son téléphone, partit pieds nus vers la plage où il n'y avait encore personne et appela Mark.

— Allô ! fit une voix endormie.

— C'est Rebecca, je vous réveille ?

— Oui, presque, il est 5 heures et quelques...

— Oh ! *Sorry*, patron. J'ai oublié le décalage horaire.

— Ce n'est pas grave. Comment allez-vous aujourd'hui ?

— Je vais bien. En plus, je sens qu'il va y avoir de l'action, alors, rien de tel pour ne pas réfléchir.

— Que voulez-vous dire ? Vous avez des nouvelles ?

— Le prince vient de m'appeler à l'instant. Il m'a conseillé de regarder ce qui se passe ce soir à la FEDA et à Dubaï Import/Export LLC. On fait quoi ?

— Finissez votre petit déjeuner. Prenez votre Tahoe et rejoignez les autres au Novotel du WTC Dubaï avec vos affaires les plus précieuses. Si vous voyez ce que je veux dire. Pour le moment, conservez toutes les chambres de l'équipe au Miramar. On fera le point plus tard. Je vous laisse envoyer un texto au Sword.

— OK, répondit une Rebecca retrouvant le sourire. Elle raccrocha.

Rebecca et Bradley firent très vite pour rejoindre l'hôtel des Faucons au WTC. Ils arrivèrent peu après 11 heures. Ils déposèrent leurs affaires dans les chambres que Tom leur avait réservées et redescendirent. Ce dernier avait organisé un repas au Royal Méridien sur la longue plage de Jumeirah. Ils prient leurs deux véhicules et s'y rendirent aussitôt.

Le parc de l'hôtel était piqueté de nombreux palmiers et de massifs de plantes. Une table avait été réservée au restaurant de la plage. Les Faucons étaient ravis de se retrouver, même si cela faisait moins de vingt-quatre heures qu'ils s'étaient quittés. L'effet de groupe, plutôt de meute, était important pour chacun d'entre eux.

Par ailleurs, attendre n'était pas ce qu'ils préféraient. C'étaient des hommes et des femmes d'action. Enfin, les choses s'accéléraient.

Ils profitèrent ainsi de leur après-midi. Ce ne fut qu'à 16 h 45 qu'ils repartirent vers leur hôtel se changer et se préparer en vue de leur intervention de la soirée. À 17 h 30, le téléphone mobile de Tom sonna.

— Tom, c'est Mark. Vous êtes prêts ?

— Oui, presque, pourquoi ?

— Peter, le premier attaché du consulat, vient d'apercevoir le barbu qui essayait de ne pas se faire remarquer quand il est entré dans l'immeuble de la FEDA. Le compte à rebours est lancé.

— OK, patron, on y sera dans cinq minutes.

Tom envoya un SMS d'alerte aux autres qui le rejoignirent dans le hall cinq minutes plus tard. Rebecca avait les cheveux encore mouillés. Elle avait juste eu le temps de les peigner. Ils bouclaient déjà. Les combattants quittèrent le Novotel, tout en discutant de l'opération.

37

Les six parcoururent d'un pas cadencé les quelques centaines de mètres qui les séparaient de l'entrée de l'immeuble. Une première équipe composée d'Ulli et Bradley alla directement au onzième étage aux bureaux de Dubaï Import/Export LLC. Une seconde composée de Tom et Deepak se rendit au douzième où se trouvaient ceux de la FEDA. Enfin, Rebecca et Vincent restèrent en bas de l'immeuble et interrogèrent Peter sur ce qu'il avait vu exactement.

À ce moment-là, une Maybach se présenta à quelques mètres du petit groupe qui discutait. Le véhicule s'introduisit dans le parking souterrain. Rebecca remercia Peter et lui demanda de rejoindre son consulat. Elle prévint les autres que la fameuse voiture arrivait.

Trois minutes plus tard, Tom confirma qu'une femme voilée accompagnée d'un garde du corps imposant venait de monter aux bureaux de la Fondation.

Rebecca et Vincent allèrent aux ascenseurs qui s'élevèrent. Vincent descendit au onzième étage rejoindre Ulli pour surveiller discrètement le palier. Bradley rattrapa Rebecca dans l'ascenseur pour se rendre au douzième et compléter l'équipe de Tom et Deepak, déjà en position.

Les quatre définirent leur stratégie. Tom, Bradley et Rebecca se mirent de chaque côté des portes vitrées épaisses afin de rester invisibles depuis l'intérieur. Deepak, quant à lui, devait jouer le rôle de l'indien qui s'était perdu. Il y en avait partout à Dubaï, il ne détonnerait pas. Il sonna une première fois sans réponse, une seconde fois, toujours sans réactions et une troisième fois encore plus longuement.

Il fallut quelques secondes pour que les Faucons entendent enfin des pas feutrés se rapprocher. L'immense garde du corps qui devait mesurer au moins un mètre quatre-vingt-dix et peser ses cent trente kilos se présenta devant la porte, face à Deepak, à travers les vitres. Il lui demanda ce qu'il voulait à cette heure-ci. Deepak ne se démonta pas. Il le questionna pour savoir s'il était bien au onzième étage. Il cherchait la société Dubaï Import/Export LLC. Le garde du corps fit un geste indiquant le dessous. Deepak fit celui qui ne comprenait pas.

Agacé de perdre son temps, le garde du corps déverrouilla la porte. Il avança vers Deepak. Il n'eut pas la possibilité d'ouvrir la bouche. Tom lui assena un violent coup du tranchant de la main au niveau de la jugulaire. Cela l'étourdit net. Aussitôt, ils lui mirent les bras dans le dos et serrèrent les bracelets en plastique. Ils firent de même avec ses pieds et le laissèrent dans un des coins du palier encore groggy, un ruban adhésif sur la bouche.

Rebecca appela Ulli et Vincent, leur ordonnant de rester planqués là où ils étaient. Elle les prévint qu'ils allaient pénétrer dans le bureau.

Ils entrèrent, Tom en tête, suivi de Bradley, Deepak puis Rebecca. Ils avaient tous leurs armes de poing. Ils avançaient à pas feutrés repérant les lieux. Les bureaux ne semblaient pas occupés. Ils contrôlèrent chaque pièce par acquis de conscience.

Au fond du couloir, ils entendirent des voix parlant arabe. Ils continuèrent leur lente progression quand, tout à coup, une voix féminine appela.

— Ahmed, tu viens ?

Rebecca leur fit signe. Ils accélérèrent le pas jusqu'au dernier bureau d'où venait la lumière. Tom, de sa main gauche, compta jusqu'à trois et déboula dans le bureau côté droit. Il fut suivi par Bradley côté gauche, puis par Rebecca et Deepak.

Ils se retrouvèrent dans le bureau du président de la FEDA. Le bureau en marqueterie de bois précieux était imposant. La pièce mesurait bien une quarantaine de mètres carrés. Leur arrivée impromptue surprit deux personnages derrière le bureau. Il y avait une grande femme mince portant un niqab, et un barbu.

— Mais qui êtes-vous ? questionna en arabe la femme interloquée. Qui vous permet de braquer des armes sur nous ? Vous êtes dans une fondation humanitaire.

— Toi, là-bas, mets tes pattes sur la tête, dit Rebecca en arabe au barbu dont les mains cherchaient une arme dans sa *Gandourah*. Vous, asseyez-vous dans le fauteuil. Posez vos mains bien à plat sur le bureau, dit-elle en désignant la femme.

Celle-ci s'exécuta de mauvaise grâce. Le ton utilisé par Rebecca ne laissait aucun doute quant à sa volonté et ses intentions.

— Qui êtes-vous et que nous voulez-vous ?

— Qui nous sommes n'a aucun intérêt. Nous exigeons des réponses.

— Mais alors pourquoi ces armes ? Nous sommes une fondation humanitaire et pas des terroristes.

— C'est vous qui dites ça ? J'aurais tout entendu dans ma vie, s'exclama Rebecca en anglais vers les autres. Tom garde le barbu en joue. Madame, asseyez-vous à la table de conférence à ma droite. Nous allons avoir une petite discussion, reprit-elle en arabe.

— Il n'en est pas question. Je suis agressée dans une fondation présidée par le prince Abdullah. J'appelle immédiatement la sécurité.

Elle saisit le combiné.

— Reposez le téléphone dans la seconde, si vous souhaitez rester vivante. Asseyez-vous, et tout de suite. – La femme inquiète accepta. Il faut en finir une bonne fois pour toutes, dit Rebecca, énervée par l'odieux personnage, tout en visant son front avec son Bul Cherokee.

Tom et Deepak encadraient le barbu qui gardait les mains sur la nuque. Ils lui subtilisèrent son arme, un Tokarev. Il ne bougea pas. Il avait compris que ces personnes étaient des professionnels. C'étaient certainement des agents de la CIA, pensait-il. La femme restait agressive et hautaine. Cependant, elle s'exécuta et finit par s'asseoir là où la combattante le lui avait demandé. Rebecca prit place en face d'elle. Elle remit son Bul Cherokee dans son dos, prête à le reprendre à la moindre alerte. Deepak s'approcha et assura sa protection en visant la mystérieuse femme.

— Alors, comme ça, la fondation est une couverture pour dissimuler des terroristes !

— Mais qu'est-ce que vous racontez ? Nous créons des écoles. Nous favorisons l'accès à l'université. Nous participons à des expositions dans toute la planète sur le monde arabe. Vous délirez complètement.

— Si je vous suis bien, ce monsieur est votre conseiller culturel !

Rebecca eut un sourire sarcastique. Le visage des deux autres se figea d'un coup. Elle avait visé juste.

— Mais... bredouilla la femme.

— Je maintiens que vous êtes une entreprise terroriste. Cet homme est responsable de la mort de plusieurs personnes. Vous êtes sa complice. Suis-je assez claire ?

— Nous ne sommes pas des terroristes, mais des justiciers. Nous réparons les préjudices que vous nous causez, vous et vos semblables. Nous défendons la culture et la population arabes que vous ne cessez de bafouer depuis des dizaines d'années. Vous envahissez nos pays, les uns après les autres. Vous profanez nos terres et nous ne devrions rien dire ? Si nous en sommes là maintenant c'est votre faute. Le 11 septembre n'a été que le début de la révolution arabe.

— Et vous me dites que vous n'êtes pas des terroristes ? Je pensais que cette fondation était humanitaire et pacifiste. Si j'en crois son président, c'est bien son but, non ?

— Le prince Abdullah est un naïf. Il se figure que les infidèles vont plier parce qu'il l'a décidé. Il imagine qu'affirmer notre culture suffit. C'est un combat, une croisade pour notre liberté. Cela ne s'arrêtera que quand l'Irak, l'Afghanistan, la Palestine seront libérés. Israël doit être rayé de la carte. Nos frères emprisonnés doivent recouvrer la liberté. Les Suisses devront accepter que nous construisions des minarets.

— Dans ce cas, pourquoi empêcher la construction d'églises ou de synagogues ?

— Nous sommes en terre musulmane, elles n'ont rien à faire chez nous, dit la femme toujours véhémente.

— Soyez cohérente, si vous refusez les synagogues et les églises chez vous. Il est tout à fait acceptable que les chrétiens en fassent de même avec les mosquées, après tout !

— Parce que nous avons droit au respect, et cela commence par la fin des interdictions du voile, de toutes les vexations, et l'autorisation des minarets. De toute façon, c'est la disparition du monde chrétien et le début de la domination musulmane.

Rebecca était horrifiée par ce discours, bien que ce ne fût pas la première fois qu'elle y était confrontée. Pour elle, le temps des croisades était passé. « Ce n'est pas le cas pour tous », se dit-elle.

— Pardonnez-moi, je ne reconnais pas bien votre accent arabe. Il y a quelque chose qui m'échappe. Vous avez un vocabulaire pauvre, répétitif, et une prononciation imparfaite de mon point de vue. Vous n'êtes pas arabe, c'est juste ? dit Rebecca avec provocation.

— Je suis musulmane.

— Oui, peut-être, mais vous n'êtes pas arabe. Votre langue maternelle n'est pas l'arabe, même si vous vous débrouillez très bien pour une étrangère. Votre accent vous trahit.

— Ça suffit maintenant, hurla la femme en anglais frappant violemment sur la table.

« En plein dans le mille ! », se dit Rebecca. Décidément, c'était son jour !

— Vous oubliez que vous parlez à une princesse de la famille royale. Pour cela, vous serez châtiés et ce sera la peine de mort.

— Vous prenez vos désirs pour la réalité.

Les autres Faucons sourirent. Maintenant que la discussion se poursuivait en anglais, ils comprenaient.

— Une princesse se comporterait autrement, rétorqua Rebecca.

— Je le suis bel et bien. Je suis chez moi dans une fondation que je dirige avec le prince Abdullah.

— Ne me dites pas que vous êtes...

— Je suis...

— La princesse Djamilla, s'exclama tout haut Rebecca.

— Exactement.

Les Faucons furent abasourdis. Personne ne s'y attendait. Leur surprise ne s'arrêta pas là. La princesse Djamilla, se sachant démasquée, décida de retirer son niqab. Un silence pesant envahit la pièce. Djamilla était européenne, blonde comme les blés, avec quelques taches de rousseur. Rien à voir avec la femme arabe qu'ils imaginaient avant de pénétrer dans le bureau.

— C'était donc ça, votre secret. Vous n'êtes absolument pas arabe.

— Je suis née au Royaume-Uni, mais je suis musulmane et princesse de cet Émirat. Mon mari est le prince Abdullah. Vous me devez le respect dû à ma position.

— Mais quel rang ? intervint Deepak qui bouillait ! Vous n'êtes qu'une folle et un assassin.

— Je ne suis ni l'un ni l'autre, dit-elle calmement. Je rétablis la balance pour une justice en faveur de mes frères arabes.

— Mais vous êtes britannique, pas arabe, souffla Rebecca avec une certaine douceur.

— Je suis musulmane ! hurla la princesse. Et vous serez tous punis pour ce que vous avez fait. Mon mari vous châtiera.

— C'est ça cause toujours, s'exclama Rebecca. Vous ne méritez pas votre mari, qui est un homme bon et généreux.

— Ce n'est qu'un faible et c'est pour cela qu'il n'a pas été désigné comme prince héritier. Le prince Mohammad est un grand chef. Avec lui, nous donnerons la victoire aux musulmans.

— Attendez, je n'y crois pas, dit Bradley visiblement abasourdi. Vous sous-entendez que vous êtes de mèche avec le prince Mohammad ?

— Le prince Mohammad comprend parfaitement ce que nous faisons ici et nous soutient de toutes ses forces.

— Mais il supporte aussi les Américains.

— Officiellement, oui ! Mais son souhait profond est qu'ils partent et que tous les pays arabes soient libérés du joug occidental.

— Votre mari en est-il informé ?

— Il préfère ses chevaux. Il ne comprend rien à la politique de toute façon. Il n'a jamais accepté la grande œuvre qu'accomplit son frère, le prince héritier. Lui au moins est un leader charismatique, tout son opposé.

— Je me trompe, ou bien vous êtes amoureuse du prince héritier, demanda Rebecca surprise de ce qu'elle venait d'entendre.

— C'est ma vie privée.

— Et le prince Abdullah ?

— Je me fiche du prince Abdullah.

— Il y a quelque chose qui m'échappe, dit Tom. Comment une femme britannique pure souche peut-elle devenir une islamiste ?

— Je ne suis pas une terroriste, je suis une justicière !

— Si ça vous fait plaisir. Mais que s'est-il passé ? Vous avez dû vivre un traumatisme énorme pour en arriver là, interrogea calmement Bradley. Ce n'est pas possible autrement.

La douceur du ton utilisé par Bradley et la justesse de sa question toucha en plein cœur. La princesse jusque-là arrogante et agressive s'écroula et plongea dans un flot inextinguible de larmes. Les Faucons attendirent que cela cesse. Pour la première fois, la princesse les toucha émotionnellement.

— Pourquoi ont-ils tué mon petit frère Andrew ? murmura-t-elle.

— Qu'est-ce qui s'est passé ? demanda Rebecca avec douceur et compassion, se doutant à présent qu'un drame personnel se cachait derrière tout ça.

— Mon petit frère Andrew a été abattu comme un chien par les forces de police britanniques alors qu'il manifestait contre l'occupation de la Palestine. Il a reçu une balle en caoutchouc en plein visage et est mort le lendemain. Il n'avait que seize ans et ne faisait rien de mal.

— C'est dramatique, mais cela n'explique pas, comment vous êtes devenue musulmane, princesse et terroriste.

— Après l'enterrement de mon frère, et alors que je faisais mes études universitaires à Oxford, je me suis rendue assez souvent à Londres dans le quartier de Finsbury. J'y ai fait la connaissance de l'imam Sheikh Mustapha Arja qui a compris mon désarroi et m'a beaucoup aidé. C'est grâce à lui que j'ai réalisé que ma véritable foi était l'islam et donc je me suis convertie.

— Mustapha Arja a été expulsé du Royaume-Uni pour propagande terroriste.

— Il montrait la vérité. Il avait raison.

— Bon, poursuivez.

— Ensuite, j'ai fait la connaissance du prince Abdullah et je me suis mariée. Quand il a fini ses études, nous nous sommes établis à Dubaï. Il m'a demandé de m'occuper de sa fondation, ce que j'ai fait. Mais je me suis vite rendu compte que cela ne suffisait pas. J'ai gardé des relations avec Mustapha Arja. Puis j'ai décidé que la fondation serait le meilleur moyen pour faire plier les Croisés. Et c'est ce que nous avons réussi. Ali m'a aidé dans ce projet. L'Occident devait comprendre que l'on ne lui permettrait plus de mépriser le monde arabe.

— Mais vous avez assassiné des innocents ! hurla Deepak.

— Il y a toujours des victimes collatérales, c'est la vie ! lâcha-t-elle froidement.

— J'ai encore quelques questions. Les bureaux de Dubaï Import/Export LLC sont juste en dessous. Quel rapport entre cette société et la fondation ? Connaissez-vous Michel Aubert ?

— C'est très simple. La FEDA nous permet d'agir dans le monde entier comme organisation humanitaire présidée par un prince de l'Émirat. Quoi de plus prestigieux ?

Mais il nous fallait des armes et de l'argent. Même si mon mari dote largement la Fondation, ce n'était pas suffisant pour nos projets. Grâce à Allah, le prince Mohammad nous a soutenus financièrement. Afin d'avoir accès à des armes sans difficulté, nous avons créé la Dubaï Import/Export LLC qui a pour vocation de faire du commerce en général. Le directeur de la firme est un manager pakistanais qui s'y connaît parfaitement. La société est tout à fait prospère, ce qui est parfait pour financer des actions anti-occidentales dans le monde entier. Par ailleurs, l'entreprise est devenue le fournisseur en armes des Émirats. Cela nous permet de pourvoir des groupes terroristes frères en armes sophistiquées. Mais aussi de transférer de la technique occidentale en Iran, qui nous fournit des armements pour différents groupuscules.

— Et Michel Aubert ?

— Ce monsieur est le banquier de ces altesses qui lui ont confié de grosses sommes à investir. Malheureusement, cet idiot avide a placé nos capitaux dans des fonds Madoff, sans nous avertir. Résultat : nous avons perdu des sommes considérables. C'est ainsi que nous avons exigé qu'il achète la société de microélectronique SMS afin d'avoir à notre disposition la dernière technologie en matière de détonateur, et ce, sans aucun contrôle. Il suffisait de mettre de côté des pièces sans identification. C'est ce que fait la SMS qui nous appartient. Par ailleurs, nous ne voulions pas que le prince Abdullah découvre qu'il manquait de l'argent dans la caisse. Le prince Mohammad nous a discrètement apporté des capitaux et l'achat de SMS nous a permis de réaliser de gros bénéfices et de rattraper nos pertes. Ainsi Abdullah s'occupe de ses canassons et nous de ses affaires.

— Et c'est comme cela que, ces dernières années, vous avez perpétré un certain nombre d'attentats.

— Exactement. Vous voyez, on n'est pas si bêtes ! On a ainsi pu continuer notre commerce avec l'Iran et distribuer des armes à nos frères.

— C'est une façon de voir les choses. Et pourquoi avez-vous fait sauter l'avion Swiss Airlines et comment ?

— Il avait été piégé dès son décollage de Dubaï avec plusieurs charges de M112 sous la première rangée de sièges. En cas d'assaut, Ali s'échappait et déclenchait l'explosion pour couvrir sa fuite. Il lui suffisait d'employer les détonateurs spécifiques activés par texto depuis son téléphone mobile au moment voulu et le tour était joué.

Le M112 était une forme de C4, l'explosif à usage militaire, mais utilisé pour la destruction de bâtiments et par conséquent facile à subtiliser. Il avait une puissance exceptionnelle et une capacité à cisailler ce sur quoi il était disposé. Cela expliquait pourquoi Paul avait l'impression que la partie avant de l'Airbus avait été coupée nette.

— Bon, maintenant, on fait quoi de ces deux malades ? demanda Deepak, en colère.

— J'ai mon avis là-dessus.

— Alors, dis-nous.

Bradley leur fit signe de reculer afin de parler à voix basse sans que les deux terroristes les entendent.

— Tu peux me dire maintenant ? questionna Deepak avec énervement.

— Calme-toi, Deep. Je suis d'avis que l'on déguerpisse avant que la police n'arrive. On ne sait jamais ce qu'ils ont prévu. Je vous dirai ensuite le fond de ma pensée. De toute façon, on ne peut rien faire ici sans se mettre dans l'illégalité. Je ne suis pas sûr que notre patron aimerait que l'on se fasse pincer. Le mieux, c'est d'y aller et d'en discuter ensemble à froid. Y a-t-il des objections ?

— Je crois que Bradley a raison, dit Rebecca. Il vaut mieux dégager de là avant que toute la police de Dubaï ne nous traque. Je pense que nous devrions leur foutre la trouille avant de partir établir notre plan.

— Pour ce coup, je suis d'accord, dit Deepak.

— Moi aussi, dit Tom.

Les quatre Faucons se tournèrent vers la princesse et Ali Abou Bakri. Bradley s'adressa à eux.

— Nous sommes très tentés de vous abattre. Mais vous n'en valez pas la peine. On vous donne vingt-quatre heures pour déguerpir. Ensuite, on prévient la presse, le prince Abdullah et Dieu sait qui. Deep vérifie s'il y a une arme dans le bureau.

— Y en a deux.

— Prends-les avec toi.

Ils reculèrent, arrachèrent le téléphone tout en brandissant leurs pistolets. Ils fermèrent la porte et partirent au plus vite. Rebecca appela les deux autres à l'étage en dessous.

— On redescend. Venez nous rejoindre à l'ascenseur, on s'arrêtera à votre niveau.

— OK, on arrive, répondit Vincent.

38

Les six au pied de l'immeuble choisirent de quitter l'endroit et de se mettre plus à l'abri. Ils décidèrent de rejoindre le WTC, où il y avait toujours du mouvement. Une discussion assez mouvementée débuta, Deepak étant particulièrement remonté.

— J'aimerais qu'on m'explique pourquoi on n'a pas buté ces deux saloperies. Il y a quelque chose qui m'échappe.

— Écoute Deep, je comprends ton énervement, dit doucement Rebecca. Dans mon pays, on m'a appris à faire comme tu le proposes. Maintenant que je suis avec les Faucons, je pense autrement. Je préfère peser le pour et le contre. Ensuite, j'agis.

— Ce sont des assassins !

— Oui, mais on a le temps de réfléchir, ici, tous ensemble. De prendre la bonne décision. Tu piges Deep ?

— Ouais, bof ! il haussait les épaules, peu convaincu.

— Écoute Deep, on a toujours dit que ce type de choix devait se faire à l'unanimité, reprit Bradley. Il n'y avait aucune urgence justifiant qu'on les abatte là-haut, sur le champ, pour sauver notre peau. Par ailleurs, laisser deux cadavres et avoir toute la police de Dubaï à nos trousses, je n'y tiens pas vraiment. Je crois que l'on doit d'abord en discuter avec Mark pour avoir son avis. Enfin, je suis convaincu qu'ils vont essayer de s'enfuir. Ce sera vraisemblablement en traversant le détroit vers les côtes iraniennes, refuge le plus proche. Cela nous laisse toute latitude pour agir.

— Si je pige, on appelle le QG de Lutry et après on décide de ce qu'on fait. C'est ce que tu proposes, Brad ? demanda Deepak.

— Exactement. Ça te convient ?

— C'est une bonne idée, mais on le fait maintenant, parce que je ne voudrais pas qu'ils échappent à une sentence.

— On l'appelle tout de suite. Quelqu'un a-t-il quelque chose à ajouter ? Non ! Alors, OK.

Ils téléphonèrent à Mark qui attendait depuis un certain temps déjà d'être contacté par les Faucons. Bradley résuma la situation. Il lui demanda son avis.

— Ils ne vont plus rester aux Émirats très longtemps. À coup sûr, vous les avez effrayés. Par ailleurs, ils ont noué des contacts en Iran pour l'armement et ce pays se trouve en face de Dubaï. Sven me signale que l'enclave omanaise de Musandam se situe exactement à dix-huit kilomètres de l'Iran, au niveau du détroit d'Ormuz. C'est là que j'irais à leur place.

— C'est aussi ce qu'on s'est dit.

— S'ils s'échappent en Iran, ils ne paieront jamais pour ce qu'ils ont fait. Les chances qu'ils soient jugés sont faibles vu que la princesse est l'épouse du prince Abdullah, continua le patron du Sword.

— C'est donc un *extrême préjudice* ? demanda Rebecca.

— C'est à vous de trancher. Ralf et moi, nous nous rallierons à votre décision. C'est vous qui devrez agir si vous choisissez de les sanctionner.

— En clair, patron, vous nous laissez libres de notre choix.

— Oui. Restez en harmonie avec ce que vous êtes. Respectez l'éthique des Faucons, c'est tout ce que je vous demande.

— OK, patron. On va y réfléchir et on vous informera.

Ils raccrochèrent et la discussion reprit de plus belle.

— Maintenant, on fait quoi ? demanda Deepak.

— Je pense qu'ils quitteront l'Émirat dans le délai qu'on leur a donné.

— Moi aussi. Ils vont rejoindre le port de Khasab et traverser le détroit, à tous les coups.

— Cela ne répond pas à ma question, reprit Deepak toujours remonté. Que fait-on ?

— Je pense aux victimes. Je ne suis pas d'accord pour les laisser se réfugier en toute impunité en Iran, dit Rebecca.

— Moi non plus, ajouta Tom, aussitôt suivi par le reste de ses collègues.

— On est tous d'accord, affirma Rebecca alors que les autres lui faisaient un signe positif de la tête. Dans ce cas, je préviens Mark, puis je donnerai un coup de téléphone au prince pour le remercier.

— OK. Après on définit notre stratégie.

Rebecca passa ses appels. Mark ne sembla pas étonné de leur décision. Elle en profita pour l'informer de ce que la princesse Djamilla avait dit pendant leur conversation, quand elle avait fait allusion à un événement qui clouerait le bec aux impérialistes tout prochainement. Cela ne fit que confirmer l'hypothèse de Mark, pour laquelle il avait tenu à garder Nibs et Paul à disposition. « Nous aurons bientôt du fil à retordre », se dit-il.

Rebecca remercia le prince pour sa loyauté et pour l'information qu'il lui avait donnée. Elle lui dit qu'elle ne serait pas surprise que la princesse cherche à s'échapper en Iran par la mer. Il lui demanda de l'appeler avant de repartir en Europe pour faire la balade à cheval.

Ils décidèrent de se scinder en deux équipes. Les quatre Faucons partiraient vers le port de Khasab effectuer les repérages nécessaires à une opération. Auparavant, ils prendraient leurs effets personnels au Novotel avec tout leur matériel de combat. « Traverser le détroit d'Ormuz peut se révéler très dangereux pour la princesse et Ali Abou Bakri, surtout si les Faucons sont dans les parages », se dirent-ils. Leurs crimes ne resteraient pas impunis. Ils prirent l'un des deux Tahoe et partirent.

Ulli et Vincent avaient été chargés de surveiller les allées et venues de la princesse. Ils prirent leur véhicule et se mirent en faction au pied de l'immeuble.

Il ne fallut pas longtemps pour que la Maybach sorte du parc de stationnement. Ulli, au volant, se mit en chasse en respectant les consignes de Bradley. Ils remontèrent *Sheikh Zayed Road* et virent la Maybach rentrer dans le lotissement de la famille royale, chose qui ne les surprit aucunement. Vincent avertit les autres par texto.

L'équipe des Faucons arriva à Khasab après 21 heures. Ils décidèrent d'aller directement au port traditionnel, juste à côté des docks pour porte-conteneurs en eau profonde. Il y avait de nombreux bateaux typiques de la région, des boutres, que l'on appelait également des *Dows*. Ces vaisseaux en bois servaient aussi bien à la pêche artisanale et au commerce régional qu'au trafic d'armes avec l'Iran, malheureusement.

Une fois leur tour de repérage effectué, ils décidèrent d'aller se restaurer à l'hôtel Golden Tulip qu'ils avaient repéré en arrivant. Il se situait à cinq minutes du port en voiture. Ce fut l'occasion pour eux de se détendre tout en mangeant des fruits de mer frais. Ils firent le point sur leur projet.

Vers 23 heures, Rebecca appela Vincent. Il n'y avait rien de nouveau pour le moment. Il les avertirait au moindre mouvement. Ils s'installèrent dans leurs 4x4 dans la position, la plus confortable possible, et commencèrent à somnoler.

Pendant ce temps, Mark avait convoqué une réunion du Board. Il avait résumé la situation et informé l'équipe de la décision des Faucons. Personne ne la contesta.

Il expliqua que la princesse Djamilla avait fait allusion à une apothéose prochaine. Il précisa qu'avec Ralf, Paul et Nibs, ils étaient convaincus depuis plusieurs jours que ce serait pendant le G20 à Montreux. Comment ? C'était la question. Paul et Nibs présentèrent leurs propres hypothèses.

Il fut convenu de laisser les deux combattants s'organiser comme ils l'entendaient. Mark décida alors de clore la réunion.

Ralf et Mark, fatigués, rentrèrent à pied jusqu'à la propriété. Au dernier moment, Anook avait accepté de faire la baby-sitter au grand plaisir des enfants. Quand ils arrivèrent, la porte d'entrée à peine fermée, les jumeaux les accueillirent en pyjama.

— Bonsoir, Anook !

— Bonsoir, Mark ! Bonsoir, Ralf ! Vous allez bien ? Je me suis permis de faire dîner les enfants. Vous aurez ainsi tout le temps pour vous détendre.

— Merci beaucoup, Anook. Qu'as-tu préparé à manger ?

— Je suis passée par le traiteur thaï où j'ai acheté des plats. J'en ai gardé pour nous trois. On les réchauffera quand Zoé et Elliott seront au lit, si vous êtes d'accord.

— Hum, génial, ça ! dit Ralf.

— Bon ! Allons coucher ces deux petits.

— D'abord, on n'est pas petit, et on a envie d'une histoire, hein, Zoé ?

— Oui, Elliott a raison.

— Je monte avec vous, dit Mark.

— Non, on vous veut tous les deux, toi et Anook.

— Mais quels tyrans ceux-là ! s'exclama Anook, suivant Mark et les enfants.

Ralf en profita pour aller se changer rapidement chez lui.

Ils redescendirent au rez-de-chaussée. Ralf revint avec une bouteille de vin rouge, une syrah du Valais. Il en servit un verre à chacun. Anook réchauffa les plats qu'elle avait achetés.

— Merci beaucoup, Anook, de m'avoir dépanné au dernier moment, dit Mark. Cette période-ci, mon emploi du temps est très élastique et approximatif.

— C'était avec plaisir, tu sais. Je le pouvais, alors c'était parfait. Tu as l'air fatigué.

— Je le suis. Je ne fais plus la différence entre le jour et la nuit, et cette nuit, ça va continuer !

— C'est toujours cette histoire ?

— Oui, mais elle touche à sa fin, heureusement.

— Tu crois que les attentats cesseront ?

— Je l'espère. En tout cas, on fait tout pour, je te donne ma parole.

— Je m'en doute. Tu devrais essayer de dormir quelques heures si tu peux.

— C'est ce que je vais faire plus tard, figure-toi.

Ils finirent de dîner et Anook rentra chez elle. Ralf prit le chemin de ses appartements. Mark alla se coucher, son téléphone mobile à portée de main, il savait qu'il serait bientôt réveillé par les Faucons.

39

Un son strident et puissant réveilla Rebecca et les autres dans le véhicule. Son téléphone mobile sonnait. Elle sut par la tonalité personnalisée que c'était Vincent. Il était à peine 3 h 30 du matin.

— Allô ! Rebecca ! La Maybach vient de sortir du palais et prend l'autoroute vers le sud. Je pense que ce coup-ci, c'est le bon. Préparez-vous, ça va chauffer.

— Tu m'as l'air en pleine forme, toi. Donne-nous cinq minutes pour ouvrir les yeux. On se prépare. Fais gaffe. Ne te fais pas repérer. Laissez-vous distancer si c'est nécessaire. Pas de contact avec eux, ce sont des très méchants, et nous ne sommes pas là pour vous couvrir.

— T'inquiètes... On tient à la vie. Ulli a été formé par Bradley, c'est un as de la filature maintenant. – Sourire. Allez, salut !

— Salut !

Rebecca essayait de détendre son corps qu'elle avait contorsionné pendant son sommeil dans le Tahoe complètement embué. Elle ouvrit sa vitre et s'activa pour secouer les autres, profondément endormis. Ils étaient habitués à de telles circonstances. Ils avaient la capacité de dormir n'importe où pour récupérer et de se réveiller tout aussi vite, prêts au combat.

Après avoir complètement aéré le véhicule et fait quelques pas dans le parc de stationnement, les Faucons étaient d'attaque. Tom prit le volant et quitta le Golden Tulip pour rejoindre le port. Une épaisse brume recouvrait l'océan. Il se gara face au bassin. Les Faucons, habillés chaudement, prirent plusieurs sacs marins contenant leurs armes, les explosifs et leur matériel de plongée.

La veille, ils avaient repéré un *Dow* qui correspondait tout à fait à ce qu'ils recherchaient. Il était toujours à sa place tout au bout du premier quai. Ils déposèrent leurs précieux paquetages à bord. Deepak s'occupa de défaire les amarres. À l'aide des rames, ils progressèrent lentement dans le port. Quand Bradley considéra qu'ils s'étaient assez éloignés, il démarra le moteur et quitta le bassin au ralenti, le plus discrètement possible.

Ils avaient enclenché leur application GPS sur leurs téléphones mobiles. L'objectif était de s'écarter suffisamment des côtes pour ne pas être repéré, tout en évitant de pénétrer dans les eaux iraniennes, symbole des pires ennuis.

Au bout de trois kilomètres, Bradley arrêta son moteur. Ils attendirent que le *Dow* se stabilise, chose aisée, l'océan étant calme et plat ce matin-là. L'attente commença. Rebecca avait l'œil rivé sur sa carte GPS et s'assurait qu'ils ne dérivaient pas. Au moindre doute, ils repositionneraient leur embarcation au bon endroit.

Ils se préparèrent en silence. Ils portaient leurs combinaisons de nageurs de combat renforcées de fibres en Kevlar et carbone en cas d'attaque. Leurs fusils mitrailleurs MP5 Navy étaient prêts. De son côté, Tom, l'artificier du groupe, avait installé une charge de C4 avec son détonateur qu'il pourrait déclencher depuis son téléphone mobile, placé dans un étui étanche.

Une heure plus tard, celui de Rebecca, dont le volume de la sonnerie avait été baissé, sonna.

— Salut, Rebecca ! On est à Khasab au port de plaisance.

— Et la princesse ?

— Elle est toujours dans sa voiture pour le moment. Son garde du corps est parti sur les pontons, il y a cinq minutes. J'imagine qu'il vérifie que tout est en ordre pour sa patronne.

— Oui, certainement. Appelle-moi quand elle part.

— OK.

Il fallut attendre encore un bon quart d'heure pour que la sonnerie du téléphone mobile retentisse de nouveau.

— Tenez-vous prêts, elle vient de descendre accompagnée du barbu et de son colosse qui porte des valises. Ils vont sur les pontons. J'imagine qu'ils ont un bateau qui les attend. Je te redis dès que j'en sais plus.

Cinq minutes plus tard, Ulli et Vincent virent la Maybach redémarrer, puis faire demi-tour. Ulli en profita pour avancer son véhicule jusqu'à l'endroit où était garée précédemment la limousine. Ils avaient un point de vue excellent sur les trois fugitifs, même si, en fait, ils ne percevaient que des silhouettes noyées dans un magma de brouillard.

Ulli et Vincent, une veste polaire sur le dos, sortirent discrètement et attendirent, adossés au Tahoe. Les trois fantômes devinrent invisibles. Soudain, Ulli perçut le bruit de puissants moteurs. Ils avancèrent lentement sur le ponton. Ils y découvrirent un large emplacement libre et entendirent un bateau qui s'éloignait du port en accélérant. Vincent informa aussitôt les combattants.

— Ils ont pris un gros cruiser très puissant qui sort maintenant. On ne les a pas vus à cause du brouillard, mais je ne vois pas qui d'autre cela pourrait être.

— Merci, Vince. Ça y est, l'assaut final est pour bientôt. Merci les gars. Restez au chaud, on arrive.

— Salut, Reb ! Prenez soin de vous, on tient à vous.

— Ne t'inquiète pas, tout ira bien. Allez, j'y vais.

Bradley avait laissé son moteur éteint pour distinguer le moindre son. Le bruit sourd de deux gros in-bord se fit entendre et devint de plus en plus fort. Bradley démarra aussitôt son moteur. Les autres scrutèrent l'horizon à l'aide de leurs jumelles marines Fujinon, à la recherche d'un bateau de croisière puissant.

— Là-bas ! Regardez ! s'exclama Deepak qui avait les yeux perçants d'un chat.

— T'as raison, on dirait un gros cruiser d'au moins vingt mètres. Brad, tu l'as vu ?

— Oui. Vous êtes prêts ? Il est à trois cents mètres au nord-ouest de notre position. On y va. Tom, ton C4 est OK ? Les mobiles sont dans les pochettes plastiques ?

— Paré.

— On va dessus et à quarante mètres, on plonge comme convenu.

— OK, dirent les autres.

Ils se concentrèrent. Un mauvais plongeon à une vitesse pareille était mortel. Ils avaient encore cent cinquante mètres à parcourir avant de percuter le cruiser venant de la côte. Soudain, une explosion rompit le silence. Une boule de feu déchira le ciel. Les Faucons se demandèrent ce qui venait d'arriver.

40

Derrière l'écran de fumée, les Faucons aperçurent un bateau virant pour rejoindre la côte émiratie. Il passa à moins de cent mètres du *Dow* que Bradley pilotait. Rebecca reconnut une silhouette qu'elle identifia aisément sur le pont supérieur. En passant, le personnage au port altier leur fit un signe.

— Ça alors ! Ce ne serait pas le prince Abdullah ? interrogea Deepak stupéfait.

— Oui, je crois bien, lui répondit Rebecca.

— Dire que la princesse Djamilla le prenait pour un faible ! Elle s'est foutu le doigt dans l'œil.

— Ça, c'est sûr. Elle l'a payé cher, dommage pour elle !

Leur mission remplie par un autre, les Faucons firent demi-tour. Tom retira son C4. Il désarma le détonateur. Rebecca appela Ulli et Vincent pour les avertir de leur arrivée prochaine au port de plaisance.

Quelques minutes plus tard, Bradley arrêta le moteur du *Dow* juste avant le début du chenal. Les Faucons se jetèrent à l'eau un par un.

Le bruit de l'explosion n'avait certainement pas manqué de réveiller tout le monde. Ils préféraient avoir quitté leur embarcation quand celle-ci entrerait dans le bassin.

Il était aisé pour ces nageurs aguerris de parcourir la distance nécessaire pour rejoindre la marina de plaisance, à quelque trois cents mètres du port traditionnel. Ulli et Vincent les y attendaient.

Aussitôt, ces derniers les débarrassèrent de leur matériel de plongée. Ils leur remirent de grands draps de bain. Dix minutes plus tard, les quatre Faucons s'étaient changés et les combinaisons étaient déposées en vrac dans le coffre du Tahoe. La priorité était de prendre le large au plus vite, avant que le port ne grouille de monde. « Il sera temps de ranger correctement tout le matériel plus tard », se dirent-ils.

7 heures du matin, les deux Tahoe pénétrèrent dans l'enceinte du Miramar Al Aqah Beach Resort. Les Faucons avaient l'impression de rentrer à la maison.

Ils se dépêchèrent d'aller dans leurs chambres se rafraîchir. Habillée d'un T-shirt blanc parsemé de fleurs et d'un bermuda dans le style hawaïen, Rebecca descendit la première. Comme convenu avec les autres, elle appela Mark.

— Allô !

— Bonjour, Patron ! Je suppose que je ne vous réveille pas.

— Non, je suis dans la salle des opérations avec Paul, Nibs, Sven et Ralf pour épauler les Faucons.

— C'est Vince qui vous a prévenu ?

— Oui. Il m'a appelé quand ils ont pris l'autoroute. Il souhaitait le soutien du QG pendant votre mission.

— C'est cool.

— C'est notre job Rebecca. Et vous alors ? Vous êtes au complet, j'espère.

— Tout est en ordre, comme vous dites. Aucun blessé. Ils sont tous sous la douche et on va prendre un petit déjeuner gargantuesque. On a faim.

— Vous avez bien raison. Je suppose qu'une page est tournée maintenant que vous avez fait ce que vous aviez décidé.

— Eh bien, Patron ! Nous n'avons pas fait ce qui était prévu.

— Ah bon, répondit Mark. Cela ne ressemble pas aux Faucons. Qu'est-ce qui vous en a empêché ?

— Le prince Abdullah.

— Quoi ? Il l'a protégé, c'est invraisemblable ! s'exprima Ralf, énervé, aux côtés de Mark.

— Attendez, je n'ai pas dit ça...

— Mais alors, dites-nous ! l'interrompit Ralf impatient.

— En fait, nous arrivions sur la cible et tout était prêt pour un accident de navigation avec l'explosion du réservoir du bateau de la princesse. Nous nous apprêtions à plonger quand une énorme déflagration a déchiré le ciel de l'océan Indien.

— Et comment pouvez-vous savoir que c'est le prince Abdullah qui est derrière tout ça ?

— Parce que, juste derrière l'épave, on a aperçu un énorme cruiser avec le prince au poste de pilotage. Il portait au bout des bras un RPG7 encore fumant, de ce que j'ai pu voir.

— Il l'a fait exploser avec un lance-roquette soviétique ? Incroyable !

— Exactement ! Elle qui le prenait pour un faible, elle a eu la preuve du contraire.

— Finalement, l'*extrême préjudice* a été réglé, c'est le principal, Rebecca. Ce n'est pas la peine d'avoir de la haine pour la princesse Djamilla. Je devrais dire plutôt Leslie Bishop, originaire d'Aston près de Birmingham. Sven a fait les recherches adéquates sur elle après que vous l'ayez rencontrée.

— Vous auriez dû voir la méchanceté de cette femme, c'était impressionnant. Le pire, c'est qu'elle croyait à son discours et qu'elle se prenait vraiment pour la Jeanne d'Arc musulmane, alors que c'était une Occidentale.

— Vous savez Rebecca, je pense que l'on est complètement en dehors de la question de l'islamisme ou de la religion. C'est quelqu'un traumatisé par un événement malheureux dans sa vie. Elle n'a pas trouvé d'autre possibilité de construction mentale que de se nourrir de haine. Tout ce qui touche l'islam n'a été pour elle qu'un moyen de vengeance. Vous pourriez en parler avec Amanda.

— Je suis toujours étonnée par ces musulmans fraîchement convertis. Ils sont capables de partir en Afghanistan, en Syrie, Dieu sait où, s'entraîner aux attentats. Puis, ils reviennent en perpétrer au nom d'Allah dans leur pays d'origine, voire leur propre ville. Ce sont les pires. Ils s'octroient un combat idéologique qui n'a rien à voir avec leur culture.

— C'est dramatique ! Nombre d'entre eux auraient besoin d'une aide psychologique, mais voilà, c'est comme ça. Le principal, c'est qu'un réseau a été démantelé.

— Oui, patron, mais vous oubliez Michel Aubert. Il faudrait qu'il soit jugé pour ce qu'il a fait. Pour nous, il est complice de tous ces attentats, dit Rebecca qui s'échauffait quelque peu, la fatigue aidant.

— Oui, c'est un de leurs comparses. Mais, juridiquement, nous ne pourrons jamais prouver quoi que ce soit. Toute poursuite judiciaire sera vouée à l'échec, je le crains.

— Mais c'est dégueulasse ! Il est aussi coupable que les autres. S'il n'avait pas le doigt sur la détente, sans l'argent géré par Aubert, le groupe de Dubaï n'aurait pas pu agir. Et je ne parle pas des détonateurs sophistiqués qu'Ali Abou Bakri n'aurait jamais pu obtenir et utiliser. Pour moi, il mérite le même sort que la Leslie Bishop.

— On se calme, Rebecca.

— Excusez-moi, ça m'énerve.

— Il n'y a pas de mal. Je sais que vous prenez votre tâche à cœur. Laissez-moi finir. J'ai donné les faits. Il n'y aura certainement aucun procès contre Aubert. C'est comme ça ! Je suis d'accord pour dire que c'est injuste. Laissez faire les choses, Rebecca. Vous savez, les voix de Dieu sont souvent impénétrables ! On peut parfois être étonné, fit-il, énigmatique.

— Si vous le dites ! Rebecca abdiqua.

— Revenons-en à vous tous. Votre partie est finie. Le Sword vous propose de rester une semaine au Miramar tous frais payés. En vacances, bien sûr. Cela vous permettra de récupérer.

— C'est vrai ? Ce n'est pas une blague, patron ?

— Je suis sérieux. Vous l'avez mérité.

— Ça, c'est sûr, renchérit Ralf, tout sourire et soulagé par la tournure des événements.

— Merci, je vais le dire aux autres. J'ai une question : vous n'avez pas besoin de nous auprès de Paul et Nibs ?

— Paul considère qu'à deux, ils y arriveront.

— Vous pouvez compter nous, nous sommes là.

— Je sais, Rebecca. Maintenant, allez vous reposer et saluez tout le monde de notre part. Félicitez-les, même si le prince Abdullah vous a coupé l'herbe sous le pied. Vous avez fait du très bon boulot.

— Merci, patron. À bientôt.

Rebecca raccrocha. Elle n'en revenait pas. Le boss leur offrait une semaine de vacances dans un hôtel cinq-étoiles au bord de la mer ! Mais, en y réfléchissant bien, ce n'était pas si surprenant de la part de Mark. Elle rejoignit ses joyeux compères à leur table habituelle. Ils l'attendaient.

— Alors Reb, il a dit quoi ? demanda Deepak, tout sourire.

— Il nous a mis en vacances pour huit jours.

— Super, on prend l'avion quand ?

— Tu n'as pas compris Deep. Il nous paie une semaine ici pour nous reposer.

— Non, tu blagues, dit Tom.

— Je te jure que c'est vrai.

— Génial, ! s'exclama Deepak.

— Et Paul ? Nibs ? demanda Bradley.

— Mark et Ralf pensent qu'ils peuvent gérer seuls leurs propres affaires. À mon avis, ils ont raison.

— Et ce salopard d'Aubert, il va s'en sortir comme ça ? demanda Deepak.

— J'ai posé la même question. Mark m'a expliqué qu'il ne passera pas devant un tribunal pour les attentats. Par ailleurs, un *extrême préjudice* serait assez mal vu.

— Ouais, ce n'est pas évident, dit Bradley. C'est injuste malgré tout. Djamilla était une cinglée et un assassin. Cependant, Aubert ne vaut pas mieux. C'est dégueulasse qu'il s'en sorte.

— Mark affirme qu'il faut laisser faire les choses et qu'il y a toujours des surprises.

— Ça veut dire quoi ça ? demanda Deepak.

— Je ne sais rien de plus, mais le patron a souvent plusieurs cordes à son arc. Il a peut-être une idée derrière la tête, va savoir ! On verra bien. En attendant choisissons à manger, j'ai faim.

— Nous aussi, dit Ulli, le gourmand de l'équipe, toujours prêt à se servir au buffet, avec Deepak.

Les Faucons en profitèrent pour se reposer. Ils bénéficiaient des installations du Miramar pour faire tous types d'activités sportives : kayak, planche à voile, catamaran, etc. Ils étaient ravis de ces moments de détente en bande.

Le lendemain matin, ils prenaient leur petit déjeuner comme d'habitude. Rebecca lisait le journal local *Gulf Today* que l'on trouvait dans toutes les chambres. Elle le feuilletait tranquillement en buvant son jus d'orange frais, en attendant les derniers. Elle s'arrêta subitement sur un article. Elle n'en croyait pas ses yeux. Deepak et Vincent arrivèrent enfin.

— Vous savez quoi les gars ? Y a un article dans le journal assez surprenant, page 9, concernant l'économie.

Ils saisirent tous un exemplaire, l'ouvrirent fébrilement. Leurs visages étaient concentrés. Quand Rebecca referma le sien, un sourire de satisfaction se lisait sur son minois.

— Alors, messieurs, qu'en pensez-vous ?

— Je serais Aubert, je m'inquiéterais beaucoup.

— Ouais, moi aussi.

— Celui qui a fait cette intervention, Laurent Boissier qui signe comme président de l'association suisse des banquiers privés, c'est l'ami de notre vénéré patron, c'est juste ? demanda Deepak.

— Affirmatif, répondit Bradley. Et son article est clair. Désigner certains établissements bancaires genevois liés à différentes mafias dans le monde et les accuser de blanchir l'argent de celles-ci, c'est costaud. Rajouter que certaines sont au bord de la faillite et ne seront pas capables de rembourser les liquidités déposées dans leurs coffres, après des placements hasardeux comme les fonds Madoff, alors là, c'est du très lourd ! Et il cite nommément la banque Aubert et cie.

— Tu l'as dit ! compléta Ulli. Pour qu'un banquier privé comme Boissier s'exprime, c'est qu'il y a des raisons.

— Rappelle-toi ce que le patron a dit concernant Aubert, que les voix de Dieu sont impénétrables, commenta Rebecca. Je suis sûr que ce n'est pas par hasard si cet article paraît dans le *Financial Times*, une référence en la matière. Il a été repris dans tous les journaux. T'as vu que le financement des terroristes de Dubaï et de Mascate est cité. Aubert est mis personnellement en cause dans la mort de plusieurs innocents. Il a refusé de répondre aux demandes d'interviews.

— Boissier étant une pointure en matière bancaire, on le croira.

— Eh bien moi, je vais retirer tout de suite mon argent de la banque Aubert. - Rire de Deepak comme d'habitude.

— Arrête de jouer au riche, Deep. - Éclats de rire.

— Dans tous les cas, si Aubert ne passe pas devant la justice de son pays, avec ce que vient de faire notre patron, je pense que l'avenir d'Aubert et celui de son établissement financier sont bien sombres.

— Il est allé trop loin, que ce soit en trafiquant avec les mafias, en s'associant avec la princesse Djamilla et j'en passe. D'une manière ou d'une autre, il y aura une sanction. Et puis, Boissier ne dit que la vérité, même s'il ne précise pas qu'une partie des informations viennent de son ami Mark Walpen. - Sourires.

— Ouais, eh bien, on va suivre le feuilleton.

41

À 6 heures du matin, Paul et Nibs dans leur Cadillac Escalade blindée de fonction, franchissaient les derniers lacets menant au site de Sonchaux. Pour éviter les divers contrôles, ils avaient suivi les conseils de Mark et Ralf et avaient pris la seconde sortie d'autoroute pour Montreux, qui se situait dix kilomètres plus loin.

On était déjà en moyenne montagne et rares étaient les endroits habités. Parfois, un hameau de chalets de week-end émergeait de-ci, de-là, et c'était tout. C'était l'endroit idéal pour celui qui aimait le calme et les promenades en forêt. En contrebas, on apercevait le lac Léman.

Une des caractéristiques de Sonchaux était d'être un formidable point de départ de parapente. Cette région était réputée pour cette activité et, chaque année, il y avait une épreuve mondiale avec arrivée sur cible flottante.

Paul et Nibs avaient une idée derrière la tête depuis un certain temps. Cela s'était précisé au fur et à mesure de la collecte d'informations par les autres Faucons. Ils étaient convaincus que commettre un attentat pendant la réunion du G20 de Montreux constituerait un bouquet final extraordinaire pour des terroristes en mal de reconnaissance médiatique.

Ralf avait obtenu de sa conseillère fédérale des informations sur le dispositif de sécurité. Paul et Nibs avaient longuement travaillé dessus. Ils avaient réfléchi, comme si leur mission était de commettre cet attentat. Au premier regard, les possibilités d'approcher le Montreux Palace, où auraient lieu les réunions et le dîner de gala, étaient peu nombreuses, voire nulles.

Pénétrer dans le périmètre à la place d'un habitant ? Quasi impossible. Aucun train n'était autorisé à s'arrêter en gare de Montreux et l'armée helvétique formait un cordon aux mailles serrées tout le long des voies.

Le survol de la zone par avion était contrôlé par l'armée suisse renforcée d'un AWACS américain. L'accès par bateau était, lui aussi, banni, des vedettes rapides surveillaient le lac.

Par contre, Weber et ses collaborateurs n'avaient pas pensé à l'utilisation d'un parapente depuis les montagnes à vaches surplombant Montreux. Celui-ci était silencieux, totalement indétectable par un radar. C'était le moyen parfait qu'utiliserait une équipe d'action clandestine désireuse d'atteindre un tel endroit.

Après vérifications, Paul avait appris que le départ depuis les Rochers de Naye était plus facile. Paul et Nibs pensaient que ce serait l'endroit idéal pour un kamikaze volant peu aguerri.

Le site de Sonchaux demandait plus de dextérité et se trouvait plus bas. Les deux combattants avaient décidé de se positionner à cet endroit, prêts à décoller. Ils y avaient effectué plusieurs sauts d'entraînement. Il fallait s'habituer aux vents si particuliers en ces lieux.

Ils se répartirent deux types d'engins complémentaires pour accroître leurs chances. Nibs avait opté pour le parapente, extrêmement maniable. C'était pratique pour raccourcir les trajectoires ou pour un contact en douceur. Par contre, si les vents dépassaient les vingt-cinq kilomètres à l'heure, son maniement devenait plus problématique.

Paul avait choisi l'aile delta ou deltaplane. Son point fort était sa robustesse et sa stabilité, grâce à sa structure métallique. C'était idéal dans des vents soutenus. Enfin, il pouvait fixer un lance-missile Stinger ainsi qu'un pistolet-mitrailleur MP5 sur son armature.

Paul tourna à droite pour rejoindre le chemin de terre qu'ils avaient repéré et, quelques dizaines de mètres plus loin stationna son véhicule

Paul avait garé l'Escalade de façon à ce que le coffre arrière donne sur le lac. Une fois le hayon ouvert, celui-ci les protégeait de la pluie. Ils pouvaient s'asseoir sur le rebord arrière du véhicule et surveiller les alentours sans être mouillés.

Ils avaient décidé de scruter la zone à l'œil nu pour avoir une meilleure vue d'ensemble. En cas de besoin, ils avaient emporté avec eux leurs jumelles Fujinon 16 x 70 ainsi que leur copie infrarouge modèle 12 x 32 au cas où le manque de luminosité deviendrait problématique.

Ils chauffèrent de l'eau sur leur petit réchaud et se préparèrent un café lyophilisé. Ils avaient tout leur temps. La réunion ne s'ouvrirait qu'à 14 heures et les chefs d'État, accompagnés de leurs équipes de sherpas*, n'arriveraient qu'au tout dernier moment. Jusque-là, rien ne se passerait.

La météo avait décidé d'être clémente. Aucune pluie n'était annoncée pour les trois jours, même si le ciel restait couvert et nuageux.

Ils organisèrent leur campement. Le parapente et l'aile delta furent vérifiés encore une fois, prêts pour un

---

**Nom donné aux négociateurs lors de grandes réunions internationales.*

envol d'urgence en trois minutes maximum. Ils les placèrent au sol en configuration de décollage.

L'attente allait commencer. Paul et Nibs avaient mangé sur le pouce du jambon cru du Valais, du salami et des chips. Sous les coups de 13 heures, ils commencèrent leur surveillance, au cas où la cible hypothétique viendrait à percer le ciel.

La seule chose qu'ils virent de la journée fut les nuages qui virevoltaient, le vent étant fort à cette période de l'année. La nuit tomba tôt. Paul décida d'arrêter la surveillance, considérant qu'une approche de nuit n'avait aucun sens.

Ils réchauffèrent des tortellinis à la carbonara que Wendy avait achetés chez le traiteur italien à proximité du bureau. Ils avaient décidé de se nourrir principalement de pâtes afin d'avoir une grande quantité de sucres lents dans l'organisme. Wendy avait demandé différentes sortes de nouilles fraîches au traiteur qui les avait mises sous vide.

Au Sword, on considérait que le bien-être des Faucons ou des autres membres était un élément positif. Wendy avait pris l'habitude, avant une mission, de discuter des besoins alimentaires des équipes et de faire l'approvisionnement adapté. Il ne fallait pas s'étonner, après cela, qu'elle soit devenue leur mascotte !

La nuit tombée, et la fraîcheur nocturne s'installant, Paul et Nibs rentrèrent dans le véhicule transformé en dortoir. Le 4x4 était vaste sans les sièges arrière et offrait un endroit adapté pour dormir. Ils avaient posé une mousse à forte densité en guise de matelas.

Une fois dans leurs sacs de couchage en duvet d'oie, Paul et Nibs prirent un livre et une lampe torche et lurent.

Le téléphone mobile de Paul retentit. Mark vérifiait que tout allait bien. Il leur souhaita bonne nuit.

Les premières lueurs du jour réveillèrent Paul et Nibs. En deux temps, trois mouvements, ils furent prêts. Nibs reprit la surveillance, pendant que Paul leur préparait un petit déjeuner. Ils mangèrent leurs tranches de brioche beurrées accompagnées de café.

La réunion devait durer jusqu'au lendemain en début d'après-midi. L'attente serait peut-être encore longue. Le soir même, la soirée de gala était organisée dans un chapiteau dressé sur le SPA du Montreux Palace donnant directement sur le lac Léman. Paul était persuadé que c'était la cible idéale.

La journée passa, sans qu'aucune alerte se précise. La luminosité commençait à décliner ; dans une heure, l'obscurité serait totale. Paul se dit qu'ils allaient dormir une nuit supplémentaire dans leur véhicule.

Nibs rompit le silence.

— Paul, regarde vite à droite.

— Quoi ?

— Prends tes jumelles.

— Ah, ouais ! Je vois parfaitement. T'as vu ce qui pendouille du gars ?

— On dirait bien ce cher RPG7, si je ne m'abuse.

— En plein dans le mille ! Bon ! Magnons-nous ! Accroche-toi vite à ton parapente. Moi, je ferme l'Escalade, je préviens le patron, et on décolle.

— OK. Je suis prêt dans deux minutes.

— OK.

Il appela aussitôt Mark.

— Allô, patron, c'est parti.

— OK, on fait comme on a dit, soyez prudent.

— OK.

Il raccrocha vite, n'ayant pas le temps de palabrer.

Nibs faisait monter sa voilure de parapente. Leur cible descendait lentement mais sûrement vers Montreux ; il fallait agir rapidement et interrompre le vol de ce drôle d'oiseau.

42

Le vent montait en puissance et dépassait les vingt-cinq kilomètres à l'heure. Le parapente ennemi descendait toujours à son rythme vers la ville. Paul et Nibs n'avaient pas établi de stratégie d'attaque précise. Ils avaient décidé de s'adapter à la situation. De toute façon, ils resteraient en contact permanent, grâce à leur micro-oreillette. Ils espéraient appréhender le kamikaze vivant, sans prendre le risque qu'il se fasse exploser au milieu de la garden-party.

Le parapente et le deltaplane s'étaient rapprochés l'un de l'autre. Nibs avait raccourci sa trajectoire, le vent devenant plus difficile à gérer. Il se demandait comment son adversaire arrivait à maintenir son cap.

Paul faisait de plus grandes rotations. Il gardait ainsi un œil sur le parapente ennemi et sur son ami. Il remarqua que la cible faisait des mouvements pour saisir son lance-missile. Il en avertit aussitôt Nibs. Il était vraisemblable qu'il avait décidé de précipiter son action, ayant repéré qu'il n'était plus seul.

— Nibs, fonce ! Je reste en protection.

— OK, j'y vais.

— Fais gaffe à ta tête, tu n'es pas encore guéri.

— Ne t'inquiète pas. Un Afrikaner a toujours la caboche dure – Rire.

Nibs pilota son parapente comme si c'était un parachute d'assaut. Il utilisa la force du vent pour descendre au plus vite vers sa cible, prêt au contact.

D'un seul coup, Nibs se retrouva contre son adversaire. Son arrivée fut brutale. Son ennemi, dans une dernière tentative pour échapper à son poursuivant fondant sur lui comme un faucon sur sa proie, avait tenté une manœuvre pour l'éviter. Celle-ci se révéla inutile. Nibs l'avait agrippé. Le parapente ayant légèrement tourné, il avait heurté de plein fouet le RPG. Le choc avait été violent. Nibs hurla dans l'oreillette de Paul.

— Nibs, ça va ?

— Magne-toi !

L'adversaire auquel il était enchevêtré sortit un couteau à longue lame. Il s'attaqua aux suspentes du parapente de Nibs.

Paul, qui voyait la scène depuis son aile delta, s'était rapproché. Il était terrifié par la tournure des choses.

— Nibs, fait gaffe, tu vas plonger. Je viens te prendre. Quand je te dis « GO », tu lâches le gars, et tu t'agrippes à ma barre centrale, comme tu peux. Tiens bon.

Paul prépara son approche en douceur. Cela demandait un pilotage précis. Il avait confiance en son partenaire pour s'agripper rapidement à l'armature métallique.

— Attention, j'arrive.

— Fais vite, je lâche.

— Trois, deux, un, « GO ! »

Paul n'avait pas fini que Nibs, dans un effort surhumain, s'accrocha en partie à son ami. Le deltaplane repartit sous l'effet du poids. La pression sur les côtes de Nibs était intolérable. Il se libéra rapidement de son parapente. Il tira sur ses bras pour poser son ventre sur la barre et soulager la tension. Malgré tout, ils étaient encore à quelque quatre cents mètres d'altitude.

— Tu vois Nibs, tu voulais un taxi, c'est fait.

— On peut dire ça comme ça, répondit-il en grimaçant.

— Accroche-toi, on va se le faire, ce type. Je le vise avec mon Stinger.

— C'est nécessaire ?

— Tu te fous de moi Nibs ? Ce gars va flinguer tout le monde.

— Fais-moi confiance, Paul. Regarde-le quelques secondes.

Le parapente tourbillonnait et n'avait plus de trajectoire précise. Le pilote gigotait dans tous les sens. Il descendait de plus en plus vite. Paul remarqua qu'une partie de la voilure semblait relâchée. Le parapente était maintenant à une cinquantaine de mètres des flots. Le RPG7 se mit à pendre, suivi presque aussitôt par celui qui le tenait en main.

Le parapente arrivant à une quinzaine de mètres du lac, à la faveur des derniers rayons du soleil, Paul comprit. Le kamikaze pendait lamentablement, retenu par une des deux lanières.

Paul regardait Nibs qui tentait de sourire malgré la douleur et lui montrait son couteau de commando. Au même moment, le parapente du kamikaze s'enfonçait dans l'eau. Il semblait s'emmêler dans sa voilure.

Nibs plongea pour rattraper le terroriste. Paul ouvrit son harnais et rejoignit son camarade, laissant le deltaplane finir seul sa course. Paul et Nibs plongèrent à plusieurs reprises leurs couteaux de commandos à la main. Le kamikaze se débattait dans un piège mortel de toiles et de filins.

Après quelques minutes d'un ballet incessant, Paul et Nibs, essoufflés, remontèrent à la surface, leur adversaire à leurs côtés. À ce moment, deux paires de mains se tendirent vers eux depuis un bateau militaire.

— Bonjour, messieurs ! On fait trempette à cette heure-ci ? demandèrent Mark et Ralf, hilares.

— Vous ici ! répondit Nibs, surpris.

— Eh oui ! On vous a vus dans le ciel, alors ces hommes de l'armée nous ont pris avec eux. Pendant ce temps, les VIP ont été mis à l'abri.

Le kamikaze sorti des eaux fut arrêté par la police judiciaire fédérale. Il devrait répondre de ses actes devant les tribunaux bernois. Son arrestation marqua le point final des menaces de l'ALA qui, de fait, n'existait plus.

Les journaux ne parlèrent ni des Faucons ni du Sword. Ils relatèrent que, lors du gala du G20, la police fédérale avait été avertie d'une tentative d'attentat par le département des Affaires étrangères.

Mark refusait que l'on parle des Faucons et du Sword. L'arrestation du kamikaze ne devait en aucun cas être attribuée à l'armée et donc au conseiller fédéral Weber, qu'il ne portait pas dans son cœur.

Nibs, mal en point, avait été transporté discrètement par une ambulance jusqu'au centre de chirurgie esthétique de Montreux, à deux kilomètres du Palace. Il ne fallait en aucun cas que Paul et lui soient vus.

Le centre de chirurgie esthétique du docteur Morel était l'établissement où Rebecca avait été prise en charge lors de l'opération de Libye. Quand il avait fallu hospitaliser l'officier israélien, Mark avait recherché un endroit discret. La professeure Kammermann ayant fait une partie de ses études avec le docteur Morel, elle l'avait présenté à Mark. Rien de tel qu'une clinique de luxe dédiée à la beauté pour abriter les Faucons et leur offrir un plateau chirurgical d'urgence.

Arrivé à l'établissement hospitalier, le docteur Christian Morel, appelé en urgence par Mark, ordonna un check-up complet du combattant qui se plaignait de fortes douleurs. Il le mit aussitôt sous dérivés de morphine. Le RPG avait écrasé quatre côtes, une hémorragie interne s'était déclenchée. L'état de santé du Sud-Africain se révélait préoccupant. Le docteur Morel décida de le faire opérer en urgence. Il se demandait comment il avait pu supporter de telles douleurs. « C'est un vrai dur à cuire », se dit-il. L'intervention dura deux heures et, Nibs, tiré d'affaire, fut mis au repos pour deux semaines complètes. Un bandage compressif lui maintenait les côtes et limitait ses mouvements. Les opiacés le soulageaient, heureusement !

43

Le lendemain, tous les Faucons encore aux Émirats étaient rentrés au quartier général. Ils étaient à peine arrivés depuis une demi-heure qu'un homme se présenta à la réception de l'immeuble. La porte d'entrée à peine franchie, le système d'alarme central du groupc s'enclencha.

La sirène au son strident avertit les étages qu'un intrus portant une arme avait pénétré dans l'enceinte. Aussitôt, des rideaux en acier trempé épais de deux centimètres se placèrent devant et derrière le visiteur, l'empêchant d'accéder au bureau de réception surveillé par un garde du S3, et de sortir. Dans les étages, des panneaux blindés avaient aussi obturé toutes les fenêtres. Les gardes de service prirent leurs armes.

Le visiteur avait oublié que les portes de l'immeuble étaient équipées de senseurs capables de détecter des armes. Mark, qui était là, demanda à Paul et son équipe de rejoindre la salle de contrôle et de déterminer ce qui se passait.

La salle donnait un accès visuel par caméra miniaturisée à tous les recoins de l'immeuble. En regardant le hall d'entrée, les Faucons remarquèrent un individu d'une quarantaine d'années, blond, quelque peu dégarni, assez corpulent et grand. Il semblait nerveux. Paul prit la parole avec le micro, des haut-parleurs étant installés dans le vestibule à cet effet.

— Veuillez déposer votre arme déchargée dans l'emplacement sécurisé.

Il répéta en anglais. Finalement, après un certain temps et, n'ayant pas vraiment le choix, l'intrus obtempéra de mauvaise grâce.

— Maintenant, vous allez mettre les mains sur la nuque et attendre que l'on s'occupe de vous. Si vous avez compris, faites signe de la tête.

Cette fois-ci, le personnage obtempéra rapidement. Les panneaux métalliques du hall remontèrent lentement en raison de leur poids. Quand ils furent en place, le visiteur vit des gardes armés de fusils à pompe et de pistolets gros calibres devant et derrière lui. Ils portaient tous des cagoules. Paul passa par le sas de sécurité, son pistolet FN Five-seveN à la main.

— Qui êtes-vous pour pénétrer dans un immeuble privé avec une arme sur vous ? Vous êtes suicidaire ?

— Je m'appelle Harry McGregor et je suis attaché à l'ambassade des États-Unis à Berne.

— Et vous vous promenez avec un flingue. Vous vous moquez de moi ? On va vous fouiller.

Paul le palpa. Il lui fit retirer tous les objets susceptibles d'être dangereux : ceinture, chaussures, porte-documents, téléphone mobile, etc. Ensuite, les Faucons, accompagnés des autres gardes, amenèrent le visiteur dans la salle de réunion du dernier étage où Mark les attendait.

— Vous jouez à quoi ? demanda-t-il, furieux.

— Je voulais rencontrer le responsable, c'est tout.

— Et vous venez armé, en affirmant être un diplomate. Vous êtes fou.

— Je suis attaché d'ambassade.

— Et moi, je suis le pape. On va vérifier ça tout de suite. Donnez-moi votre pièce d'identité.

L'Américain prit son passeport dans sa veste et le tendit, n'ayant pas envie de faire un geste déplacé. Il ne savait pas où il avait mis les pieds. « Leur système de sécurité n'a rien à envier à ceux de nos bureaux », se dit-il intérieurement.

Mark, le document en main, chercha un numéro sur son téléphone mobile et le composa aussitôt. Il fallut quelques sonneries pour que quelqu'un décroche.

— Allô !

— Salut, Cyrus ! C'est Mark. Je te réveille ?

— Non, à peine ! Il est 4 heures.

— *Sorry !*

— Qu'est-ce qui se passe ?

— On vient d'avoir un visiteur armé à nos bureaux, avec un passeport de l'oncle Sam. Il se dit attaché d'ambassade à Berne. Je crois qu'il est de chez vous. Pour gagner du temps, je me permets de t'appeler.

— Ahurissante, ton histoire. Tu crois vraiment qu'il est de chez nous ?

— Vu son arrogance, je dirais oui, si tu m'autorises.

— Et comment se nomme-t-il ?

— Il affirme s'appeler Harry McGregor.

— Son nom me dit quelque chose, mais je préfère contrôler. Laisse-moi ouvrir mon PC que je vérifie dans le système. C'est un de nos chefs de section au Moyen-Orient.

— Quel est ce bazar ? Vous venez nous espionner ? Il était rouge de colère. Et vous nous envoyez un porte-flingue. Ce n'est pas comme ça que l'on se comporte avec des amis, Cyrus.

Le ton était tranchant.

— Mark, je suis désolé. Je ne suis au courant de rien, je te jure. Passe-le-moi s'il te plaît.

— Monsieur McGregor, il y a quelqu'un qui veut vous parler. L'américain prit le téléphone.

— Allô !

— Bonjour, McGregor ! Ici le directeur adjoint Cyrus Cooper. Est-ce que je peux savoir ce que vous faites chez Sword Group en Suisse ?

— Bonjour, Monsieur ! répondit-il, étonné de parler au numéro deux de la CIA. Je suis sur une enquête.

— Et vous débarquez à l'étranger, avec une arme. Vous êtes complètement fou ! Vous vous prenez pour John Wayne ? Vous avez de la chance que le directeur soit un ami et qu'il soit très civilisé.

— Lui, peut-être, mais pas ses chiens de garde.

— Vous vous faites passer pour un diplomate alors que son propre père est une sommité dans le monde de la diplomatie. Un diplomate avec un Beretta, il n'a pas gobé le truc. Pourquoi avez-vous débarqué comme ça sans nous prévenir ?

— On les suit depuis un certain temps. Ils mettent en danger notre politique aux Émirats. On voulait savoir qui c'était et surtout les dissuader de s'en prendre aux émirs de Dubaï.

— Si vous souhaitez garder votre job, vous allez vous excuser. – Il se rembrunit, peu habitué à la chose. Vous leur raconterez tout ce que vous savez et vous les écouterez.

— Oui, Monsieur.

Il raccrocha, la mine déconfite. Il avait perdu de sa superbe. Mark fit signe aux gardes de reprendre le cours de leurs affaires, les Faucons étant à ses côtés. Une minute plus tard, tous les panneaux blindés des fenêtres étaient relevés, l'alerte étant levée sur ordre de Mark Walpen.

Il s'assit autour de la grande table face à l'agent américain, entouré de chaque côté des Faucons toujours cagoulés.

— Alors, monsieur McGregor, cela vous prend souvent de pénétrer chez les gens avec un Beretta ?

— Euh, non, Monsieur.

Il avait compris que son interlocuteur devait être quelqu'un de réputé à Washington, en plus de Langley.

— Je m'excuse. J'ignorais que vous connaissiez monsieur Cooper.

— Eh bien ! Maintenant, vous le savez. Vous avez eu beaucoup de chance. Vous auriez pu être blessé. Heureusement pour vous que nous avons bien préparé notre système de protection.

— Ça, on peut le dire ! – Il n'en revenait toujours pas de ce qui lui était arrivé. Je ne crois pas que l'on ait mieux à Langley.

— Et vous n'avez pas tout vu. Alors, si vous nous racontiez tout, on gagnerait du temps.

— OK, mais à vous seul.

— Ces messieurs-dames ont une habilitation au Secret-Défense supérieure à la vôtre. Laissez ça de côté, s'il vous plaît.

— Bon, d'accord. En fait, je suis responsable de l'antenne de Dubaï. Et nous avons à cœur de suivre ce qui s'y passe et de protéger la famille royale. Il s'avère que l'on a vu des gens de chez vous d'un peu trop près et nous avons pensé qu'ils étaient dangereux pour nous.

— Et comment pouvez-vous affirmer tout ça ?

— C'est simple. – Les Faucons, étonnés, écoutaient très attentivement. Un de nos correspondants nous a donné leur signalement et a expliqué qu'ils s'étaient rendus aux bureaux de la FEDA sur *Sheikh Zayed Road.*

— Vous savez ça comment ? demanda Rebecca, énervée. On n'a vu personne nous suivre.

— Non, c'est juste.

— Alors qui a bien pu vous dire quoi que ce soit ?

— Eh bien ! Un certain Peter Kellenberger a une fâcheuse tendance à se mettre dans des situations délicates. Si on ne l'avait pas protégé, à ce jour, il serait en prison aux Émirats pour longtemps.

— Peter, l'attaché d'ambassade ? demanda Bradley.

— Lui-même.

— Ce fils de p... lâcha Rebecca se tournant vers Mark.

— Laissez, lui dit Mark. On réglera ça plus tard avec qui vous savez.

— D'accord, patron.

— Et pourquoi venir jusqu'ici ?

— Pour découvrir qui vous êtes et pourquoi vous étiez à Dubaï. Je ne vois pas pourquoi les Suisses s'en mêlent. Je dirais même que je ne savais pas qu'ils avaient un service extérieur, d'ailleurs.

— Je vous laisse discuter de cela avec vos patrons s'ils ont envie de vous en parler, ce dont je doute. Revenons aux Émirats. Quel est votre problème et en quoi sommes-nous concernés ?

— Mon pays veut absolument garder l'émir et surtout son prince héritier, le prince Mohammad, comme alliés. Il n'est pas question que quelqu'un interfère là-dedans.

— Et le fait que votre allié finance le terrorisme et favorise le trafic d'armes en direction de l'Iran et de groupes terroristes comme ceux qui ont frappé l'Europe ces dernières semaines, cela ne vous interpelle pas ? demanda Rebecca, de mauvaise humeur.

— Ma collègue a raison, souligna Mark qui s'était fait couper l'herbe sous les pieds.

— Ce que vous dites est totalement faux.

— Vous êtes vraiment responsable de la CIA à Dubaï ? demanda Deepak, aussi abasourdi que les autres.

— Oui. Pourquoi ?

— Pour rien, dit Mark faisant un signe des yeux aux Faucons. Je suppose que vous ne le connaissez pas non plus celui-là, demanda Mark en lui tendant un fax avec le visage d'un homme.

— Si, je le reconnais, c'est un chauffeur de la maison royale. Pourquoi ?

— Comme ça. Monsieur McGregor, on vous remercie de votre visite. Dans votre intérêt, ne revenez plus jamais. L'accueil ne sera plus si amical.

— Vous y allez fort, dit-il encore vexé.

— C'est un conseil. Concernant la maison royale de Dubaï, ne vous inquiétez pas, nous ferons un rapport détaillé et professionnel à Langley. Ce sera peut-être mieux que votre tissu d'inepties.

— Faites ce que vous voulez. Je désire partir maintenant.

Mark fit signe aux Faucons qui raccompagnèrent McGregor jusqu'à la sortie de l'immeuble.

Ils remontèrent aussitôt en salle de réunion où Wendy servait des cafés à tous. L'atmosphère se détendit.

— Vous avez vu ça ? Je n'y crois pas ! dit Rebecca.

— Moi, je ne suis pas si surpris, ajouta Mark. Vous voyez ce qui vous guette si vous prenez la grosse tête ?

— Vous êtes dur avec nous, patron, dit Tom.

— Oui, mais c'est un bon exemple. Ne l'oubliez jamais.

— En tout cas, on s'est fait avoir comme des bleus par ce Peter, affirma Rebecca.

— C'est sûr, enchérit Paul. Cela a failli nous coûter vachement cher. Heureusement que le principe de la coquille, élaboré par Mark et l'architecte, a fonctionné.

— C'est vrai, ajouta Deepak. On a eu chaud.

— Vous voyez, il y a toujours des leçons à apprendre. Ce Peter, Ralf s'en occupera et je pense que sa carrière de diplomate va s'arrêter là. Par ailleurs, moi aussi j'ai beaucoup appris de l'incident. On ne recourra plus à des sources externes. On va étoffer nos services.

— Patron, il y a un truc que je n'ai pas compris. C'est quoi l'histoire du chauffeur ? demanda Tom.

— Je n'ai l'info que depuis ce matin. Cette photo a été prise par Vincent quand il suivait la Maybach de la princesse à Khasab. Il me l'a envoyé à tout hasard.

— Oui, je le reconnais maintenant, dit Rebecca. Et alors qu'est-ce qu'il a ce gars ?

— Je crois que vous allez tomber des nues et vous comprendrez qu'il faut toujours se méfier des apparences.

— Là, je ne pige plus rien, dit Deepak.

— C'est simple. J'ai demandé à Sven de rechercher des informations sur ce personnage. Il a passé un bon bout de temps à chercher. Et ce matin, il avait l'info.

— Et alors ? demanda Paul.

— Ce chauffeur anodin n'est autre que Mansour Moqtadam.

— Non ! répondit Rebecca. Ce n'est pas vrai !

— C'est qui Moqtadam ? demanda Deepak.

— Ce n'est jamais que le numéro trois du VEVAK, c'est-à-dire les services secrets iraniens.

— Alors, on s'est complètement planté ! s'exclama Rebecca.

— Complètement, non, rectifia Mark. Mais, le vrai manipulateur de la monarchie émiratie et des groupuscules terroristes, c'est ce Moqtadam.

— En fait, la Djamilla et le Mohammad étaient manœuvrés par les Iraniens !

— Malins les gars !

— Et nous, nous ne l'avons pas vu. Les Américains ne savaient même pas que leur allié était sous la coupe du numéro trois des services secrets iraniens. Ça ne s'invente pas. Heureusement que tous leurs agents ne sont pas comme McGregor.

— Exact. Bon, je vous laisse, je vais appeler Cyrus Cooper, il faut qu'il fasse arrêter l'espion iranien au plus vite.

Épilogue

Trois jours plus tard, Rebecca, qui attendait les autres, avait pris la dernière édition du *Matin*. En première page, on évoquait l'assassinat d'un banquier suisse. Il avait été abattu de trois balles de Kalachnikov, alors qu'il sortait de sa filiale de Lugano via Serafino Balestra. La police luganaise privilégiait la thèse d'une exécution par la mafia calabraise.

Rebecca se dit : « qui joue avec le feu, périt par le feu. Mark avait raison, les voix de Dieu sont impénétrables ! » Aubert avait été puni et les Faucons ne s'étaient pas sali les mains. Une fois de plus, la stratégie de Mark Walpen avait payé.

FIN

Impression : Pulsio.net, mai 2016
ISBN : 978-2-9700993-9-0
Dépôt légal : mai 2016
Imprimé en UE

PEFC FSC